U0547536

中國精怪故事集 肆

狸猫 山童 狐老翁 赤水神 洛阳书生……

大千世界中的幻象与真实 人 神 鬼怪的悲欢离合

折射人心与世情的 中国奇谭故事

愚木 著

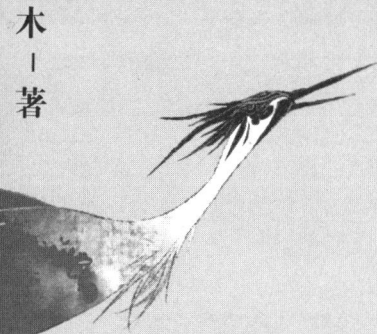

陕西新華出版
陕西人民出版社

图书在版编目（CIP）数据

中国精怪故事集 . IV ／愚木著. —西安：陕西人
民出版社，2023.3
ISBN 978-7-224-14837-4

Ⅰ.①中… Ⅱ.①愚… Ⅲ.①故事—作品集—中国
Ⅳ.①I247.81

中国国家版本馆 CIP 数据核字（2023）第 027866 号

出 品 人：赵小峰
总 策 划：关　宁
出版统筹：韩　琳
策划编辑：王　倩　王　凌
责任编辑：武晓雨　凌伊君
装帧设计：哲　峰　孔钰晗

中国精怪故事集 . IV
ZHONGGUO JINGGUAI GUSHI JI. IV

作　　　者　愚木
出版发行　陕西人民出版社
　　　　　（西安市北大街 147 号　邮编：710003）
印　　刷　陕西隆昌印刷有限公司
开　　本　787 毫米×1092 毫米　1/16
印　　张　26
字　　数　310 千字
版　　次　2023 年 3 月第 1 版
印　　次　2023 年 3 月第 1 次印刷
书　　号　ISBN 978-7-224-14837-4
定　　价　69.80 元

目
录

在人间

爱恨

奇遇

寻欢

005

惊异志

引言	287		树精	320
夏夜	288		马震	321
巨蛛	290		髑髅神	323
蛇眼	291		白发翁	325
白发老妪	292		新娘	326
王鉴	293		鬼儿	327
卢涵	295		亭驿女鬼	329
叶审言	298		僵尸	331
毡布包袱	300		好媳妇	334
鼠精	302		王容	336
白骨精	303		掖县老人	338
摇铃老翁	304		大小绿人	339
渡口小儿	306		村正妻	341
鬼救婿	307		僵尸	342
巨手	309		僧韬光	344
重孝女子	310		针怪	346
田骚	312		亡友	347
戴詧	313		厕鬼	349
锦布包袱	315		大鬼	352
废宅	317		彩衣妇人	354
			绝句	355

传奇

在人间

引
言

　　人间熙熙攘攘，男女老幼，贫富善恶，栖息其中；悲欢离合，恩怨真伪，吵闹不休。更有使命在身的鬼差在黑夜里奔走，有满怀遗憾的少女在死后才得以买下最心爱的礼物，有成精的蘑菇牵着毛驴在街头叫卖，有沉沦井底的镜精被毒龙操纵，有名目繁多却只会尸位素餐的家神，有打扮得如同农夫但尽职尽责的土地公，有喜欢和人交朋友的狐狸，也有一心想要谋害主人的狗怪……还有更多更多的故事，光怪陆离，穷尽想象，就算是将一千个梦境拼在一起也难以讲完，而这一切的一切，并非发生于千里之外、高山荒原，而就在人间。

白
鹦
鹉

　　陇右人刘潜，是个家财万贯的大富翁，他只有一个女儿，十几岁的年纪，身姿容貌都很美。已经陆续有人来登门提亲，但刘潜一直没有同意。

　　他家中养着一只鹦鹉，特别能说话，别的鹦鹉都比不了，女孩每天都要和它聊上一会儿。后来女孩得到一本佛经，自己诵读的次数多了，鹦鹉也学会了，有时鹦鹉在背诵时，如果哪里背错，女孩还会更正它。

　　有一天，鹦鹉忽然对女孩说："打开我的笼子，你住到这里吧，我该飞走了。"女孩奇怪地问："为什么说出这样的话？"鹦鹉道："你和我本来是一样的，只是偶然托生到了刘潜家里，如今就要恢复成原来的模样了。别怪我这样说，是别人看不出来罢了，但我可以。"

　　女孩听了吃惊不已，连忙将此事告诉给了父母，于是父母把笼子打开，放那鹦鹉飞走了。此后他们便没日没夜地守着女儿。但三天以后，女孩还是无缘无故就去世了。父母伤心地哭了很久，刚想要将女孩下葬，女孩的尸体就忽然化作了一只白鹦鹉，挥动起翅膀，翩翩飞舞着，不知飞去了哪里。

金花镜

最心爱的事物，即使是在死后也还是会念念不忘。

天宝年间，有一位名叫韦栗的官员，带着十几岁的女儿前往新淦上任，中途路过扬州，经过繁华闹市时，女儿忽然向韦栗央求，希望父亲可以给自己买一面做工很精良的漆背金花镜，可韦栗只是心不在焉地回答："我上任这一路上够艰难了，哪有钱给你买这个？等到了任上再想办法吧。"后来过了一年多，女儿不幸病逝了，韦栗也早就忘了女儿要买镜子这回事。

韦栗任期满后，便带上女儿的棺椁返回北方，又路过扬州时，船就停靠在河边。就在船停下后，韦栗的女儿忽然从船上下去，径直来到了街市上，身边的婢女带着好多串钱，说是要买一面镜子。卖镜子的商人们见这女孩容貌艳丽，像是富贵人家的孩子，于是争先恐后地向她兜售起自家镜子。

其中有一个二十来岁，皮肤白皙的年轻人，长得很讨人喜欢，女孩看中了他铺子里一面直径一尺的漆背金花镜，愿意出五贯钱买下，旁边一个商人听了立即说道："我有面镜子比这个好，只卖三贯钱。"年轻人见状只好也将价减到了三贯，女孩因此犹豫了一阵子，跟年轻人多说了一会儿话，然后才买下镜子，离开了。

年轻人看中女孩的美貌，顿时生出非分之想，就叫一个人跟在女孩后面，想要知道她的住处。吩咐完以后，年轻人回到自己铺子里，很快发现女孩交给他的三贯钱，此时竟都变为了黄纸。

过了一会儿，派去跟踪女孩的人回来了，年轻人便让他带自己找到了韦栗，对他说："刚才有个女孩带着钱来买镜子，买完后就进到船上了，如今她给我的钱都变成了黄纸。"韦栗听了很纳闷，说："我只有一个女儿，但已经死去好几年了，你所见到的那女孩长什么样？"年轻人便将那女孩的相貌和所穿的衣服说了一遍，所描述的正是韦栗的女儿。韦栗夫妻俩听了，忍不住哭泣起来。

为了一验究竟，韦栗带着年轻人上船去检查，却哪里都找不到那面镜子。女孩母亲曾经用黄纸为女孩剪了九贯纸钱，就放在女儿棺椁旁边的桌案上，如今人们发现，那九贯纸钱居然少了三贯。众人觉得更加不可思议，于是决定开棺。

把棺材打开，年轻人卖给女孩的那面镜子果然就在里面，在场所有人见了，无不为之悲叹。年轻人表示："镜子钱我不要了。"并把自己原本的想法说了出来，而后又送给了韦栗十贯钱，用以给女孩做祈福的法事。

陶
壶

　　南朝宋元嘉初年，丹阳人刘隽闲居在家，一天遇上大雨，他坐在屋檐下无所事事。忽然，他看见门前有三个小孩，都不过六七岁的样子，正一起嬉戏玩闹，这一幕本来再平常不过，但刘隽惊讶地发现，这三个孩子站在大雨里，身上居然连一点都没湿。

　　过了一会儿，三个小孩因为一个陶壶争执起来，刘隽在一边看着，便想逗逗他们，于是掏出一颗弹丸丢了过去，正好砸中那个陶壶，就在陶壶倒下的一瞬间，三个小孩消失得无影无踪。雨停后，刘隽便捡起那个陶壶，顺手挂在了门上。

　　第二天，有一个妇人忽然走到门前，捧着那个陶壶哭起来。刘隽问她为什么哭，妇人回答说："这是我儿子的东西，不知为何会在这里？"刘隽便将昨天的事对她说了，随后将陶壶还给了她。女子得到陶壶，又把它埋到了儿子墓前。

　　又过了一天，刘隽见到之前的那个孩子拿着陶壶，站在他家门前，举起陶壶满脸开心地对他说："我又拿到陶壶啦！"说完就消失了。

嵩山小鼠

嵩山脚下，住着一个名叫朱仁的人，以种田为生。朱仁有一个小儿子，五岁时失踪了，从那以后全家人找了十几年都没有找到他的下落。有一天，一个游方僧人来到他家里，身后跟着一个弟子，模样长得特别像朱仁丢失的孩子。朱仁于是就以供养僧人之名请此人在家中住了下来。

过了好多天，朱仁对僧人说："师父的这个弟子，看他的模样神态，可能正是我十几年前丢失的那孩子。"僧人听了，吃惊地站起来对朱仁说："老僧住在嵩山里三十年了，十年前，这孩子忽然哭泣着来到我的住所，我问他的来历，可他年纪太小，什么都说不清，我于是收养了他，后来又为其剃度收为了弟子。他的智慧和悟性都极高，我常常怀疑他是一位圣人呀。难道原来是您的儿子吗？请您亲自去仔细检验一番吧。"

朱仁于是就叫上家人，一起来到那小和尚身边。朱仁妻子说："我儿子背上有一处胎记。"经过检查，小和尚背后果然有胎记，眼前人正是他们的儿子。一家人见此情形，全都痛哭不已，那僧人听说后，便让小和尚留下来，他独自离开了。

朱仁夫妻对于这个失去了十几年才找回来的孩子，给予的疼爱是对别的孩子的几倍之多，但这孩子每到夜里就会消失不见，而天一亮，就又会忽然回到家里。

如此过了两三年，朱仁夫妻越来越担心，以为儿子是出去为非作歹，某天晚上，他们暗中观察儿子的举动，却发现他先变成了一只大老鼠，然后才从家里溜出去，到天亮再以老鼠的模样溜回来，一连观察了好几天，都是如此。

朱仁夫妻忍不住找到儿子，问他究竟是怎么回事，这孩子沉默许久，然后回答说："我不是你们的儿子。而是嵩山下鼠王手下的一只小老鼠，你们既然见到了我的原形，我就不能再来了。"当天夜里，他又变作了老鼠离开了家，天亮时没有像从前那样回来，以后也再不曾回来过。

洛
阳
书
生

唐时很多故事里都提到鬼差在抓人时需要带一个活人做伴，为什么有这样的说法则不清楚。

开元末年，洛阳城中有一个书生。某夜他正坐在房里读书，忽然从门缝里冒出一个脑袋。书生问是什么人，那个脑袋回答说："我是鬼，来找您帮个忙。"之后就邀请书生出来一趟。书生走到门外，用脚在地上画了个十字，便跟着那个鬼一起走了。

出了巷子，走到一座寺庙门前时，书生说："有寺庙在前面，一定过不去吧？"鬼回答："跟着我就行了，不用担心。"不多时，又走到定鼎门前，深更半夜，城门早就关了，鬼把书生背起来，轻松自如地从门缝间钻了过去。

走到一处叫五桥的地方，道旁有一户人家，屋顶上的天窗透出灯火的光亮。鬼又背上书生，一跃跳到了天窗旁，朝下一望，见屋子里有一个妇人，正对着床上生病的孩子哭泣，她丈夫在旁边打着盹。

鬼于是跳进房子里，用手扑灭了烛火，屋中顷刻就暗下来，妇人很害怕，责骂她丈夫说："儿子如今都快死了，你怎么还有心思贪睡？刚才有鬼把蜡烛弄暗了，快起来把灯弄亮些。"丈夫于是起身去摆弄蜡烛。

鬼则趁机绕过妇人，取出一个布袋将床上的小孩装进去——小孩刚被装进袋子时，还一直在里面动来动去。鬼把小孩背在肩上，又跳回到天窗上，连带书生一起又背回地面。

随后鬼就把书生原路送了回去，送到家门口后，鬼致歉道："我奉地府的命令，要抓小孩子，这事必须要有活人做伴，所以才烦劳您跟我跑一趟，还请你多担待。"说完就走了。

当初书生和鬼离开家后，凡是停留的地方，都会画一个十字做标记，第二天，书生带着他兄弟一起外出查验，发现每个地方的十字都能对上，到那个失去孩子的人家去问，果然他家的孩子昨天夜里死去了。

褦

襶①

褦襶是一个似乎不太聪明但很温顺的小妖怪。

清代时，有一个在沈阳当官的人，他所在的官署里一直传说居住有妖怪，从前经常有人因为受到妖怪惊吓而被活活吓死。这个官员听说了这些事，到任后一直小心留意。某天夜里，他果然看见有一个东西，浑身漆黑，看不出头脸在哪儿，也没有四肢，只有两只眼睛闪着雪白的光，还有一张尖锐如同鸟喙的嘴。乍一见到这东西，确实有些吓人，后来见它每天夜里都出来晃悠，官员渐渐也就习惯了，时间一长，官员和妖怪的关系竟愈加亲近起来。

这妖怪很黏人，用手轰它它不走，但是一招呼它就会立刻过来，如果尝试用手按它，妖怪的身体就会随着按压而逐渐消散缩小，如果一直按到地面上，那整个妖怪也就会彻底化成一团烟雾，手摸上去软软的就像棉絮一样。而过不了多久，消散的妖怪就又会凝结在一起，变回原来的模样。这官员因为妖怪的外形是浑然一大块，所以给它取了个名字叫

---

① 褦襶，音如奈代，大概是指这妖怪身形臃肿的模样；又清代胡文英《吴下方言考·褦襶》云："褦襶，不能事而笨也，吴谚呼笨人为褦襶。"亦可通。

作"襁褓"，一用这名字喊它，它就会马上跑到人跟前来。

一天夜里，天气很冷，官员想要喝点酒，但家人都已经睡了，没人去买，官员看见襁褓正好在旁边，就开玩笑说："你能给我买点酒回来吗？"襁褓发出一阵又轻又细的声音，像是在答应一样。于是官员把几十个铜板和一个酒瓶放到它身上，襁褓转身便走了。没多一会儿，襁褓又出现在官员面前，身上就只有酒瓶而不见了铜钱。官员拿过酒瓶，里面是满满的一瓶白酒，官员大喜。

从此以后，凡是需要买些零碎的小东西，官员就派襁褓去，市场上的商家经常会丢失东西，但也平白无故多出了钱，一时传为奇谈。这官员心里清楚是怎么回事，但他一直谁都没有告诉。在官员任职沈阳的几年时间里，襁褓陪在他身边，不曾片刻与他分离过。后来官员的任期满了，要被调到福建去当官，他打点好行装准备出发时，襁褓静静地守着官员，像是依依不舍一般，官员心中也怅然不已。

官员到福建当了一年的官，没有一天不思念襁褓的。后来有一天，官员独自站在外面，忽然看见襁褓居然找了来，不禁喜出望外，连忙喊它一起走进房中，家人们见了，都吓了一跳，官员讲清楚缘故，家人们悬着的心才放下来。

后来家人们对襁褓也都逐渐熟悉起来，无不对温驯的襁褓心生怜爱，官员的一些亲朋好友也都见过它。又过了一年多，襁褓忽然消失了，再也没有回来过。

卖
油
人

　　长安城中的宣平坊，一天夜里，有一个官员下班回家，路上迎面遇见一个卖油人，戴着帽子赶着驴，驴身上还驮着两个油桶。按规矩，平民在路上必须避让官员，但这卖油人却自顾自地赶驴，丝毫没有要让路的意思。

　　官员的护卫于是上前冲着他的脑袋打了一下，结果此人的脑袋竟直接被打掉了，而没了脑袋的身体居然还能一路狂奔，跑进了一座大宅子的门里。官员很惊讶，便让人追过去，见此人跑到一棵大槐树底下就不见了。

　　向这座宅子的主人说明情况后，官员命人在槐树下那人消失的地方向下挖，挖了几尺深以后，见地下的树根早就枯了，枯树根下有一只大蛤蟆，身体两侧各夹着一个笔筒，笔筒里满是槐树流出的津液，又有一块巨大的白蘑菇，有殿门上的门钉那么大，蘑菇头部的小伞已经不见了。官员这才明白，这蛤蟆就是自己见到的那头驴，笔筒就是油桶，而那蘑菇就是卖油人。

　　之前一个多月，宣平坊中有很多人买了这卖油人的油，都奇怪为何他家的油质量又好又便宜，当得知一切都是妖怪变化的以后，吃过油的人就全都上吐下泻起来。

为
鬼
杂
闻

　　清代时，有一个名叫袁玉梁的人，在扶乩请仙时招来一个姓汪的秀才，汪秀才是严州人，一年前去参加乡试，死在了七里泷，魂魄飘飘荡荡没有归处，便附在扶乩的木笔上，通过它来和人交流。他说：溺亡的人刚死时就会被人领走，带到像是官署中衙役值班的地方，那里主事的人名叫司官。

　　进去后第二天开始查鬼魂的籍贯，随后司官便派鬼卒押解着溺亡者去见阎王。启程时，会吹铜龙为鬼魂送行——铜龙是一种用铜做的乐器，柄部弯曲，像是在马上吹的小喇叭，吹出来的声音凄切悲凉。汪秀才被带到冥府，阎王查过他的生辰簿，见他生平没有大恶，便释放了他，但既没有让他去托生，也未对他有任何约束，任其游荡，因此他得以被袁玉梁请来。

　　汪秀才说，做鬼没有乐趣，经常会感到非常寒冷，一定要靠在人身边，吸取对方的生气，才能感到舒畅些，但如果吸气时有好几个鬼互相争挤，稍有不慎，被挤得过于接近人，就又有被灼伤的危险。鬼又害怕大风，每次起风时，都会被吹得趴在地上行动不得，这是因为风一大就他又说，做鬼最难过是饿肚子，所以鬼经常会跑到百姓家中去偷吃饭熟时蒸腾而起的所谓「饭气」。

会带有罡气，风吹在鬼身上，重得就像山一样。在鬼眼里，风的颜色如同黑漆，风吹过来，鬼感觉就像是印刷用的雕版一片片擦着后背飞过，这风甚至能吹散鬼的身体。

他又说，做鬼最难过是饿肚子，所以鬼经常会跑到百姓家中去偷吃饭熟时蒸腾而起的所谓"饭气"。凡是富贵人家，做饭时肉多，饭气就会很浓厚，鬼吃了以后就很抗饿，贫苦人家吃不到好东西，饭气就很薄，有时候鬼吃完一顿也不见得能饱。

饭熟时，锅边上都会有一个童子守着，这童子是灶君的手下，他见到有鬼来偷饭气，就会驱赶他们，所以想要窃取富贵人家的饭气也不是一件容易事。

想要偷吃饭气，一定要等饭熟后刚掀开锅时，如果有风，那么饭气就会四散开来，鬼们用手去抓，就像抓一团团的丝絮一样，抓住了团成一团，就能吃了。如果没有风，那么饭气就会直着向上飘，而旁边就是看守的童子，鬼就偷不到饭气了。

鬼
悟

　　杭州北关门外有一间屋子，经常有鬼出没，人们都不敢住在那里，平时房间的门都紧锁着。有一个姓蔡的书生，想买下这屋子，别人告诉他其中有危险，但蔡书生不听。成交后，蔡书生的家人听说有鬼，不肯搬进去。

　　蔡书生于是亲自打开了那间传说闹鬼的屋子，点上蜡烛，静静地坐着。到了半夜，有一个女子冉冉而来，脖子上拖着一条红色的帛布，她对着蔡书生磕了个头，然后将绳子绕在房梁上，打个结，把脖子伸了进去。蔡书生望着她的一举一动，了无惧色。

　　女子又在房梁上绕好一条绳子，然后招呼蔡书生，蔡书生于是朝着她伸出一只脚来，女子说："您错了。"蔡书生笑道："是你错了才会有今天，我没错。"女子听完大哭起来，跪在地上拜了几拜，起身离去。自此后，这房间中便没有鬼作祟了。蔡书生后来也考中了进士，据说就是蔡炳侯布政使。

土地神

宋孝宗乾道初年，衡山县有一个村民，在社日那天和大伙儿祭神，喝得酩酊大醉。傍晚时他独自一人回家，路上失足掉进了田边的水渠里，被吓得不轻，爬起来后急匆匆地走了。等到家时，大门已经关了，敲门也没人答应，而村民发现自己竟然能从门缝间轻松地钻过去。

他走进屋里，见妻子正坐在床上纺麻，两个孩子在一旁玩闹，妻子不时嘟囔着丈夫这么晚了都还不回来。村民喊妻子："我在这儿呀。"但妻子一点没听到，村民有些生气地骂妻子，却同样没有反应。村民大吃一惊道："我不会已经死了吧？"连忙往外走。经过家中祖先的牌位时，他看见死去的父亲、祖父都坐在那里，便哭泣着跪到他们面前诉说自己的遭遇。

父亲道："别害怕，我为你去求求土地。"说完就出去了。过了一会儿，父亲领着土地神回来，只见土地神穿着布衫草鞋，完全是个农夫的打扮。土地神问清了是怎么回事，便让身边的一个小童跟着村民去一趟，那小童秃脑袋，光着脚，像是个牧童模样。

小童跟着村民出了门，沿着村民回来时的路找到他摔倒的地方。小童让那村民抱住他倒在水渠中的身体，自己站在路上一连喊了几声，村民便突然惊醒过来。村民妻子因为丈夫深夜没有回家，请来邻居举着火把出门寻找，正好来到水渠边，村民便和邻居一起回家了。

鬼误一

鄱阳皇族子弟赵彦珍，居住在永宁寺，他的妻子某氏，宋孝宗乾道八年冬天生了病，病情越来越重，当时才不过二十几岁。来年正月十日，某氏忽然梦见两个青衣童子走到她床前，对她说："你熬不到今年新春了，到了立春那天，就一定会死的。"

某氏是聪敏豁达的妇人，醒来后便对丈夫说："寿命都是前定的，我病情已经严重成这样，神灵也提前通知了我，想来我终究难逃一死。如今旦夕之间就要变成鬼了，又何必再去找那些巫师、大夫祈禳抓药？家中贫穷，没有那个力量，白白浪费钱财而已。"于是便拒绝服药，连粥也不肯喝，赵彦珍端着药碗哭着求妻子服药，某氏一言不发。

这月的十四日未时就将迎来立春，当天中午，某氏又梦见那两个童子来问她："你是赵氏的女儿，还是赵氏的妻子？"某氏回答："我是赵彦珍的妻子。"两个童子面面相觑道："差点错了。"说完转身离开了。后来，某氏忽然听到邻居家传来哭声，因此惊醒过来。她让人去问是谁死了，过了一会儿下人回来禀告，死者是寺外高县尉的妻子赵氏。某氏听了顿时汗如雨下，自此后便逐渐痊愈了。又过了十几年才去世。

鬼
误
二

　　南唐时有一个名叫陈居让的人，字德遇，是一个管理仓库的小官。有一天，陈居让正在仓库中值班，他的妻子独自在家。五更天时，妻子忽然梦见有两个小吏，手上拿着文书，从大门走进院子里，问说："这是陈德遇家吗？"妻子回答："对。""那德遇在哪里？"又回答："在仓库值班呢。"两个小吏听了，转身就走。

　　妻子想了片刻，猛然觉得事情不对，连忙追出去，喊道："我丈夫只是字德遇，有一个同样管仓库的官员名叫陈德遇的，他家就在东边不远的那条巷子。"两个小吏听到不禁咂着嘴道："差点弄错。"说完就走了。

　　没多久，那个陈德遇早上起来如厕，回来就感觉生了病，躺在床上过了一阵子就去世了。这两个陈德遇的家都在治城的西面。

周
洁

善良的鬼和善良的人。

五代时，有一个名叫周洁的人，曾做过霍邱县令，卸职以后便到淮上一带去游历。当时正赶上大饥荒，所有的旅店都关门了，一日，眼看就快天黑，周洁还没找到可以投宿的地方。他登上高丘四下眺望，看见有一处村落还冒着缕缕青烟，有烟就有人，于是周洁直奔那个村子而去。

到了村中，叩响一户人家的大门，等了很久，才有一个女孩来开门，周洁告诉她自己想要借宿，女孩说："家里人都饿坏了，一家老小都在生病，没有什么可以用来招待客人的，客人想住，就在正堂的床上委屈一夜吧。"

周洁心想能有一个住处就已很不错，于是跟着女孩来到正堂。这时，女孩的妹妹从旁边的房间里出来，躲在女孩身后，偷偷看着来人，但周洁看不清她的脸。周洁自己带着吃的，知道姐妹俩也都饿着，于是就取出两张饼来送给了她们。姐妹俩就回房间去了。

周洁睡下后，发觉周围寂静得一点人声都没有，心里惴惴不安，但已经累了一天，便也没想太多，很快就睡着了。

第二天清晨，周洁要走了，离开前喊那两个女孩，想要告诉她们一声，但喊了半天也没人答应。周洁感觉事情不对，于是就砸开姐妹俩房间的门，闯进屋里。他惊愕地发现，那里面堆着一屋子的死尸。大多已经死去很久，尸体都枯朽了，只有接待自己的那个女孩，看起来是才死了几天的模样，而她的那个妹妹，整张脸都干枯了，自己送给她俩的那两张饼，还完好地放在她们胸前，一动没动。

周洁很平静地接受了眼前的一切，转身去外面找来工具，独自一人挖出一个个墓坑，将屋中所有人全都埋葬好后，就离开了。

王
坤

　　某人在一天夜里，被一个死去多年的婢女拉着体验了一回当鬼的感觉。

　　太原人王坤，唐宣宗大中年间担任国子博士。他有一个名叫轻云的婢女，已经死去很多年了。一天夜里，王坤忽然梦见轻云来到自己床前，王坤很害怕，爬起来问她找自己做什么。轻云回答说："我离开人世好几年了，想起活着时，就像被捆着的人盼望松绑一样，今晚我能在您左右侍奉，是我的荣幸。"此时的王坤迷迷糊糊，就像喝醉了一样，完全没有意识到眼前的轻云是鬼。

　　轻云带着王坤出了门，门本来早就上了锁，但轻云带着他从门缝间很轻松地便钻了过去。两个人踩着月光走在街市中，悠闲地散着步。王坤忽然饿了，便和轻云说想要吃点东西，轻云就问："在这附近有和您关系好的人吗？可以上他家去要点吃的。"王坤一直和一个叫石贯的太学博士关系不错，此人住得也很近，王坤便领着轻云前往他家。

　　到了石贯家门外，却见大门紧闭，轻云上前敲敲门，过了一会儿，看门人前来开门，往门外看了看，自言自语道："刚才听见敲门声，外面却没看到人，怎么回事？"于是就又把门关上了。轻云又上前去敲，看门人再来开门时同样一无所见，如此一连反复三次，看门人发怒道：
"厉鬼怎敢随便敲我家的门！"便一边朝外吐唾沫，一边叫骂。轻云只
好对王坤道："看来石先生已经睡下，不能找他了，希望您能换一家。"
王坤又想起有一个在国子监当差的小吏，和他住得也很近，每回出门都
要从他家门前经过。王坤平时在工作上也很信任他，便和轻云一起找去
小吏家。

走到小吏家时，正好遇上一个人从门里出来，抱着一个水缸，把水
倒在了街上。轻云对王坤说："可以随这人进去。"走进院中，见小吏
正和几个人一起吃饭。王坤以为小吏见了他一定会跑上前迎接，但小吏
竟根本没理他。不多时，一个婢女端着一碗面条走上台阶，轻云跟在后
面，捶了她后背一下，婢女便倒在地上，面条也全撒了。小吏和妻子、
奴仆全都赶过来，有人喊道："是中邪了。"连忙找人去请巫师。

巫师到后表示："有一个人，佩戴着朱被银印，就站在庭院中。"
于是让人摆好酒食，作为对巫师所见之人的祭物。王坤和轻云便欣然坐
到座位上吃了起来，吃完便起身离开了。女巫将他二人送到门外，又在
门边烧了些纸钱。轻云对王坤说："您跟着我一起走吧。"王坤便跟着
她出了巷子，朝着启夏门而去。

一直走到了郊外几十里的地方，眼前出现一座坟墓，轻云说道："这
是妾身居住的地方，请您随我来。"王坤便弯着腰向里面爬，只见墓口
漆黑一片，什么都看不见。王坤忽然感到一阵惊悸，惊醒过来，浑身是
汗，战栗不止。当时天已经亮了，王坤很厌恶自己做的这个梦，谁都没
敢告诉。

起床后，王坤去拜访石贯，宾主落座之后，石贯对他说："昨夜里
不知谁连敲了我家门三次，让人去看时，却什么都没有。"从石贯家离
开，王坤又走到小吏家门前，见到有焚烧纸钱的痕迹，便让人把小吏叫

来询问。小吏道："昨夜我正和家人们吃饭，忽然有一个婢女中了邪，巫师说是鬼在作祟，于是便在庭中向鬼祭祀，又在这里烧了些纸钱。"所说和王坤梦中所见一模一样。王坤愈加恐惧，便将事情全都告诉了自己家人，这年冬天，他便去世了。

木姑娘

京城有一个宝和戏班，很有名。一天，有人骑着马找到班主说："海岱门外的木府要请你们唱戏，现在就要去。"这天正好赶上戏班很清闲，便叫齐了演员跟这人走了。走到城外时，天色逐渐暗下来，又走了几里路，已经到了荒郊野外，终于看见前面有座大宅子，有许多宾客来来往往。

戏班随着那人走进宅中，发现里面燃着的灯火不是很亮，而且微微地发着绿光。有一个婢女走出来，传话道："姑娘吩咐了，只许唱生角和旦角的戏，不许大花脸上台，大锣大鼓地乱敲，乱糟糟地让人生厌。"班主便照吩咐安排了要唱的戏。

戏班从二更起，一直唱到了天快亮，主人却还不准休息，也没有摆出酒饭犒劳他们。而不管是帘子里的妇人，还是堂前坐着的宾客，他们之间说的话戏班的人竟一句都听不懂。戏班的人不禁有些惊恐，心下疑窦丛生。有一个大花脸实在耐不住性子，便自己勾上脸，穿上《关公借荆州》里的行头，一个人跑上了台，乐队见了，也跟着把锣鼓全都敲起来。顷刻间，便见堂前的灯烛全都熄灭了，所有的宾客也都消失得无影无踪。

　　戏班的人取来火一照，发现自己待的地方竟是一座荒冢，于是连忙赶回了城里。第二天问了问附近的居民，有人告诉他们说："这是某位知府家木姑娘的坟。"

刘方玄

　　这是一篇唐代的故事，其中那个被遗忘在了空房子里的鬼魂，她言语间流露出的对故人的凄凄眷恋之情，着实令人怆然。

　　有一个名叫刘方玄的人，从汉南来到了巴陵，夜里住在江岸边一处老旧的馆驿里。馆驿正堂的西面有一道篱笆墙，墙那面又有一处厅堂，但是一直上着锁，据说里面被鬼怪占据，住在其中的客人会感到莫名不安，所以已经有十年没打开过了。有一年厅堂倒塌了一部分，郡守找来工人将其修复，打理得干净整洁，但始终没人敢住进去。刘方玄头一次到这里来，所以对其中的原委毫不知情。

　　夜里二更天时，月光洒满庭院，远处的江面、群山清寂幽静。睡不着的刘方玄忽然听到篱笆墙西面有妇人在说话谈笑，听得不是很清楚，只有一个老太太声音稍微大些。那老太太操着关中一带的口音，说道："前些年郎君被贬官时，常让老身骑着一匹黑嘴马，抱着阿荆郎赶路，阿荆郎总是撒娇，不肯老实坐着，一会儿向左偏，一会儿向右偏，把老身胳膊都弄伤了，至今一到天阴时都会酸痛不已。这会儿又发作了，明天一定会下雨吧。如今阿荆郎也当大官了，不知道还记不记得有老身这个人？"

　　而后又听到有人和她搭话。过了一会儿，又听到有人唱歌，歌声纤细，如一缕长长的丝线般连绵不绝。歌唱完后又开始吟诗，吟诵的声音悲苦哀怨，虽然听不清具体的词句，但能体会到其中的酸楚。过了很久，老太太又说道："从前阿荆郎总是把'青青河畔草'一句挂在嘴边，如今真可谓是'绵绵思远道'了。"快四更时，声音才听不到了。

　　第二天，果然下了一场大雨。刘方玄找来馆驿中的小吏，问西边住的什么人，小吏回答："西边厅堂是空的，没有人住。"又和刘方玄讲了没有人住的原因。但刘方玄并不害怕这些，坚持让小吏带他过去看一看。

　　小吏只好带上刘方玄打开篱笆门，进到庭院里。庭中到处都是茂盛的荒草，将台阶都淹没了，看不到一点人的踪迹。打开厅堂的门，只见里面装修得很新，而且很干净，但空荡荡的什么东西都没有。刘方玄在一根柱子上发现有人留下一首诗，墨迹还很新鲜，其词云："爷娘送我青枫根，不记青枫几回落。当时手刺衣上花，今日为灰不堪著。"品味诗中之语，刘方玄觉得这恐怕只有鬼才能写得出来。

　　小吏对刘方玄说，这厅堂自从重新盖好以后，就不曾有人居住过，从前这根柱子上也根本没有诗，如此说来，这诗肯定是昨夜的人留下的。后来刘方玄根据那夜听到的故事向人打听，但终究也不清楚那些人的来历。

七五姐

　　七五姐是宋代一个普通的女孩，用数字做名字是当时人的习惯。她似乎因为学习过道家仙术，死后其鬼魂竟又不远千里前去和丈夫团聚了。

　　房州人解三师，家住在宁秀才开设的书馆隔壁。解三师的女儿便是七五姐，七五姐从小喜欢读书，每天都会偷听隔壁书馆里学生们的朗读，渐渐地都能背诵了。她父亲爱好道家修行和法术方面的书，父亲不在家时，女孩也常常会私下研习那些书。

　　宋孝宗淳熙十三年，七五姐二十三岁，九月里，她家招赘了归州人施华当女婿，但施华没在家待多久就出门做生意去了。到了十五年四月，施华给老丈人寄了一封信，又同时让带信的人秘密交给妻子一封信，上面说："我在你家，每天被丈人丈母娘百般欺辱，如今做生意又赔了本，在外面生活得潦倒困苦，你一个人独自在家要耐住寂寞，不要生出改嫁的心来，等我生意稍稍顺利些，就回来带你走。"七五姐看完信大哭了一场，那之后便不再吃东西，萎靡得像是得了重病一样，到了八月就去世了，而施华对此并不知情。

　　过了两个月，住在遂宁旅店里的施华，忽然见到七五姐来找他，他急忙跑上前问："从房陵到这里有千里之遥，你一个柔弱的妇人，是怎么过来的？"七五姐回答："收到你的信后，我就因为发愁和思念生了病，父母却都不关心，反而责骂我。于是我写了一张纸条放在房中，就说我去投水自尽了，千万不要找我，以此脱身离开了家。后来一路行乞，受尽辛苦，脚上的鞋都磨穿了，才终于见到了你。"

施华此时已颇有些积蓄，见她风尘仆仆，身上的衣服、鞋子也全都破破烂烂，不禁抱住她大哭起来，之后牵着她的手走进房里，买来很多肉给她吃，又买了新衣服。于是夫妻俩便在遂宁安顿下来。

到了绍熙二年冬天，施华想要带着七五姐回老丈人家，但是七五姐坚决不肯，施华只得带她回到了自己的老家归州。隔了一年，施华老丈人的一个邻居偶然来到归州，遇见了施华，施华把他请到自己家，七五姐也出来招待。邻居一见七五姐，大惊道："七五姐死去三年了，怎么会一副大活人的样子出现在这里？"女孩道："我骗父母说去投水，其实是偷偷去找施郎，没有真死。"邻居虽然心下疑惑，却也没有苦苦追问。回到房陵后，邻居见到七五姐的父亲，说了自己见到七五姐的事情。七五姐的父亲根本不信，干脆把七五姐的棺材焚化了，起棺时人们见到七五姐棺中的尸身早就腐朽了。

庆元二年，施华搬家到荆南，第二年，七五姐的父亲听说此事，便让儿子带着书信去找他，果然见到了施华和七五姐，夫妻俩对哥哥非常欢迎，留他住了几个月，之后三人便一起回到了七五姐的父亲家。七五姐一家喜出望外，于是摆上酒宴召集来亲戚庆祝，但那些亲戚都说："七五姐不幸夭折，到今天已经七年，而且尸身都焚化了，现在这个恐怕是精魅变的，一定会对施郎不利，应该想想对策才是。"七五姐的父亲被说动了。

第二天，他便找来一个法师捉妖，七五姐见状怡然自若。法师一道符咒还没写完，七五姐就用自己写的一道符破了他的法；法师又写了一道"灵官捉鬼符"，七五姐紧接着就写了一道"九天玄女符"再次破了他的法术。于是法师不再施法，拔出剑问七五姐："你到底是什么妖怪？"七五姐回答："我活着时读了父亲所有的道法书，又在梦里蒙受九宫玄女教给我返生还魂之法，所以得以再度为人，永远生活在尘世中。我常常怀着救济别人的善心，也不曾触犯天地间的禁忌，而你犯下的过错数不胜数，哪里还有什么神威能制住我呢？"法师无法回答，灰溜溜地走了。之后，七五姐就又像平时那样去见父母和亲戚去了。

后来有一年，解家全家人都到郊外去玩，偶然走到了埋葬七五姐的地方，有人漫不经心地指给七五姐看，七五姐忽然大笑一声，飞快跑进了山里，后来再也没有回来过。

瑞娘

　　抚州霞山县百姓周十四郎，有一个名叫瑞娘的女儿，已经二十一岁了，还没有出嫁。宋宁宗庆元二年（1195）的五月里，瑞娘生了病，在床上躺了快两个月，到七月二日那天便去世了。

　　过了十一天，七月十三日正午时分，瑞娘忽然从门外走进家里，遇见家人，还笑意盈盈地和他们打招呼。她的父母见到她，却一边朝她吐唾沫①一边说："你不幸夭折，这是命，为何却要大白天作怪？"瑞娘回答："不用怕，女儿会死，都是因为二老的缘故。"父母问她这话是什么意思，瑞娘解释道："去年九月，林百七从门前经过，对我一见倾心，回去后便告诉他父亲想要娶我，但等到他家媒人来我们家提亲时，二老却不同意。林郎因此抑郁成疾，五月十九日那天就去世了，死后在阴司告状，还是把我娶为了妻子。如今他也跟来了，就站在门外。我记得我活着时自己织了三十三匹小纱、七十四绢和一百五十六匹绸，快点取来还给我。"

　　父母听罢很是伤心，按女儿的话把她织的布都搬了出来，一共装满

------

① 古人认为唾沫可以辟邪。

了两个大竹笼。瑞娘于是叫来林郎，两个人全都轻松自在，没有一点畏惧胆怯。瑞娘对父母施了一礼说："我就和林郎去西川做生意去了，你们不要找我，也不要想我。"话说完，两个人就不见了。

瑞娘父亲找来林百七的父亲，把这件事告诉了他，对方道："此事涉及鬼神，哪里能搞得清楚。"双方又约定到初冬时，把瑞娘和林百七的棺木并在一处火化。等到了准备火化时，人们打开二人的棺材，发现里面全都是空的。

客店女子

或许是因为有什么夙愿还没有完成，鬼魂才会如此留恋某个地方不肯离去吧。

宋时，有一个叫姜七的人，他家对面有一座空房子，相传被鬼魅占据，因此一直没人敢住，姜七便把房子租下来做了客店。

住在这客店里的人，经常会见到有一个女子，从早到晚绕着房子转圈，有客人在盆里泡好了米，女子会代为淘洗，有人在烧火做饭，她会帮忙添柴，等人吃完后，甚至还会帮忙收拾、涮洗。但人们问她是谁，她从来都不说，一整天都一言不发。曾有一个客人喝醉了，爱慕女子既年轻又皮肤白皙，便提出想抱抱她，女子只是微笑不答。到了夜里，女子也会像白天时那样在房子前后游走，有时会推门进到客人房间里，等到出去时，还会记得把门关好，从来没有伤害过人。

有一个名叫程三客的，是古田人，平日里只吃素，修炼"秽迹金刚咒"，有些功力。他目睹了这个女子的行为，对别人说："怎么会有鬼怪公然现身而对人无害呢？我要除去她。"于是他暗中掐诀念咒，而女子则恭恭敬敬地站在他身边听着他念，等到他念足一百遍后，就一边鼓掌一边大笑着走了。

　　上了年纪的人说："这个女子已经在房子里出没二三十年了，好多次有术士、法师作法驱除，但每次她都大笑着离开，暂时隐藏一段时间，过不了一百天，就又会再次像从前那样出现。"

沧浪亭

苏州城中有一座沧浪亭，原本是苏舜钦的宅子，后来归于韩咸安所有。金兵进犯时，百姓们躲进宅中的后园，最后都死在了园中的池塘里，因此住在宅中的人总是被鬼魂骚扰，不得安宁。后来韩咸安得到了这座宅子。每到月色很好的夜晚，总能见到数百人出现在池塘边，有僧人也有道士，有妇女也有商贾，这些人或唱歌，或呼喊，嘈杂吵闹，过一会儿，又开始唉声叹气，随后便会消失。

有一个守夜的老兵，一天夜里刚躺下，忽然被几十个人抬起来，眼看就要被扔进池塘里。老兵是陕西人，胆子很大，知道他们是鬼，也一点都不害怕，态度严肃地对他们说："你们死在这里已经很多年了，我帮你们跟这家主人说一声，请他把你们的遗骸全都打捞出来，改葬在平原上，并做佛事超度你们，不要再守着这池塘伤害普通人了，怎么样？"那群鬼很惭愧地道谢说："这样最好。"于是放下老兵离开了。

第二天，老兵将此事报告给韩咸安，韩咸安于是找来牛车将池塘里的水全部抽走，挖开淤泥，从里面捡拾起死者的遗骨，盛在大竹筐里，一共盛满了八个竹筐，之后又将这些遗骨放进大棺材里，准备下葬。当天夜里，有一个男子找到老兵，带着他走进一片竹林里，说："别人都走了，但我还有两条手臂在这里，希望您能帮人帮到底。"老兵按此人所说找到了他的手臂，一起放进了棺材里。后来韩咸安将这棺材葬去了城东，又在灵岩寺举行水陆法会超度亡魂，从此后宅中的鬼怪便消失了。

善
僧

淮阴有一位母亲死了女儿，到寒食节时，想要为她做场佛事超度，但却没有钱。女孩母亲只好剪掉自己的头发卖了六百文钱，正打算出门去找和尚，正巧有五个和尚从门前路过，女孩母亲上前又是作揖又是行礼，想请他们为女儿做佛事，但几个人找各种借口推辞，过了很久，才有一个僧人答应留下来。

这僧人对女孩母亲说："今天我没带经文出来，您能自己去借一部来吗？"妇人于是问遍了街坊四邻，终于借到一部《金光明经》交给了僧人。僧人展开经卷，才开始读，女孩母亲就已泣不成声，僧人也很伤心，说道："没想到您会如此悲痛，我要先到街市上去沐浴净身，然后再来诵经，为您尽一份心力。"僧人再回来后，极为真诚地为女孩诵经祈祷，诵完后又写好超度的文书才收下报酬离开了。

离开后，僧人在一个茶摊上遇见了之前同行的四个人，那四人听说他得了钱，便提出要用这钱买酒喝。五个人进到酒馆里，已经坐定，但还没有举杯，忽然听见窗外有一个女孩的喊声，但只有刚刚做完佛事的那个僧人听见，站起来答应了一声。接着他又听那女孩哭着说："我就是那家人死去的女儿，沉沦在鬼域已经很久了，多亏师父精意诵经，才得以超脱，阎王已经下令准许我投胎，文书都已写好只是还没有盖章。师父如果这时饮酒破戒，那就前功尽弃了，能否忍耐到明天呢？"

僧人闻言既感动又惊恐，便将此事告诉给了另外四人，四人听罢，立即战战兢兢地离开了酒店。

父 子

纪晓岚的兄长纪晴湖曾讲过，有一个叫王震升的人，晚年失去了自己最喜欢的一个儿子，痛不欲生。一天夜里，他路过儿子的坟墓，在墓前徘徊伤感，不忍离去。忽然，他看见儿子独自坐在田垄上，连忙跑上前去，儿子的鬼魂看到了他，既没有躲开也没有迎上来。

王震升问儿子为何会坐在这里，儿子的鬼魂却嘲笑他说："能做父子是前生的缘分，缘分尽了，就你是你我是我了，又何必再打听呢？"说完头也不回地走了。自此后王震升想念儿子的痛苦便消失了。

有人说，"如果子夏能明白这一点的话，那他就不至于因为痛失爱子而哭瞎眼睛了。"纪晴湖却说："这是一个孝子对父亲至诚的感情，他说出这番话，是故意要断绝父亲对他的哀思，就像郗超留给父亲郗愔看的那些密札一样。[1] 但这并非正理，如果人们都抱着这样的看法，将父子、兄弟、夫妇的感情，都看作是萍水相逢一般，那亲情只会日趋淡薄。"

---

[1] 郗愔忠于东晋，而郗超则是桓温的同党。郗超死前特意交代门生在他死后将他与桓温之间密谋的书信交给郗愔，郗愔看后果然大怒，从此不再为他哭泣。

鬼神之宅

唐代人认为，冥府的鬼神有时其实就是在人间一些荒废的大宅里办公的。

天宝年间，万年县主簿韩朝宗，一次勒令一人来官府，那人来晚了，韩朝宗便打了他五板子，后来领他去见县令，县令又下令打了这人十板子。过了没多久，这人得时令病死掉了，死后在冥府告状，说是韩朝宗害死了他，于是冥府便把韩朝宗也抓了来。

韩朝宗被人押着走进一扇异常高大的黑色大门里，在走到第二道门前时，韩朝宗见旁边有一个小阁子，阁子门口垂着帘幕，他认识的一个名叫洪子舆的前御史就坐在里面。洪子舆也看见了他，问道："韩大人，你怎么也到这儿来了？"韩朝宗道："我被抓到了这里，不清楚怎么回事。"洪子舆便叫他早点去见大使。

进到门内，见到了前刑部尚书李乂，韩朝宗向前拜见过他，李乂问："你为何要杀人？"韩朝宗辩解："不是我杀的，是县令让下重手，后来那人又得了时令病，这才死了，不是我的错。"李乂又问那告状的人说："是县令打的你，为何要牵连他的主簿呢？"最后没有追究韩朝宗，

但这里根本是一座无人居住的空宅，问问别人，那人回答说："这是某个公主的凶宅，没人敢住在里面。"

记录此事的作者说，通过这个故事，可以确信那些大的凶宅都有鬼神盘踞其中。

但他作为县令的辅佐人员，根据惯例也要吃顿板子，于是打了他二十下，便把他放回来了。

第二天夜里，韩朝宗才苏醒过来，后背一片青肿，疼得难以言说，过了一个月才逐渐恢复。后来他在街巷间巡查时，走到长安南边的罗城一带，那里有一条巷子，巷中有一座宅院，大门朝南开，韩朝宗清楚地记得这里就是他被抓来并且吃了顿板子的地方。但这里根本是一座无人居住的空宅，问问别人，那人回答说："这是某个公主的凶宅，没人敢住在里面。"

记录此事的作者说，通过这个故事，可以确信那些大的凶宅都有鬼神盘踞其中。

离
魂

　　白居易的弟弟白行简，唐文宗太和初年一次大醉之后，梦中被两个人领着出了春明门，带到了一座新坟之中，直到天快亮时才又被领回来。

　　走到城门口时，道旁的店里在卖汤面，白行简肚子很饿，正和两个领着他的人商量可不可以吃点东西，忽然见到店主人的妻子抱着一个小孩走出来，领着他的人便拾起一个小土块交给白行简，让他用土块砸那小孩。白行简照做了，那孩子于是大哭起来，随后便晕了过去。店主妻子喊道："孩子中邪了。"于是让人请来了一个女巫，焚起香，弹着琵琶作法。作完法后，女巫说道："没有大事，只是小鬼怪在作祟而已，一共三个人，其中一个是活人的魂魄，只是为了求顿饭吃，不会伤人。赶快做些汤面，再打些酒来。"

　　于是店主一家人连忙做了一桌饭，女巫恭敬地请白行简他们入座，三人于是上前美餐了一顿，吃饱后一起身，那小孩就恢复正常了。白行简醒后，想起所做的梦，心下非常厌恶，过了十几天他就去世了。

山
童

　　宋代的人们，相信有很多鬼魂若无其事地生活在人间。

　　河北人王武功，寄居在鄞州。某年九月间，他雇了一个名叫山童的十来岁的少年当仆人。过了不到一年，王武功有了一个儿子，又请了贾某的妻子做乳母。此后没多久，山童忽然不见了，王武功四处寻找也没有找到他的下落。

　　某年冬天，王武功因事前往临安，半路上偶然遇见了山童，山童也认出了王武功，便把他请到茶摊上，向他深施一礼。王武功和颜悦色地问他："你服侍了我十个月，既勤快又谨细，我也挺喜欢你，你为何要不告而别呢？"

　　山童道："山童如今不敢瞒您，我是鬼。但其实您请来的那个乳母也是鬼，她怕我会泄露她的秘密，就百般排挤陷害我，所以我只好避开她。您回到家以后，一定不要惹恼了她，只要保护好小官人就好。"说完就离开了。王武功担心自己儿子，事还没办完就急急忙忙回去了。

　　回家后，他对妻子说明了情况，然后叫来了乳母，乳母过来时还抱着王武功的儿子。她走到王武功夫妻跟前，神态自若，还在夸耀这小孩长得白白胖胖都是自己的功劳。王武功接过孩子，递给妻子，而后笑着对乳母道："山童说你是鬼，是真的吗？"乳母一听，顿时脸色大变，拍着手掌充满愤恨地大吼大叫，一溜烟跑去了厨房里，还大喊着："官人倒信山童说我是鬼！"有人刚要和她搭话，乳母忽然之间就消失了。

食

蛊

　　蛊在古代被认为是一种会寻找宿主的妖怪，它能帮宿主致富，有时却也会反噬宿主，令其家破人亡。但在这个故事里，令人闻风丧胆的蛊却成了主人公的下酒菜……

　　宋时漳州有一个书生，禀性勇敢，体格强健，认为天底下就没有值得害怕的事情，如果有，那也是因为人自己胆怯而已，经常会遗憾没有鬼神来侵犯他，好让他试一试自己的勇武。

　　一次，他和几个朋友走到村外，见地上有一个丝绸包裹，几个朋友都不敢正眼去看，书生却笑着说："我正缺钱用，哪里能不要呢？"于是当众打开，发现里面还用布包着好几层，全都解开后，最里面是三枚大银锭，但同时还有一只形似蛤蟆的蛊虫趴在上面。书生对着蛊虫祝祷道："你这妖怪自己离开，我想要的是银子和丝绸而已。"于是便把蛤蟆赶到一边，拿起包袱走了。回到家后，家人见到那包袱，都大哭说："大祸临头了！"书生道："有什么事我自己承担，不连累你们。"①

――――――――――――

① 宋时有嫁蛊之说，不想再养蛊的人家会将蛊放进篮子里，并放上些金银珠宝，再用布盖好，丢弃在路边，将这篮子捡回去的人，就会成为蛊的下一任宿主。

当天夜里，书生想要上床躺一会儿，但走到床前，却发现已有两只浑身发青，体形大得如同周岁婴儿的蛤蟆先趴在了床上。书生正愁缺下酒菜，于是就连敲带打把两只蛤蟆打死了，家人见了又是一阵大哭。而书生不管这些，欣欣然一边割肉一边煮着吃了，喝醉后便躺下睡了，一整夜什么事都没有发生。

第二天夜里，又出现了十几只蛤蟆，但是比上一次的要略小一些，书生来者不拒，把它们也同样煮着吃了。第三天夜里，蛤蟆的数量增加到了三十只。后来每天夜里都出现，数量越来越多，但是随着数量增多，个头也越来越小，最后变得满屋子都是，靠书生一个人已经吃不过来了，只好雇人把这些蛤蟆一股脑全都埋去了野外。此后书生的胆气比之前更加豪壮，过了一个月，这种事情终于不再发生了。书生笑说："蛊毒的神奇，不过如此吗？"

书生的妻子请求多买些刺猬来防蛤蟆，因为刺猬见到蛤蟆就会上去咬，但书生表示："我就是刺猬，哪里还用买？"书生一家最终也不曾遇上什么灾祸，有识之士都很赞赏他的行为。

乌

头

在唐宋时代的志怪书中，有好几篇讲述某人的亲人本已死在战乱之中，后来却被发现仍活在世上的故事，类似的故事之所以会频繁出现，或许是人们在经历离乱之后，对于没能坚持下来的亲人，希望他们也同样可以过得平安幸福吧。这篇《乌头》是其中比较典型的一篇，创作时代正是中国历史上最为混乱的五代时期。

高安县人刘骘，有一个姐姐，名叫粪扫，又有一个妹妹，名叫乌头。当时天下大乱，乌头十七岁那年得病死掉了，而姐姐粪扫则被一个叫孙金的将领掳走，当了他的妾。

乌头死后三年，孙金在常州担任团练副使，有一天，粪扫和孙金的正妻到一位陈姓大将家参加宴会，在宴会上，居然见到了早就死去的妹妹。问她从哪里来，她回答："前几年被人俘虏，到了岳州，给刘氏夫妻当了女儿，后来嫁给了从北方来的军士任某，他就是陈将军手下的兵，于是就跟随他一起到这儿来了。"粪扫将这事写信告知了刘骘，但刘骘当时只是县里的一个小吏，根本没能力去探望妹妹。

过了几年，刘骘要到京城去办事，便借机绕道去看妹妹。他先到了孙金家，叫了一个仆人做伴，来到那个任某所在的大营。他自己没敢直接进，而是让仆人先去通报一声。仆人来到乌头家，扒着门缝，看见乌头正忙着打扫庭院，一边还在说："我兄长就快到了吧。"仆人盯了很久，看不出什么异常，于是才叫门。乌头问他是谁，仆人回答说："是高安刘家的使者。"乌头道："长着一脸胡子的那个是我二哥，名叫刘鹭，他昨天晚上就该到了，怎么迟了这么久？"

于是乌头亲自跑到营门去迎接刘鹭，刘鹭看到妹妹的容貌和从前一样，不禁悲从中来，二人抱头痛哭许久。过了一阵子，孙金让他的几个外甥带上酒食，也来到任某家，一起叙旧聊天。乌头说："今天我二哥来了，总算证明我是人，从前老有人喊我是鬼。"任某在闲谈中也提到，乌头平时行动轻巧敏捷得不像话，做起女红来速度尤其快，而且可以从夜里一直干到白天，成品多得就像有好多人在帮她一样。她吃饭时也一定要等饭菜都凉透了才吃。

刘鹭还是有疑心，他私下里问妹妹："你早就死了呀，是怎么活到现在的？"妹妹回答："哥哥不要这样问我，否则恐怕以后就不能再见面了。"刘鹭听了，也就不敢再说什么。后来过了好多年，任某死了，乌头再嫁给了一个姓罗的军士，跟他搬家到了江州。

高安当地的大官陈承昭听说了此事，便找来刘鹭询问详情，但刘鹭压根不清楚是怎么回事。陈承昭便突发奇想，找了一帮人去挖乌头的坟想看个究竟。乌头的坟在一道山岭上，已经好几十年没人去过了，被派去挖坟的人只能硬清出一条路前进。到了乌头坟前准备开挖时，忽然发现她的坟头上有一个洞，洞口有碗那么大，深不可测。众人都很害怕，不敢挖掘，于是一起坐到大树下边，记录下了现场的情况，回去后就以此向陈承昭交差。

过了一阵子，刘鹭听说乌头病了，于是就赶去看望她。乌头对哥哥说："之前有十几个乡里人，拿着刀想要劫持我，差点砍中我的脑袋，我大声责骂他们，拼尽力气抵抗，他们才退到一棵大树下边，写了一封文书后就走了，我至今浑身都还在疼。"刘鹗听了，心知妹妹有时还是会住在坟里，心里也很恐惧，后来就逐渐主动疏远了妹妹。

罗某后来随军转移到别的地方，又过了些年，他所驻扎的地方被敌人攻陷，罗某被俘虏，乌头也就失去了下落，算来当时她已经有六十二岁了。

猪
妇
人

武则天长安年间，豫州人元佶，居住在汝阳县。元佶养了一头母猪，一直养了十几年，后来母猪忽然就失踪了。这母猪跑去汝阳，变成了一个妇人，二十二三岁的模样，很有几分姿色。她来到一户富贵人家门前说："我没有地方可去，听说这里需要人养蚕，希望能得到这活儿。"这家主人对她很满意，便让她和自己女儿住在一起。

这妇人十分精通梳妆打扮，得到了钱就去买酒，并买些胭脂水粉。后来有一次她和一群少年喝酒，喝醉后便走进树林中睡着了，睡梦中又变回了一头母猪的模样，脸颊上涂抹的胭脂都还在呢。

刁俊朝妻

唐代人认为妖怪可以寄住在的人身体上，化为赘瘤之类的东西，以此来躲避追捕，后世妖怪躲在人身边避雷劫的故事或许就起源于此。这一篇和下一篇都是这样的故事。

有一个名叫叫刁俊朝的乐官，他的妻子巴氏，脖子上长有一个肉瘤，最初时只有鸡蛋大小，后来逐渐长到了瓶子那么大，再后来竟大到如同一尊铜鼎，以至于压得巴氏连行走都很困难。在那肉瘤之中，还不时传出演奏各种乐器的声音，细细听来，演奏得还不赖，很是悦耳。

过了几年，肉瘤上又长出了无数个只有针尖一般大的小孔，每到要下雨时，孔中就会冒出缕缕白烟，越飘越高，纷纭流散，在半空中形成一大片乌云，随后雨便会立刻降下来。

全家男女老少都很害怕，他们向刁俊朝请求，让他将巴氏抬到山上扔掉算了。刁俊朝对妻子恋恋不舍，但迫于全家人的压力，只好对妻子说："全家人都想抛弃你，我迫于压力，恐怕也很难再保护你，我想把你送到没人的地方，可以吗？"巴氏说："我这种病确实可恶。如今你把我送去深山老林里是一死，把瘤子剖开也是一死，你把这瘤子剖开吧，倒看看里面到底有什么！"

于是刁俊朝找来一把刀，把刀磨锋利后攥在手中走向妻子，这时，瘤子忽然发出"嘭"的一声，而后便四分五裂开来，有一只大猴子从瘤中窜出来，一蹦一跳地跑了。刁俊朝连忙取来棉絮裹住妻子的伤口，瘤子虽然消失了，但妻子却因此元气大伤，命悬一线。

第二天，一个道士登门拜访，对刁俊朝道："我就是昨天从瘤中跑出的那只猴子。我本是猕猴精，已经懂得呼风唤雨，经常和汉江鬼愁潭中的老蛟龙来往，等待江中船只经过时，便把船弄翻，好窃取船上带的粮食，来养活我那一大家子。前几年太一神诛杀了那条蛟龙，又四处搜查它的党羽，我无路可逃，只好借住在您夫人的脖子上，才捡了条命。虽然并非有意加害，但连累得她也够惨了。如今我从凤凰山神那里求来了一点灵膏，请您为夫人涂上吧，但愿可以马上痊愈。"

刁俊朝接过灵膏，不敢怠慢，立即给巴氏敷上，巴氏的伤口瞬间便愈合了。刁俊朝于是邀请这道士留下做客，并炖鸡来招待他，吃完饭，又买来酒接着喝。道士边喝酒边引吭高歌，又发出各种乐器的动静，无不悦耳动听。酒喝完后道士便告辞了，没人知道他后来又去了哪里。

王布女

唐顺宗永贞年间，东市的百姓王布，为人有些文化，家中非常富有，来往东市的商旅都很尊敬他。王布有一个十四五岁的女儿，既漂亮又聪明，但是两个鼻孔里各垂着一条皂荚子那么大的息肉，根部如同麻线粗细，有一寸来长，稍微一碰就钻心地疼。王布花了几百万为女儿医治都没有治好。

某天一个胡僧来到王布家化斋，谈话间对王布道："我知道您女儿得了怪病，可以让我见见，我有办法治好她。"王布闻言大喜，便把女儿叫了出来。只见那僧人取出一包洁白的药末吹进了女孩鼻子里，等了一会儿，便把两条息肉直接摘掉了。女孩除了鼻孔里流出了一点黄水以外，没有任何痛苦。

王布拿出金银来感谢他，这僧人道："我是修道之人，不能接受这样厚重的礼物，只要这两条息肉就够了。"说完小心翼翼地将息肉收好，步履如飞地走了。王布认为自己是遇上了圣人。

大约在僧人已经走出五六条巷子远后，又有一个美如冠玉的少年，骑着白马来到王布家，问说："刚才有一个胡僧来过吗？"王布连忙把他请进家，对他说了胡僧为其女儿治病的事。少年听完唉声叹气，有些不高兴，说道："马小跑得慢，竟落在了这僧人后面。"

王布听了很惊讶，问他此话何意。少年回答说："天帝丢了两个药神，最近得知是藏在您女儿鼻子里，我是天上的仙人，奉天帝之命来取他们回去，却不想被这僧人先取走了，我这回要受罚了呀。"王布听少年说他是仙人，忙向他礼拜，等再抬起头时，此人已经不见了。

狸
猫

三国时，吴国嘉兴有一个名叫倪彦思的人，有一个妖怪住在他家里。它可以和人说话，饮食也和人一样，只是见不到身形。倪家的奴婢有时背地里偷偷骂主人，妖怪就会说："我这就去告诉他。"倪彦思知道了，把奴婢好一通教训，此后便没人敢再说他的坏话。

倪彦思有一个小妾，妖怪向倪彦思请求把小妾送给它，倪彦思这才请来道士想把它赶走。道士刚摆好祭神的酒肴，妖怪就取来厕中的粪秽扔到上面；道士又敲起鼓来降神，妖怪就坐在神座上，抱着尿壶吹出号角似的声音。过了一会儿，道士忽然感到后背一阵发凉，起身解开衣服，原来是妖怪不知何时把尿壶放进了他的衣服里面，道士只得告辞而去。

夜里，倪彦思在被窝里和妻子说悄悄话，都认为这妖怪是个祸患，忽然妖怪在房梁上对倪彦思道："你和你妻子念叨我，我这就截断你家房梁。"说罢便听到锯木头的动静。倪彦思担心房梁真被锯断了，连忙点着蜡烛察看，但刚点亮就被妖怪给弄灭了，而锯房梁的声音愈加响亮起来，倪彦思害怕房子会塌，便把全家老小都喊了出去。过会儿举着火把进去看，却发现房梁完好无损。妖怪哈哈大笑，问倪彦思："还念叨我吗？"

嘉兴城中掌管粮食的官员听说此事，说："这妖怪应该是狸猫之类的东西。"妖怪于是立即找到此人说："你偷走官府千百斛谷子，就藏在某处，为官贪赃枉法，还敢议论我？如今我要去告官，带人去找你偷的谷子。"此人惊慌至极，连忙向其赔罪，后来就没人再敢议论这妖怪了。过了三年，妖怪忽然离开，不知去了哪里。

雅
狐

　　有一个风姿俊朗的公子，时人评价如同古时有"璧人"之称的美男子卫玠一般。雍正末年，他来到京城参加会试，在丰宜门内的一处寺庙里租了两间屋子，一间屋子用来睡觉，一间屋子用来读书。

　　这公子住进去后，每天早上起来，都会发现书房里的桌案、床榻、笔墨之类，全被打理得一尘不染，甚至于瓶中插好了鲜花，砚台里添满了水，四处都妥妥当当，一看便知不是粗笨的人能做出来的。公子忽然想到，听人说北方有很多狐女，说不定是有位狐女借给自己打扫房间来暗通情愫。他心里这样盘算，不禁感到美滋滋的。后来那人又会在盘子里放上些精致的小点心，公子虽然不敢吃，但愈加认为这是美人对自己的馈赠，因而翘首期盼着可以与她相见。

　　一个月色明亮皎洁的夜晚，公子悄悄躲在窗户外面，在窗户纸上抠了个洞来观察室内，想要一睹狐女芳容。到了半夜，听见屋中有动静，起来一看，果然见一个人正在屋中帮他整理，但再仔细一看，发现那人原来是一个满脸大胡子的壮汉，公子吓了一跳，连忙逃走了。

　　第二天，公子就搬了出去，在他搬走时，似乎还能听到有人正在天花板上轻声叹息。

独骑郎君

临川县某村的村民张四，买了一捆扫帚，一共有四根，等到解开拿来用时，却在里面发现了一把小镰刀，看上去就是割稻子用的那种普通镰刀。张四心知这是编扫帚的人落下的，也没多想，随手把镰刀挂到了墙上。

到了夜里，镰刀忽然发出阵阵怪声，全家人对此既疑虑又厌恶，想要扔掉它。张四道："这并非是杀人的凶器，一定不是冤魂在作祟，不会是有鬼神凭附在上面吧？"于是把镰刀摆到了神堂里，对其供奉很是周到。起初，镰刀发出的声音很小，后来逐渐变大，再然后便开始窸窸窣窣地说着什么，后来言语逐渐清晰，能够略微辨别一二，又过了几天，便全都能听清了。

张四问它是何方神圣，回答说："我是南山的独骑郎君，山神喜欢我巧言善辩，又通晓人世间的事情，所以派遣我来为人预报祸福。"最初，它只会预报明天会有某人来做客，带了什么礼物来这样的小事，后来又预言起邻居家一个待产的孕妇何时能生，并说会很艰难，但不会有危险云云，事后都一如它所说。于是渐渐地，开始有人带上酒和钱来到张四家，专门请这位独骑郎君为自己预言祸福。过了半年的工夫，张四家已热闹得如市场一般，于是又专门给独骑郎君画了一幅像供起来，愈加尊奉其为神灵。

有一天，张四的族弟张天祐来到他家，想要见一见独骑郎君，但等了很久，却始终都没有得到回应。后来独骑郎君的声音忽然从天井上传来，先是为让张天祐等了这么久致歉，之后说："我去参加刘汉王的酒宴，所以回来晚了。"所谓的刘汉王，是当地人祭祀的一个小神灵，不是汉朝的高祖刘邦。张天祐于是首先问起自己打官司的事，独骑郎君回答："能赢，而且会得到些钱财。"随后又问第二件事，这一次答道："不行，不如算了吧，轻举妄动一定失败。"事后证明它所说都是对的。

张天祐占卜完，便放下百余枚铜钱，起身告辞，但独骑郎君却叫住他说："里面有五枚成色不好的钱，请换一下。"张天祐只好又回来给它换了五枚。他突发奇想，又说："听说神灵您擅长唱歌，希望能听您来一首。"独骑郎君先向他要钱，张天祐给了三文，独骑郎君才开始唱，唱的曲子是民间流传的《刺梅花》。张天祐又说："能送我一程吗？"独骑郎君道："这很容易。"于是张天祐一边走，一边便能听到半空中有细微的声音在伴随自己。走了一里多远，张天祐回身说道："仙童回去吧。"独骑郎君说了句慢走后便回家了。

如此过了四年，独骑郎君忽然向张四告别，后来镰刀就再没动静了，而张四也因为独骑郎君而过上了富足的生活。后来张四便像用普通的镰刀那样使用起独骑郎君曾经栖身的那把镰刀。

女郎神

唐代河西有一个女郎神。季广琛年轻时曾经游历至河西，有一天白天，他正在旅店里睡觉，忽然梦见有一辆云车，后面跟着几十个随从，冉冉从天而降，有姊妹二人从车里下来，自称女郎。季广琛起初很是喜悦，但等醒来后睁开眼，仿佛还能看到那两个人，便疑心对方是妖怪，从腰间抽出剑来砍过去。二人大骂道："我们对你中意已久，特意来与你相会，你却忍心如此对我们！"于是便离开了。

后来，季广琛和旅店主人说起此事，店主说："这是女郎神呀。"季广琛于是亲自前往街市中买了些酒肉作为祭品，来到庙中为自己之前的唐突赔礼，但女郎神终究还是不高兴。季广琛又拿起笔在庙中墙上题诗一首，但随写，墨迹就会随之涣散，根本不成字。

夜里，季广琛又梦见女郎神来找他，怒气不消地对他说："要惩罚您这辈子都不得封侯！"

镜
精

因为意外掉进井里，而被毒龙操控，不得不助其害人的镜精姑娘。

天宝年间，有一个名叫陈仲躬的书生，住在金陵，家境殷实。陈仲躬很好学，一直认为自己的学问还没有很精深，于是携带数千金来到洛阳，租下了一座大宅子，希望在这里可以有更好的学习条件。这宅中有一口井特别大，人很容易掉进去，陈仲躬也知道一点，但他觉得反正自己也没有妻儿老小，所以对此并不担心。没事时他就一直待在家中抄写学习。

邻家有个女孩，才十来岁，每回到井边打水都会耽搁很久才离开。后来有一次，女孩忽然掉进井里淹死了。因为井水非常深，过了一夜才把尸体打捞上来。

陈仲躬感到很奇怪，一天闲暇时，便特意站在井边往里看，忽然见到水面上显露出一张年轻女孩的脸。她长得很漂亮，妆容很时髦，也同样在盯着陈仲躬看。陈仲躬凝视着她，竟将女孩看得不好意思，她用袖子半遮住脸，微微一笑，那妖冶的模样真是天下罕有。陈仲躬被她迷得神魂恍惚，身体简直支持不住，但他很快清醒过来，叹息道："这正是淹死人的原因呀。"于是转头离开了。又过了几个月，天气炎热引发大旱，这口井里的水却一点没少。但忽然有一天，井水却莫名消失了，直接见了底。

到了夜里，有一个人来敲门说："敬元颖求见。"陈仲躬让那人进来，发现正是之前见过的在井里的那个女孩。如今她穿着绯绿色的衣裳，妆容同样很入时。陈仲躬请女孩坐下后，质问她："您为何要杀人？"敬元颖道："妾身实在不是杀人的人。汉朝周勃居住在这里，打了这口井，洛阳城中有五条毒龙，其中之一就住进了这口井里。因为它和太一神身边一条当侍从的龙关系好，所以屡屡受到庇护，上天下令要征召它，它推辞不肯去。它喜欢吃人血，从汉代至今，已经杀了三千七百人，而井中的水始终不曾干涸。我是在唐初来到井中的，自此被毒龙驱使，为妖作怪，诱惑别人掉进井里，好供给毒龙吃，每天都十分辛苦，情非所愿。昨天因为太一使者交替，天下的龙神都要前去集合。昨夜子时毒龙已经去朝觐太一了，又因为河南的旱情，被天上问责，要好几天才能回来。如今井里已经没有水了，如果您能让淘井工把井淘一遍，那我就能逃脱魔爪了。如果能够脱身，我愿意一辈子侍奉您，世上的一切事情都能为您办到。"说完她就不见了。

第二天，陈仲躬便找来工匠淘井，又让一个信得过的人一同下井，让他只要见到什么不同寻常的东西，都要收好。那人来到井底，没有别的发现，只找到一面直径七寸七分宽的古铜镜，上来后交给了陈仲躬。陈仲躬让人将铜镜清洗干净，安放在一个木匣中，又焚起香来除去它身上的秽气。这古镜就是所谓的敬元颖。

夜里一更后，敬元颖从门外走进来，径直走到陈仲躬身前，向他磕了几个头说："感谢您让我重获新生，将我从浊水污泥之中拯救出来。我本是师旷所铸造的十二面铜镜中的第七面，这些铜镜的大小依据铸造的时间不同而定，我是七月七日午时铸造而成的。贞观年间，我被许敬宗家一个名叫兰苔的婢女失手掉进了井里，因为这口井中水太深，又积蓄有毒龙的恶气，下井的人都会晕死过去，故而无法将我打捞上来，于是我从此便受毒龙的操控。幸好遇见了您这样正直的君子，才得以重见天日。但明天早上希望您能搬出宅子去。"

陈仲躬问："我租了这宅子，如今搬出去，我该到哪里容身呢？"敬元颖道："您只管收拾行李就好，不用担忧。"她磕了几个头接着说："自此以后我就不会再现形了。"陈仲躬连忙挽留她，问她："你以这样艳丽的模样，是如何诱惑女子和小孩的？"敬元颖回答："我变化无常，根据每个人的喜好，千方百计地设陷阱，以供毒龙享用。"说完就不见了。

第二天早上，有一个中间人前来敲门，还领着一个宅主，请陈仲躬搬到新宅子去，连帮忙搬家的人都找好了。过了几个时辰，陈仲躬便跟着他们来到另一处宅子中，那宅子的规模和租金一如他原来的宅子。那中间人说："租金和文契都有，什么都不缺少。"于是当场和陈仲躬交割清楚。

三天以后，陈仲躬原来租住的宅子里的那口井无缘无故塌了，连带着正堂和东厢房等也都一并陷进了地里。后来陈仲躬考试连连得中，当上了大官，在办重要的事情时，也总会像搬家避过灾难那般幸运。

假
狐

　　一个卖花的老太太说，京城有座宅子，靠近一片空旷的花园，花园中住着很多狐狸。有一个漂亮妇人，夜里翻过短墙去和邻家少年幽会。因为害怕事情泄露，最初妇人告诉少年的是一个假名字，后来两人关系逐渐亲密，想着对方应该不会抛弃自己了，妇人便又说自己其实是花园中的狐狸。少年喜欢她的美色，所以对此既不曾怀疑，更没有拒绝她。

　　过了很长时间，忽然这妇人家的屋顶上，有人一边扔瓦片一边骂说："我住在花园中很久了，偶尔小儿女玩耍时扔些砖块碎石，惊扰到邻里，但实在没有行为不检、干过蛊惑他人的勾当，你为何要污蔑我?!"妇人的秘密于是被曝光了。

官署杂神

古时即使是官署中也会供奉神灵以求保佑，但就这篇故事来看，神灵似乎不怎么尽职尽责，反倒沾染了人间官场的习气。

宋代时，秀州城的一座官署内有很多怪物。署中经常会莫名出现一个头戴青巾，身穿布袍的人，此人又矮又胖，走起路来十分迟缓；又有一个妇人，几乎每天晚上都会出来，迷惑那些打更的人。

洪迈的父亲当时在秀州做官，他的堂哥九岁，一天大白天里，忽然仿佛是看见了什么，瞪大了眼睛，连眨都不眨一下，嘴里一直在说："水……水……"过了很久才恢复正常。

两天以后，洪父从官署回来，一个小妾抱着他的衣服走在后面，忽然大叫一声就倒在地上。洪父听人说鬼害怕皮革做的腰带，于是就把腰带绑在小妾身上，再把她扶到床上。过了很久，小妾开口道："此人素来侮辱鬼神，刚才她右手上拿着个东西，很可怕，她认为鬼怕皮带，我就不敢靠近，却不知我从左边来把她擒住了。但不想被官人你打钟馗阵①把我困住了，我马上就走，希望不要为难我。"

---

① 打钟馗阵，大概就是指把皮带捆身上吧。

洪父知道是鬼附在了小妾身上，于是就问那鬼的来历。起初鬼不肯说，问了好几次，才答道："我是嘉兴县的农人，名叫支九，与乡里水三家，两家共九口人，都因为前年水灾而挨饿，我们两家人都没有撑住，先后饿死了，如今居住在这座宅子后面的大树里。前天小官人见到的就是水三。"

洪父又问："我供奉的真武大帝很灵验，而且宅里又有佛像和土地、灶神这些神灵，你为何随随便便就能来呢？"支九回答道："佛是善良的神，不爱管闲事；真武大帝每天夜里都会披发仗剑，在屋顶上飞一圈，我小心地避开就是了；宅子后边的土地神懒得管我，很不称职，只有宅前的那座小庙里的神，每回见到我都会训我一通。刚才到厨房里去，正好遇见司命神，问我要去哪里，我说没事走走，他训斥我：'不要做坏事。'我回答说不敢，于是就到这里了。"

又问："平日里总出没的那两个人是什么怪物？"回答说："戴着青头巾的是石头精，人们都叫他石大郎，就住在书院窗外的篱笆下面，离地面大概三尺深的地方；那个妇人是秦二娘，住在这里已经很久了。"

洪父又问："我每月到朔、望两天，都要用纸钱祭祀土地神，他为何会放你这种外鬼来我家里？你去给我问问他，我明天就去砸了他的庙。"支九回答道："官爷你难道不晓得？虽然有钱用，可肚子饿又该怎么办？我每回到人家里，得到些吃的，都会分给他一些，所以他才一直默默纵容我。"

过了一会儿，洪父的小妾又开口道："我已经按照您的吩咐，去和土地神说过了，他嫌我多嘴，让人用杀威棒把我轰出来了。"洪父问："你曾见过我家庙中的那些祖先吗？"支九回答："逢年过节祭祀时，我都一定会过去看，闻一闻那些饮食芬芳的气味，但想吃却吃不到。那些人中有的对我挺客气，但是有一位穿黄衫的老夫人，一见到我就发怒。"

　　洪父听了就让他现在过去看看。片时，小妾就气喘吁吁地回来，连脸色都变了，平复了一会儿，才说："我刚走到门口，就被那老夫人举着拐杖追出来，我立马扭头就跑，这才勉强脱身。"洪迈说，那个老妇人是他的曾祖母。

　　洪父又问这鬼有什么需要，回答说："做鬼最难受的是总要忍饥挨饿，在下只想要饱餐一顿，要好酒肥鹅，和大家伙儿一起吃个够，不要像平时那样只能得一只干瘦的烧鸡。"

　　说完，小妾的神色又突然大变，恐惧地侧耳听着什么，就像有人在喊她一样。接着急匆匆地说："土地大怒，要赶走我们两家人，如今我们只好暂住在城头上，没有可以托身的地方了。希望您快放我回去吧，从此不敢再来了。"洪父于是便解开了皮带，小妾睡了一整天，醒来后便没事了。

狗
怪

谁能想到自家朝夕相处的狗子满心想的却是如何谋害主人呢。

唐德宗贞元年间，大理寺的评事韩生住在西河郡的南边，他有一匹极雄壮的骏马。有一天清晨，马夫发现这匹马浑身是汗，低着头站在马厩里呼呼喘气，就像跑了很远的路被累坏了一样。

马夫很奇怪，连忙报告给韩生。韩生发怒道："你夜里偷偷把马骑出去，把马的力气都耗尽了，这该怨谁？"便让人用木杖打他。马夫无可辩驳，只好挨了一顿打。

第二天，这匹马仍是一副又流汗又气喘的样子，马夫更加疑惑，于是夜里躲在马厩旁自己房间的门后偷偷观望。不多时，便见韩生平日里养的一条黑狗走进马厩，一边噑叫一边跳跃，须臾化作一个穿戴着黑色衣冠的男子。此人取来马鞍装在马背上，骑着马出了马厩，走到大门口时，黑衣人用鞭子使劲抽打那马，马于是奋力一跃而过。直到半夜，黑衣人才又骑着马回来，下马后又是一阵连噑带跳，顷刻间便又化作了一条狗。马夫吃惊不已，也不敢把此事跟别人讲。

又过了一天，夜里黑狗又骑上马走了，这次到天快亮时才回来。当夜正好下雨，因此马一路留下的蹄印清晰可辨，马夫决定沿着马蹄印看看黑狗到底骑着马去了哪里，一直追踪了十几里，来到一座古墓前时，马蹄印消失了。马夫下决心要搞清楚这件事，于是就在墓边搭了一间草屋，夜幕降临前先躲进草屋里等着。

快到半夜时，黑衣人果然又骑着马来了。他下得马来，把马系在树上，随后便走进墓里。马夫在草屋里聚精会神地听着，听见黑衣人在墓中和好几个人有说有笑，但具体内容却听不清。过了一阵子，黑衣人从墓里出来，几个人在后面送他，一个褐衣人问黑衣人道："韩家人的名簿现在在哪里？"黑衣人道："我已经放在了捣衣石下面，您不用担心。"褐衣人道："千万别泄露了，不然我们都别想活。"黑衣人道："谨遵您的教诲。"褐衣又问："韩家那个小孩子有名字了吗？"回答说："还没有，等他有了名字，我就把他写进名簿里，不会忘的。"褐衣人道："明天再来时，我们就可以开心开心了。"黑衣人连连答应，然后便走了。

天亮后，马夫也回到家中，将此事报告给了韩生。韩生便让人用肉引诱那狗，抓住后先拴了起来，之后根据马夫的报告搜查捣衣石下面，果然找到了一卷书，打开一看，上面记载着韩生的兄弟、妻儿以及家中奴仆的姓名，全家人一个都不少，只有一个才出生一个月的小婴儿没有记录，他大概就是黑衣人口中所谓"还没有名字"的那个了。

韩生大感吃惊，让人把黑狗牵到庭院里，用鞭子生生抽死，又煮熟了它的肉分给奴仆吃。随后又率领自家以及邻居各路人马上千人，带上武器直奔黑衣人每晚去的那座古墓。刨开墓后，发现其中有几只毛色形状都很怪异的狗，于是将它们全杀了才回家。

狐友一

　　高冠瀛说，有一家宅子后的空屋里住着一只狐狸，看不到它的身形，但它能和人面对面说话，这家生活富足，有人认为就是受狐狸帮助的缘故。有某人相信了这种说法，通过此人结交了这只狐狸，狐狸和他相处得也很融洽。

　　一天，某人想要宴请狐狸，狐狸表示自己虽然年纪大，但是特别能吃，于是某人便特意多准备了酒菜招待它。吃到傍晚时，忽然有好几只狐狸因为喝醉而现出了原形，这才知道它把朋友也叫来一起吃饭了。

　　这样的事发生了好几次，某人为了讨好狐狸已经花光了积蓄，就连衣物都当光了，这才微微表露了一点想要狐狸帮忙的意思。狐狸听了大笑说："我正因为没钱喝酒吃肉，所以才来找您蹭饭，如果我很富有，我自己吃饱喝足就好了，图什么要跟您做朋友呢？"从此狐狸便和他绝交了。

狐友二

　　季沧洲说，有一只狐狸居住在某人的书楼里已经很多年了，时常会帮书楼主人整理卷轴，驱除虫鼠，善于收藏书籍的人也比不上它。狐狸可以和人说话，但始终见不到它的身形。某人和朋友举行宴会时，有时会给狐狸安排一个座位，而狐狸便会悄然来到宴间，和人应酬，它的谈吐恬淡清雅，言语合人心意，往往能使满座人为之倾倒。

　　一天，在宴会上，众人行酒令，要各自说出自己最畏惧的人，如果说得没道理就要罚酒，所说若不是座中唯独他才畏惧的人，也要罚酒。于是有说害怕讲学老儒的，有说害怕名士的，有说害怕富人的，有说害怕大官的，有说害怕善于阿谀奉承的人，有说害怕过分谦让的人，有说害怕遵从礼教过于死板的人，有说害怕沉默寡言、欲言又止的人，最后问到狐狸。狐狸于是回答："我害怕狐狸。"众人听了哄堂大笑说："人害怕狐狸没说的，您和狐狸是同类，有什么可怕的？要罚您一杯。"

　　狐狸冷笑着回答："天下只有同类才值得畏惧。南方瓯、越之地的人不会和东北方的奚、霫族人争抢土地；乘船行于江海中的人，也不会和道上的车马争路，这是因为不同类的缘故。凡是争遗产的一定是同一个父亲的儿子；凡是争宠的，一定是同一个丈夫的妻妾；凡是争权的，一定是同在一处为官的官员；凡是争利的，一定是同一市场经商的商贾。离得太近就会互相妨碍，互相妨碍势必互相倾轧。凡是射雉的人，用来吸引雉鸟的'媒'①一定也是雉，而不会用鸡鸭；捕鹿的人也会用鹿，而不会用猪羊。可见凡是用作反间或是内应的，也一定是同类，不是同类，就不能投其所好，引其上钩，再伺机擒获它了。由此看来，狐狸哪里能不畏惧狐狸呢？"

座中有经历过类似坎坷的人，听完狐狸这番话，都说它讲得在理，唯独一个客人走到狐狸座位前，倒了一杯酒，说："您说得确实没错，但这是天下人都畏惧的事情，不是只您一个人畏惧，所以仍需要罚上一杯。"众人笑笑，各自散去。

①媒指的是为猎人所驯养用以诱捕野雉的雉。

狐
友
三

山东人王某，在济宁当都司，有一天，忽然梦见城南门外关帝庙里的周仓对他说："你如果肯修缮一下关帝庙，就能得到五千两。"王某醒来后，并没有把这个梦当回事。第二天夜里，又梦见关平找到他说："我家周仓最诚实，不是骗人的人，所许诺的五千两，如今就在帝君香案下面，你只要在夜里点着灯去找一找，五千两就是你的了。"这一次，王某又惊又喜，怀疑可能是香案前的地下埋藏有金银，注定该被他得到，于是便领着儿子赶往关帝庙，身上还带了一个皮口袋，准备装钱。

等到了庙里，已是黎明，王某来到香案边，只见下面睡着一只狐狸，浑身皮毛漆黑，双眼金光闪闪。王某领悟道："会不会关圣本意是命我赶走这只妖怪呢？"于是便和儿子一起把狐狸五花大绑起来，装进口袋里背回家去了。

到了家，口袋里的狐狸喊道："我是狐仙，昨天偶然喝醉，呕吐在关帝庙里，触怒了神明，所以托梦给您，教你来收拾我。我确实有罪，但念在我已经修炼千年，所犯的罪过很小，请您放我出来，这样对彼此都好。"王某试着问它："那你要怎么谢我？"狐狸回答："用五千两做谢礼。"王某心想之前周仓、关平两位将军的话果然应验了，便打开

等到了庙里，已是黎明，王某来到香案边，只见下面睡着一只狐狸，浑身皮毛漆黑，双眼金光闪闪。

口袋，放出了狐狸。

狐狸从袋中出来，转瞬间化作了一个白胡子老翁，头戴唐巾，长带飘飘，谈吐文雅，和蔼可亲。王某置办了一桌宴席招待他，与他古往今来闲谈一阵儿，又问："都司是个穷官儿，怎样才能得到五千两？"狐狸道："济宁富人非常多，但都不是仁义之辈，我挑其中一些尤其恶劣的，到他家中抛砖扔瓦，使他头疼脑热，心惊胆战。用不了多久，他自然就会请法师捉妖，到时您只要毛遂自荐说：'我能驱邪。'随后在纸上随手画个花押，用火点着扔向半空，我见了自会离开，再到别人家去闹。如此一个月下来，您的五千两就够了。但您的官位只能做到都司，财富也只能有五千两，也不必白费力气。我报答完您后，也会离开的。"

没过多久，济宁城内城外到处有人患上瘟疫，鸡犬不宁，但只要王某一到，就会安宁如故，这样过了一个月，王某果然赚到了五千两。他拿出其中二百两重修了关帝庙，并祭奠了周、关二将军，便辞官回乡了，从此一直过得很富足。

绿

云

　　纪晓岚的舅舅住在献县东面的留福庄，一天夜里，邻居家养的两条狗叫得特别急，那家的女主人出门察看，但一个人都没有，只听到屋顶上有个声音说："你家的狗太凶，我不敢下来。我有一个逃走的婢女藏在你家的火灶里，劳烦你用烟熏一下，她会自己出来的。"

　　妇人听了大吃一惊，返回房中朝火灶里看了看，果然听见有嘤嘤的哭泣声。妇人问是什么人，为何会钻到灶里。火灶里有声音微弱地回答："我叫绿云，是狐狸家的婢女，被打得受不了，逃走藏在这里，只希望可以晚点受死，求夫人可怜可怜我吧。"

　　妇人原本就是一个吃斋念佛的人，听完这婢女的讲述，心中十分怜悯，于是对着屋顶上说："她害怕不敢出来，我也实在不忍心用烟熏她，如果她没犯什么大罪，还望仙家（本地人通常会管狐狸称为仙家）就放过她吧。"屋顶上回答："我花两贯钱新买的，哪里就能不要了？"妇人又问："那我花两贯钱赎下她可以吗？"对方表示："这还成。"妇人便取来两贯钱扔到了屋顶上，后来便没动静了。

　　妇人又敲着火灶喊说："绿云可以出来了，我已经赎下了你，你主人走了。"绿云在灶里回答："感念您的救命之恩，今后我便留在夫人身边，任凭您驱使。"妇人道："人不可以留狐狸当婢女，你还是走吧，离开时注意别露出身形，小心吓到了孩子。"随后便见一团黑乎乎的东西从灶里出来，转瞬间就不见了。

后来每到元旦那天，妇人总能听到窗外有一个声音说："绿云给夫人叩头。"大概是在拜年吧。

缢
狐

南京某条街上有一户张姓人家的宅子，宅中西边三间书楼，传说藏有吊死鬼，人们都不敢居住，平时都上着锁。

一天，有一个衣着华丽的年轻书生找上门来，想要租房子，张某说没有空房间，书生便发怒道："你不借给我，我照样自己住进来，但日后如果有所冒犯，可别后悔。"张某听他这样说，心知他是狐仙，便骗他说："西边三间书房可以借给您住。"他想，那房里既然有鬼，不如就让这狐仙帮他把鬼赶走，但是嘴上却没有说明。书生听了很高兴，给张某作了个揖便走了。

第二天，张某听到楼上传来阵阵欢声笑语，一连好几天都不停，知道狐仙已经住进去了，于是每天都备好酒肉供奉他。过了没半个月，楼上忽然变得静悄悄的，张某怀疑狐仙已经走了，便想要重新把门锁好。他走上楼一看，却见一只黄狐狸半吊在房梁间，早就死了。

仰山神

袁州城中有一位老翁，性情恭谨宽厚，乡里人都很尊敬他，他的家业也很丰富。一天，有一个紫衣少年带着许多的车马仆从，来到老翁家想要些吃的，老翁把少年请进家里，拿出丰盛的食物招待他，就连仆人们也都有份。

老翁陪在少年身边，心想：如果是州府的官吏或者朝廷的使者来到县里，那应该会有专门接待的地方，这个跑到我家来要饭吃的人会是什么人呢？脸上因此露出了怀疑的神色。

少年有所察觉，便对他说："您对我有怀疑，我也不再向您隐瞒，我是仰山山神。"老翁听了，心下悚然惊惧，连忙朝着少年跪拜，又问道："仰山的神庙每天都有人祭祀，香火不断，哪里至于要特意向在下来要吃的？"少年回答："那些人祭祀我，都是为了求我保佑，有些事我的力量根本做不到，又有的人本就不应该受到保佑，因此我不敢享用他们的祭祀。因为您是位长者，所以这才来找您要些吃的。"吃完后，少年便告辞而去，没走多远就忽然消失了。

女
鬼

宋仁宗时，陈州官府的厅堂里时常会出现一个妇人，和人玩笑闲聊，有见过她的人，说她长得还挺漂亮的。有人问她的姓名，回答说："我是孔大姐，本来是石太尉家的女奴，后来因为犯了错而被杀了。"又问她为何不到别处去，答道："做鬼也是要被管着的，哪里能自己做主呢？"当时晏殊正在陈州做官，经常根据流行的曲子填上新词，但还没有拿给外人看，这鬼就已经先在外面唱上了。

这鬼喜欢早上和傍晚时猫在暗处，等人上台阶时，就突然冲上来对着人大叫，见对方吓得够呛就哈哈大笑。有一个负责采买的兵卒某次也被吓到，连手里正拿着的东西都弄坏了，因此特别讨厌她。此后兵卒一直随身带着刀。等这鬼又跳出来吓他，他就向着声音方向砍了一刀。那之后好几天夜里都听到这鬼在呻吟，并说："只想和你开个玩笑，何必把我伤成这样？"后来鬼再没出现过了。

猿
怪

　　洛阳崇让里有一座李姓人家的宅子，周围的人都传说："这宅子不是吉地，根本不能住。"这家主人去世后，剩下的家人都搬往别处去了，从此宅门紧锁，已经几年之久。

　　有一个王长史，曾经当过一阵清闲但地位很尊贵的官，后来因为酒醉后发脾气惹怒了权贵，被排挤到了吴越一带去当长史，卸任后又回到洛阳，买下了李家的宅子当作居所。王长史向来性情刚直，虽听说这宅子为凶宅，但认为"我命在天，不在宅子"。于是搬了进去，还常常一个人待在正堂西边的房间里。

　　一天夜里，王长史听到有东西发出极为哀恸的长啸，声音极其清晰明朗，犹如空灵的风籁之声。王长史起身张望，发现有一人身穿黑衣，就站在几案上，王长史厉声呵斥他，那人突然飞起一脚踢中了王长史的肩膀，王长史畏惧地向后退，对方随即也离开了。王长史因此受了很重的伤，过了十几天才稍微恢复。

　　一天半夜，人们又听到那哀啸之声，有家童循声四处寻找，发现有一个黑衣人站在院子中的树上。王长史有一个弟弟擅长射箭，一箭射过去，那人嗥叫一声便跳到西边房顶上逃走了。第二天人们去寻找他留下的踪迹，但一无所获。

　　这年秋天，王长史让工人重修马厩，拆掉了原来的屋子，在一个角落里，工人们发现了一头死去的猿猴，有一支箭插在它肋间。那支箭正是王长史弟弟的，人们这才明白那个黑衣人原来就是这只猿。

刘
他

　　六朝时有一个人名叫刘他。一天一个鬼闯进他家里，当时房间里很暗，只见那鬼身形像人，穿着白裤子。自此以后，这鬼隔几天就会来一次，也不再隐身，后来干脆就不走了。这鬼喜欢偷东西吃，虽不会造成大麻烦，但也很讨人厌，不过刘他也不敢骂它。

　　有一个叫吉翼子的人，为人强横，不信鬼神，他来到刘家，对刘他说："您家鬼在哪？把它叫来，我现在就揍他一顿。"话音刚落，就听见房梁上有动静，当时客人很多，大家一起抬头看，见有一个东西扔了下来，正好落在吉翼子脸上。吉翼子拿下来一看，原来是刘家女人的内衣，脏东西还在上面。众人大笑一场，吉翼子惭愧不已，洗了把脸就走了。

　　又有人给刘他出主意，说这鬼既然能偷食物而且还能吃得精光，那一定是有形质的东西，可以用毒药毒死它。刘他于是便在别人家煮了一锅剧毒的冶葛，将熬出来的冶葛汁悄悄带了回来。

　　到了夜里，刘他用冶葛汁煮了锅粥，盛在盆里，又用另一个盆盖在上面。半夜听鬼从外面进来，拿下盖盆，抱起盆就吃，但没吃几口就把盆扔到地上跑了。紧接着，听见房前有人呕吐，随后便愤怒地用木棒敲打着窗户。刘他早有准备，隔着窗子跟鬼打斗起来，鬼也不敢进来。到了四更时鬼没声了。从此，鬼再也没有出现过。

行
雨

　　唐时，某人喝醉酒回村，走到少妇祠时酒劲上涌，他便把马拴好，躺到少妇祠门外。

　　过了很久，此人迷迷糊糊醒过来，扭了扭头，却发现起不来，恍惚中听到有人用力敲打庙门，又听见庙中有人问："谁呀？"回答："有命令让找一个人行雨。"庙中说："全家都去岳庙做客了，这会儿家中没人。"外面的人说："门边躺着的这人就行。"庙中道："他是过路的，怎么能用他？"内外争执了很久，庙里的人最终还是同意了。

　　于是外面那人便喊此人起来，带着他走到一个云雾缭绕的地方，那地方有一匹像骆驼一样的动物。那人把此人抱到骆驼背上，给了他一个瓶子，交代说："只要端端正正抱好这个瓶子，不要让它倒了就行。"说完那动物便跑起来，瓶中的水星星点点飞溅出来。当时已经旱了很久，此人往下一望，正好看见自己的家乡，他担心那些雨点不够解除旱情，于是便把整瓶水一股脑儿全倒了出去。

　　行雨完成后，那人便把此人放了回来。此人走到庙门口，见自己的尸身泡在水里，又往前走了几步，尸身便复活了。他骑上马赶回家去，却发现他家早已被大水淹没，全家人无一幸免，全被淹死了。此人因此精神失常，过了几个月也死了。

爱恨

引
言

　　对一个人毫无保留地关心和眷恋都是出于爱，对一个人至死不休怀有怨毒和憎恶都出于恨。在此卷中，有因为一只小猴而不再隐居的猿精，有出于孝顺而遭妖怪蒙蔽的男人，有因与丈夫诀别而泣泪成血的女子，有笃信失踪已久的女儿是嫁给了雷公的母亲，有被丈夫背叛后化鬼复仇的妻子，有带着玩伴巧妙指认凶手的孩子，有设下巧计陷害驱妖老僧的妖怪，有嗜吃猫狗而被苦主告到地府的无赖。当生死的界限被抹去，妖怪也有了一颗如人的心，事情将变得再简单不过——有冤报冤，有仇报仇。

楚江渔者

　　楚江边一个渔翁在岸边盖了一间小草屋，他所有的家当，只有一袭蓑衣、一只小船和钓鱼所需的渔具而已。他常会用钓到的鱼换酒喝，喝到兴头上便独自狂歌醉舞，路过的人笑话他，他悠然自若，毫不羞惭。外人打听他的姓名，他从来都不回答，知道他的人都认为他是一位表面上以打鱼为名，实则高深莫测的隐士。

　　有人问这位渔翁："您整日里打鱼，是隐士之渔（仅以娱情）还是渔人之渔（只为糊口）呢？"渔翁回答说："从前姜子牙、严子陵打鱼，这两件事都留于青史，人们都认为这是隐士之渔，殊不知他们根本就不是在钓鱼，钓的是名声。隐士之渔高尚吗？渔人之渔高尚吗？说起渔人之渔，泊于风和浪静之中，孤身无侣，明月做伴，钓到鱼了就赶快做成美味，填饱我一人的肚子，有富余就拿去换酒，一醉方休，又哪里说得清什么隐士之渔、渔人之渔呢？"提问者对渔翁的回答叹服不已。

　　忽然有一天，有一个人带着一只小猿猴经过渔翁的草屋前，渔翁见到后，突然悲伤地号哭起来，小猿猴也执拗地不肯再向前走，流露出浓浓的凄怆留恋之情。带着小猿猴的人也不知是怎么回事。

渔翁走到这人跟前苦苦哀求，说这小猿猴本是他在前年丢失的那只，是一位山僧托付给他的，希望对方能大发慈悲把小猿猴还给他，只为不辜负那位山僧对自己的情意。这人听后大为吃惊，又感念渔翁所说，于是便同意了。渔翁得到小猿猴以后，每天都精心照料着这只小家伙。

一年以后，渔翁忽然对和他同样以打鱼为生的同伴说："在南山中还有我的亲属在，今天我便要向各位辞行了。"说罢跳跃而去，转瞬间化为一只老猿猴，又带上了那只小猿猴，二者一同越跑越远，自此不知所踪。

五台山小龙

　　登州黄县人宗立本，祖上几代都是四处奔波的行商，他年纪很大了，但依然没有孩子。

　　宋高宗绍兴戊寅年盛夏，宗立本和妻子因为布帛生意来到潍州，之后又马不停蹄地前往昌乐。夫妻俩赶着车，半路上天黑了，便住在了一座古庙里。第二天清晨，夫妻俩吃完饭，刚要出发，忽然有一个六七岁的男孩，不知从哪跑出来，跪到了二人面前。

　　夫妻俩问他是谁家的小孩，又是打哪来，男孩回答说："我是昌邑县一个公差的孩子，父母相继过世。亡父名叫王忠彦。我被寄养在别人家，他们把我带到这里，就偷偷丢下我走了。我没有家可回，一定会死在野兽或者妖怪手上的。"宗立本抚摸着他的头说："你愿意跟我走吗？"小孩听后立即跪下感动地哭起来。宗立本便将他收做了养子，给他取了个名字叫作神授。

　　这孩子禀性机警聪敏，每回读书，只要看过一遍就能记得内容，又能拿着非常大的笔写一丈见方的大字，平常的篆、隶、草书更是不用学就会，见到古代书法家留下的那些真迹墨宝，只要稍加临摹，就能立刻掌握其中的奥妙。但宗立本只是一个市井小民，便让这孩子放弃了读书写字，跟着他一起学做生意，以贴补家用。

　　两年后的春天，宗立本一家来到济南章丘，偶然遇见了一位容貌奇伟的胡僧，胡僧指着这孩子问宗立本："你是从哪捡到的他？"宗立本瞪着眼睛回答："这是我妻子亲生的，为何胡乱说这种话？！"胡僧笑着说："这是我五台山上五百小龙之一，已经丢失三年了，这会儿总算找到，你久留他在身边一定会招致大祸。我已悄悄施法将他禁锢住，使他不能再肆意妄为了。"说罢，胡僧含住一口水，冲着这孩子喷过去，男孩瞬间化作了一条红色的小蛇，在地上来回盘旋。胡僧又举起净瓶喊神授的名字，那小蛇便一跃跳进了净瓶之中。

　　胡僧戴上斗笠，什么话也没说转身就走了，宗立本夫妻俩却始终对那孩子念念不忘。淮东钤辖王易之，曾亲眼看见了这件事。

妖
母

当同时出现了两个一模一样的母亲，该相信谁呢?

淮阴人李义，很早就没了父亲，对母亲非常孝顺，和前代那些著名的大孝子相比也毫不逊色。母亲去世后，李义号啕大哭着办理母亲的丧事，生生哭晕了好几次，前后忙活了一个多月，才把母亲给安葬了。

但当李义从墓地回到家，发现自己刚刚埋掉的母亲这会儿居然安然无恙地坐在家里，她起身握住李义的手，边哭边说:"我如今复活了。你将我下葬后，我偷偷回来的，所以你没见到我。"李义一时只顾高兴，丝毫没想过这话有多不合理。既然母亲又活了，李义便像从前那样照顾起她来。母亲又嘱咐李义道:"可别去动已经埋葬的棺椁，如果动了，我就会再次死去的。"李义自然唯命是听。

过了三年，一天夜里，李义忽然梦到母亲站在门外号哭着对他说:"我当你母亲，难道没有受苦受累养育你的恩德吗?况且你从小没了父亲，我独自守寡把你拉扯大，你却为何在我死后到如今三年多，一次都不来祭奠我?我来了很多次，但一到门口就有一只老狗阻拦我，不让我进。我是你娘，你是我儿子，上天难道不知道吗?你如果真没有祭奠之心，我必到老天那里去告状!"说完，就又号哭着走了，李义起身去追，但没追上。

天亮后，李义回想起这个梦，既伤心又疑惑，不知如何是好。他那个复活的母亲见状问道："儿今天在我面前，为何闷闷不乐？一定是因为我老也不死，所以在尽孝上有倦怠之心了。"李义哭着回答："实在是因为我夜里梦到了一件不祥之事，不敢告诉母亲，请您不要怪罪。"于是犹豫不决，什么都没有做。

过了几天，李义又梦到他母亲站在门口号哭不止，捶着自己胸口说："李义，你是我的儿子吗？为何不孝到了极点！自从埋葬我以后，你就再也没到我墓上去过，反倒侍奉着一条狗。我一定会向老天告状的，你将会因此大祸临头！我念及母子之情，所以再警告你一次。"说完又走了，李义去追，还是没追上。

等到天亮，李义实在疑心，于是悄悄来到母亲坟前，先奉上了些祭品，而后哭诉道："李义是母亲生养的，当我长大成人，而您也在世时，您对我岂无做母亲的恩德,我对您又岂无做儿子的情分呢？在您活着时，不论是日常起居上的照料，还是心意上的恭敬，儿子都未曾丝毫懈怠过。不幸您离我而去，使我怀有无尽的哀痛，我苟延残喘地活着，正是为了可以一直祭奠您。但在埋葬您的那日，您又活过来回到了家里，如今我对您的侍奉无不尽心。这样让我两头为难的事情，我实在不知该如何决断，我犹豫了好多天，可又该找谁去证明？近来几次梦到母亲哭泣着责备我，究竟梦里的母亲是真的，还是在家里的母亲是真的？我听从梦里母亲的话，又怕会伤了家中母亲的心，听从家中母亲的话，又担心梦里母亲说的是事实，悲哀呀，这是做儿子最为难的地方，并非儿子不孝，请上天明察。"说完又大哭一通，并再次奉上祭品，而后才回来。

但李义这一举动，他家中的母亲居然已然知晓，见他回到家，便迎上去对他说："我是你母亲，好不容易死而复生，能够继续和你一起生活，你却为何忽然肆意妄为，到空坟前面说破了那个妖梦？我知道这下我该再死了。"说完就倒在地上没有了呼吸。

李义此时还是没搞明白是怎么回事，又一连哀号了几天，之后准备将母亲再葬回原来的墓里。但等刨开坟墓，打开棺材，里面居然已经躺着一个李义死去的母亲了。等李义惊慌失措地跑回来，他家中才死去的母亲忽然间化作一只年老的黑狗，跳到房外，不知跑到哪里去了。

负
心

　　鄂州城中有一名将领，本是农家子弟，后来做了官，想要巴结那些豪门大族，便打起自己妻子的主意，骗妻子说要和她一起回娘家，最后在半路上杀死了她，并连同妻子的一个婢女也杀掉了，将尸体扔去了江边。之后他跑去妻子娘家，哭嚎着说"妻子被强盗杀害了"。人们都没有怀疑他。

　　后来过了些年，此人奉命前往广陵，住在旅舍中，见一个女子在卖花，样貌酷似他杀害的那个婢女，走近些后，愈加确定就是她。那女子见了此人，也对着他拜了又拜。此人于是问婢女是人是鬼，回答说："是人，之前被强盗打杀，但侥幸没有死，苏醒以后，遇上一条商人的船，便搭着那条船东下。如今住在这里，和娘子卖花糊口。"此人又问娘子何在，回答说："就在附近。"此人问："能见一见她吗？"婢女说可以。于是他便跟上婢女走了。

　　走到一条小巷子里，婢女指着一处破旧的房子说："这就是了。"婢女先进去了，不多时此人妻子便走了出来，二人相见后，都悲苦地哭起来，各自讲述了自己所受的苦。此人神情恍恍惚惚，完全搞不清是怎么回事。等到酒菜准备好了，妻子便把此人请进了内室，又在外面摆上饭菜给他的仆从吃，众人一时都喝醉了。

后来，已是傍晚时分，此人却还没有出来，他的仆从稍微凑近些，发现房间里没有一点动静，闯进去一看，见里面只有一具白骨，衣服都被撕碎了，流了满地的鲜血。仆从去问这房子的邻居，回答说："这是空宅，很久没有人住了。"

番禺村女

番禺某村里有一个老太太，一天，她和女儿一起去给田里的人送饭，半道上忽然天色冥暗，暴雨如注，等到放晴以后，老太太的女儿就失踪了。老太太哭嚎着到处去找，邻里们也来帮忙，但是始终没有找到。

过了一个多月，又是一阵同样的暴雨，天晴后，老太太家的院子里就凭空多出一桌筵席，上面有鹿肉、干鱼、瓜果美酒之类，既丰盛又整洁。而老太太的女儿穿着华丽的衣服，也回家来了。

老太太惊喜地抱住自己的女儿，只听女儿说："我是被雷师带走的，他将我带到了一处石窟当中，召集来他许多亲戚，娶我当了他的妻子，成亲的礼数和人间一模一样。如今他放我回一趟娘家，日后我就永远不能再回来了。"老太太问："那个新郎官我可以见一见吗？"回答说："不行。"

女儿在老太太家住了几天，一天夜里，再一次风雨交加，她也就随之消失了。

虎妻

　　蒲州人崔韬，一次旅游到滁州，计划下一步前往历阳。清晨，他从滁州出发，走到一处名叫仁义馆的馆驿时天色已晚，便打算在此留宿。馆驿中的官员对他说："这馆驿很凶险，希望您不要住。"崔韬没有听从，径直走进了厅堂里，馆驿的官员没办法，给他端来蜡烛后，便离开了。

　　夜里二更时，崔韬铺开被子正准备睡觉，忽然望见馆驿门口露出一只野兽的前足，紧接着大门便豁然而开，一只老虎走了进来。崔韬吓得连忙躲起来，潜伏在暗处观察那只老虎。只见那老虎走到院子里后，便脱去身上的皮毛，化作一个相貌美丽、妆容精致的女子。她走进厅堂，之后钻进了崔韬的被子里。

　　崔韬见自己的被子被人占了，便走出来问："为何要睡在在下的被子里？我刚才见你从门外进来时分明是一只猛兽，这又是怎么回事？"女子起身对崔韬说："希望君子不要怪罪，我的父兄都以打猎为生，家境贫苦，我想要找一位如意郎君，但却根本没有机会接近对方。我知道过往的君子多住在这馆驿中，所以就在夜里披上这身虎皮前来，想要从中找到可以托付终身之人，照顾他一辈子。先前那些死在馆驿中的客人，都是惊恐过度被吓死的，与我无关。妾身今夜幸运地遇上了您这样一位通达之人，希望您能明察我的本心。"崔韬道："如果你真有这样的想法，我愿意和你结成一段良缘。"第二天，崔韬取出女子的那身虎皮衣，扔到了厅堂后面的枯井中，之后便带上女子离开了。

后来，崔韬考中了进士，被任命为宣城县令，便带上妻子和儿子赴任。走了一个多月，又住到了那座仁义馆中。崔韬笑着对妻子说："这馆驿是我和你最初相会的地方呀。"他走到枯井边，见那身虎皮衣还完好如故，便又笑着对妻子说："从前你所穿的那身衣服也还在呢。"妻子道："让人把它取出来吧。"取出来后，妻子也笑着对崔韬说："妾身试着重新穿穿看。"崔韬还没答应，妻子就走下台阶将虎皮衣穿在了身上，而才刚穿好，瞬间就化作一头猛虎，吼叫着一跃冲到厅堂上，吃掉了崔韬和儿子，然后跑走了。

虎
夫

开元年间，有一头老虎娶了一户人家的女儿为妻，住在深山中自己盖的房子里。他们在一起生活了两年，这女孩却还不知道自己的丈夫是老虎。一天，忽然有两个客人来找她的丈夫，于是三人就在家里喝起酒来，丈夫告诉她说："这两个客人有些特别，请夫人不要偷看。"过了一会儿，三人都喝醉睡着了，女孩走过去一看，吃惊地发现三个人原来都是老虎，此刻已然现出了原形。女孩虽然很害怕，却又不敢声张，过了很久，丈夫又化为人形，找到女孩，问道："夫人没有偷看吧？"女孩回答说自己一直没敢离开房间。

后来女孩想家了，就和丈夫说想要回娘家一趟，丈夫同意了。过了十天，他便带上酒肉和女孩一起下山。快到女孩家时，要经过一条比较深的河流，女孩先蹚过了河，他跟在后面，撩起衣服也准备蹚过去，女孩忽然和他开玩笑说："您背后怎么冒出条老虎尾巴呀？"早已化身为虎的丈夫一听，惭愧得不得了，于是就放弃渡河，扭头一路狂奔，再也没有回来。

过了一会儿，三人都喝醉睡着了，女孩走过去一看，吃惊地发现三个人原来都是老虎，此刻已然现出了原形。

画中美人

　　唐代有一个名叫赵颜的进士，从画工那里买来一卷画轴，上面画着一位非常靓丽的女子，赵颜对画工说："世上没有这样的人呀，不知怎样才能让她活过来，我愿意娶她为妻。"画工道："这是我的一幅神画，画中女子名叫真真，对着画昼夜不停地连续喊一百天她的名字，她就会做出回应，等到回应时，再用百家彩灰酒灌在画上，她就会活过来了。"

　　赵颜按照画工教给他的方法，坚持了一百天之后，只听那画中人轻声答应道："在。"赵颜于是赶忙又用彩灰酒灌在画上，那画中女子果然活了过来，站在赵颜面前有说有笑，赵颜端来饭菜给她吃，见她吃起东西也与普通人无异。女子对赵颜道："感谢您召唤出我，我愿意成为您的妻子，好好服侍您。"

　　过了一年多，女子生下了一个儿子，这孩子长到两岁时，赵颜的一个朋友忽然对他说："那女子是妖怪呀，一定会给您带来祸患的，我有一把神剑，可以用它杀掉妖怪。"当天夜里，这朋友便把宝剑借给了赵颜，赵颜提着剑刚走进卧房，女子就哭泣着说："我本是南岳中的地仙，无缘无故被人画下我的身形，后来又听到您不停喊我的名字，我不想让您失望，所以才来到您身边。如今您既然怀疑我，我就不必再待下去了。"说完，便把之前喝下的彩灰酒全都吐了出来，并带上儿子一起回到了画中。再去看那幅画时，上面除了先前的女子，果然又多出了一个小孩子来。

许
至
雍
妻

某人借助巫师的力量，如愿以偿与已死去的妻子再次团聚，然而巫师毕竟不能使人起死回生，片刻的团聚过后，最终还是得接受现实。

许至雍的妻子某氏，仪容淡雅，年纪轻轻就去世了。许至雍对此很是伤感，每到月朗风清的夜晚，他坐在宴席之间，听着欢愉的笙箫乐曲、男女歌吟，都会忍不住悲叹哭泣。

一年中秋之夜，许至雍坐在庭院中抚琴赏月，过了很长时间，忽然感觉屏风后面有人，并且还在连连叹气，许至雍问："谁在那里？"良久，听到那人说道："是亡妻。"又说："如果想要再次相见，那么遇到赵十四时，可别吝惜三贯六百钱。"许至雍吃惊地起身上前，但那里根本没有人。自此许至雍就一直记着妻子所说的那段话，只是不知道赵十四究竟是什么人。

后来过了几年，许至雍到苏州闲玩，当时正是春天，见有十几个少年，都穿着妇人的衣服，乘着一条画船，要去拜谒吴太伯庙。许至雍问旁边人道："他们是什么人，衣服穿成这样？"回答说："本地有一个男巫名叫赵十四，占卜事情很灵验，因此深受当地人敬重，这些人都是赵十四的弟子。"许至雍又问："赵十四最擅长的法术是什么？"回答说："他擅长召唤人的魂魄。"许至雍想到这正和妻子所说相符。

第二天一早，许至雍便找到赵十四，恳切地求他帮忙。赵十四道："我能召唤来的，都是活人的魂魄，如今要招死者的魂魄，还要让活人见到，我很久不这么做了，不知能不能招来。我知道郎君对夫人深深思念，而且鬼神也已经有所提示，我安能不试一试呢？"于是计算了一下需要用到的花费，正好是三贯六百钱。

之后赵十四挑选了一个良辰吉日，当天便在许至雍家正堂中洒扫焚香，又把床和几案摆在西边墙下，并在屋外设好法坛，摆上祭品。一切准备完毕后，赵十四便开始一边大声呼喊，一边舞蹈叩拜，有时又会弹起琵琶。到了夜里，又让许至雍端坐在正堂东面的角落里，自己则躺在屋檐下的帘子后面，一言不发。

到了三更时，忽然听到院子里有脚步声，赵十四问道："莫非是许秀才的夫人吗？"对方连连叹气，答说："是。"赵十四又说："因为秀才诚心诚意地恳求，所以才胆敢召唤您，夫人不要怪罪，请夫人进到堂中去吧。"很快，似乎有人走到了帘子前面，之后便见许至雍妻子穿着素雅的衣服，化着薄妆，对赵十四施了一礼，然后徐徐走进堂中，坐到了西面床上。

许至雍涕泗横流，哽咽着说："您能有这样的举动，不会是有什么冤情吧？"妻子回答："这都是命，哪里有冤情。"于是问起儿女、家人以及亲戚故旧邻里们的情况，一问一答说了几十句。之后许至雍又问："人间推崇佛经，管那叫功德，真是如此吗？"妻子回答："是的。"又问："冥间最看重什么？"回答："每年祭祀都能收到祭品，但最看重的，不过是浆水粥而已。"赵十四便为她去做粥，很快粥端了来，许至雍妻子端着粥凑近嘴边像是吃了一样，但是接过碗，里面的粥也还都在。许至雍又问："您需要功德吗？"妻子道："我平生没有做过恶，岂有罪过？从前您为我作法事积累的功德，我也已经全都收到了。"

过了很久，赵十四说："夫人可以走了，时间长了恐怕会受谪罚。"许至雍妻子于是便起身准备离开，许至雍追在后面哭着说："希望能留下件东西，作为念想也好。"妻子同样痛哭着说道："幽冥之中，只有泪可以留在人世，郎君的衣服可以扔一件在地上。"许至雍便脱下汗衫扔到地上。妻子捡起来，走到院子里的一棵大树下，用汗衫遮住脸，大哭起来。

又过了许久，她挥手招许至雍过来，并把汗衫挂在了树枝上，之后便飘飘然乘空而去。许至雍过去取下汗衫，发现上面滴下的眼泪全都是血。许至雍痛心不已，一连几天都没有吃饭。卢求著隐居苏州时，和赵十四相识，赵十四本名叫赵何，苏州人都对此事有所耳闻。

营陵县人

汉代北海营陵县有一个道人，能够让生者和死者相见。和道人同郡的一个人，他的妻子已经死去了很多年，听说此事后便找到道人，说："希望您能让我见一见死去的妻子，这样就算我死了也没有遗憾了。"道人说："我可以帮助您见到她，但是如果您听到鼓声就要立刻出来，不要停留。"

没多一会儿，此人果然见到了妻子，他又悲又喜，与妻子说起话，恩爱之情一如生时。过了很久，忽然传来一阵鼓声，此人虽然非常伤心，但也心知不能停留。在出门时，此人衣襟意外被门缝夹住，不得不将衣襟扯断才离开。

过了一年多，此人也去世了，他的家人将其和妻子合葬，打开坟墓，发现他妻子的棺盖下面压着一片衣襟。

百
合
花

　　兖州徂徕山中有一座光化寺，寺中住着一个书生。夏天的一个傍晚，天气很凉爽，书生走出房门，一边散步一边浏览走廊墙上的壁画。忽然，一个白衣女子迎面走来，十五六岁的年纪，身姿容貌都非常美。书生一见立即就把壁画抛诸脑后，连忙询问女子的来历。女子笑着回答说："我家就在山下。"书生心知山下并没有这么漂亮的姑娘，但当时也没怀疑她是妖怪，心中所想全是这姑娘怎么那么美，一定要多看一会儿。

　　于是书生一边挑逗女子，一边说尽好话取悦她，终于将她引诱进了自己房里，一尽鱼水之欢，两个人的感情也变得愈加亲密。女子对书生说："希望您不要因为我是村野女子而嫌弃我，我发誓会永远报答您对我的眷顾，但今晚我必须离开，等我回来时就不用再与您分离了。"

　　书生非常舍不得她，但女子去意坚决，书生虽百般挽留也不管用，他有一枚白玉指环，一直视作珍宝，此时便取下来送给女子说："希望你多看看这个指环，记得快点回来。"之后又起身到外面为她送行，走了一段路，女子就对他说："我担心家人会来接我，您还是回去吧。"

　　书生点点头，转身回去了，但是却并没有回自己房间，而是上到了寺门边的一座楼上，藏起身目送女子远去。他望见女子一直向前走了百余步，而后忽然间就不见了，书生认真记下了那地方。第二天，他便动身前去寻找那女子，可走到那地方才发现，那里地势空旷平坦，只生长着一丛丛低矮的灌木，根本没有人家。书生找了一大圈，也毫无发现，傍晚回去时，忽然发现草丛里有一株百合，结出的白色花朵又大又美，瑰异奇丽，和普通的百合完全不一样。书生见了非常喜欢，于是就将那株百合花用刀砍下来带了回去。

回到房间后，书生把百合花的花瓣一片片地摘下来，等到所有花瓣都被摘掉后，书生惊愕地发现，自己的那枚白玉指环就完好地藏在花心里。书生既吃惊又悔恨，因此生了病，过了十来天就死掉了。

116

阮十六

　　徐州萧县白土镇的邹师孟，是当地陶瓷工匠的总首领。当地一共有三十几座窑厂，数百名工匠，其中有一个匠人名叫阮十六，禀性灵巧，制作出的器物质量每次都远胜别人，来买他东西的人都愿意出双倍的价钱，他平时办事既公正又谨慎，邹师孟对他喜爱有加，于是便把小女儿嫁给了他。

　　过了几年，阮十六夫妻俩已经育有三个子女，孩子们一年年长大了，可是阮十六的相貌却丝毫不见衰老，众人对此都很怀疑。有人说阮十六可能根本就不是人，邹师孟也感到困惑，唯有阮十六的妻子沉溺在爱情中，不曾有丝毫察觉。阮十六有时外出，也不会像别人那样带上武器防身，在登山、渡河或者穿过密林时，也从来不担心会遭到毒蛇、猛兽的袭击。

　　萧沛一带有一种风俗，人们会在上巳节那天到郊外聚会，把油倒进溪水不流动的地方，来占卜未来一年的吉凶，称之为油花卜。一次，阮十六在上巳节这天跟着家人外出游玩，沿着河流散步，见一片生机盎然的景象，心中久久不能平静。等到傍晚回到家时，便对妻子说："我想回老家看看父母，要暂时和你分别一阵子，你如果想要见我，只要到来州城下的宝宁寺罗汉洞伏虎禅师身旁找我就好。"妻子一再请求他留下，但最终阮十六还是翩然而去。

两年后，邹师孟带着家人来到宝宁寺，办了一场水陆道场。阮十六的小女儿思念父亲，便和母亲一起进到洞里，找到伏虎罗汉的尊像，见尊像旁边有一个土偶，用手按着虎的额头，其容貌体态，完全就是阮十六的模样，一行人这才知道这些年来所谓的阮十六，都是这土偶变幻而来的。

地
神

据说，唐时，女地神在长安城中没有自己的住处，只能通过和普通男子结婚获得安身之所，于是故事里的这个男主人公，便被幸运地选中了。

唐德宗贞元末年，渭南县县丞卢佩，为人非常孝顺，他母亲原先腰和脚就有毛病，后来病得更加严重，以至于卧病在床已有好几年。卢佩于是辞了官，带着母亲回到长安，住在长乐里的一处宅子里，打算倾家荡产去求当时有国医之名的王彦伯为母亲医治。但王彦伯名气大，架子也很大，不是简简单单就能见到的，卢佩只好每天都去乞求，过了半年多，王彦伯才答应到他家去一趟。

卢佩和王彦伯约定的时间是某日清晨，但直到那日中午都不见有人来，卢佩站在门外等候，望眼欲穿。后来天色渐晚，仍是没人来，卢佩愈加失望。忽然，他望见有一个白衣妇人，姿容绝美，乘着一匹骏马，身后跟着一个婢女，从巷口西边向东疾驰而过。过了一会儿，妇人又从东边返回来，在卢佩家门前下马，对卢佩道："看您神情既忧伤又沮丧，似乎是在等什么人，能告诉我在等谁吗？"卢佩心里想着王彦伯，起初没有察觉到身边的妇人，后来对方连问了好几声，他才对妇人讲了事情原委。

妇人道："王彦伯堂堂国医，不会到这里来的，妾身医术浅薄，但也不在王彦伯之下，请让我见一见太夫人，相信一定可以治好她的病。"卢佩闻言喜出望外，拜倒在马前道："如果真能如您所说，我愿意做您的奴仆作为报答。"于是卢佩先去向母亲禀报，当时他的母亲正躺在床上叫痛，听到卢佩的话后，竟忽然觉得疼痛有所减轻了。

卢佩把妇人带到母亲面前，那妇人才一抬手摸了摸她，她的身体就已能够自由活动。于是一家人欢欣雀跃，拿出所有的金银财帛送给妇人，妇人道："这还没有治完，还要再吃一服药，这药不仅能够除去痼疾，还可以延年益寿。"卢佩母亲道："老妇本是将死之人，多亏天师起死回生，不知该怎么做才能报答您的恩德。"妇人回答："只要不嫌弃妾身卑微，允许我做卢九郎的妻子，时时都能陪在太夫人身边就好，哪里还敢请功。"卢佩母亲道："我儿子甘愿成为天师的奴仆，现在反而能当您的丈夫，有什么不可以的。"

妇人于是连连行礼感谢，而后从婢女捧着的一个小梳妆盒里取出了一点药，调好后递给了卢佩母亲，他母亲喝下后，这些年来一直忍受的所有病痛顷刻间消失了。那之后卢佩便开始张罗婚事，迎娶了这妇人。妇人嫁进他家，不论是侍奉婆婆，还是照顾丈夫，都谨遵着做妻子的本分，只不过每过十天，她都要请求回一趟娘家，卢佩想要用车马接送她，但妇人每次都推辞不肯，只骑着自己原来的马，带上婢女，说走就走，说来就来，甚至谁都不知道她去了哪里。

卢佩起初还想着顺妻子的意就好，没有刨根问底，到后来很长时间都是这样，不禁起了疑心。一天，在妇人又要出去时，卢佩便尾随在后面，见她骑着马出了延兴门，而后马就忽然飞上了天，在半空中奔跑起来，卢佩吃惊地问其他的行人，但他们都说没看见。卢佩又继续跟着妇人来到了城东的一片墓地，那里有巫师正陈设好酒菜，把酒泼在地上祭祀地神。卢佩见那妇人下了马，来到巫师身边接起那些酒便喝，而那婢女则在后面捡起巫师焚化的纸钱放到马上，纸钱很快就变成了真的铜钱。之后又见那妇人用木棍在地上画出一块地方，巫师便紧跟着指向那块地方道："此处可以作为墓穴。"事情办完后，妇人便又骑上马回去了。

卢佩目睹了全程，心生厌恶，回家后一五一十全都告诉给了母亲。母亲说："我早就知道她是妖怪，现在该怎么办？"但从那以后，妇人就没有再回过卢佩家里，卢佩对此也颇感庆幸。

后来过了几十天，卢佩走在南街上，忽然遇见了那妇人，卢佩喊她说："娘子为何这么久都不回家？"妇人没搭理他，策马扬鞭头也不回地走了。第二天，妇人让婢女给卢佩带话说："妾身确实和您不般配，只因为见您有孝心，很是感动，所以来给太夫人治病，后来太夫人病好后，我又主动和您结为了夫妻，如今既然受到您的怀疑，那看来确实该分手了。"

卢佩问婢女："娘子现在在哪？"婢女道："娘子前几天已经改嫁给靖恭坊的李谘议了。"卢佩又问："虽然想要分手，但她改嫁得也太快了吧？"婢女道："娘子是地神，掌管着京兆府三百里内的百姓葬身的事宜，她没有自己的居所，因此需要一直在长安城中给活人当妻子。"又说道："娘子她不会没有人可嫁，只可惜九郎福气太薄，如果能和娘子长久地做夫妻，那九郎一家人就都能成为地仙了。"卢佩排行第九，所以称他为九郎。

花
子

　　洛州刺史卢项的表姨曾经养过一条狗，取名为"花子"，卢项表姨平常对它非常关心和喜爱。有一天，花子莫名失踪了，后来听到些风声说可能是被人给打死了。又过了几个月，卢项表姨忽然去世，到了地府里，见到了一位姓李的判官，他对卢项表姨道："夫人的阳寿已经尽了，但是有人为您非常诚恳地求情，因此您可以重生，并再多活上十二年。"卢项表姨拜谢过这位判官，之后便离开了。

　　卢项表姨走在大街上，路过一座大宅，宅门里有一位美人，身边围着十几个婢女，她望见了卢项表姨，便让人请卢项表姨进来，问卢项表姨道："夫人认得我吗？"卢项表姨表示不认识。美人道："我就是花子。生前多蒙您悉心养育，不因为我是畜类而轻贱我。我如今给李判官当妾，之前恳求让夫人重生的，就是我呀。冥府不肯给太多寿命，只同意再加十二年，我想要改十二为二十，来报答您的养育之恩。等一会儿李判官就要回来了，希望您能告诉我您的本名，不能只是'某夫人'而已，我将尽全力为夫人祈请。"

　　过了一会儿，李判官果然回来了，对着卢项表姨和花子有说有笑，花子于是向他提出了想要把十二年寿命给倒转一下的请求，李判官听了，刚要责备她胡来，花子就先说道："妾身平生受过夫人的大恩，为她所做的这点事就连万分之一的恩情都报答不上，我想您一定不会不同意的吧。"李判官立马笑着说："这事不容易，但看你请求得这样恳切，我就答应了吧。"

卢顼表姨临走前，花子对她说："请您回去后收殓起我的遗骸，并将其埋葬吧。我的骸骨如今在履信坊街北墙边的一处垃圾堆里。"卢顼表姨苏醒过来后，派人到花子所说的地点去找，果然发现了她的遗骸，便用安葬子女的礼仪将花子葬掉了。后来卢顼表姨梦见花子向她道谢，又过了二十年，卢顼表姨才去世。

张
禹

刘宋时，一个叫张禹的人经过一片沼泽，当时天色阴沉晦暗，正走着，忽然望见前面有一所宅院，大门敞开着，张禹便走了进去。走到前厅时，有一个婢女出来问他来做什么，回答说："我是行路人，遇上了雨，想借宿一晚。"婢女于是返身回去报知家主，不多时便又出来叫张禹上前来。

张禹走上前，见帷帐中坐着一个三十来岁的女子，身边站着两个侍女，每个人穿的衣服都十分鲜亮华美。妇人问张禹需要什么，张禹道："我带着干粮，只要点喝的。"妇人便叫人端来一口锅，燃火烧水。过了一会儿，已经能听到锅中水沸腾的声音，但是锅摸上去居然是凉的。

妇人这时说道："我是已经死去的人。处在这坟冢之间，没办法帮助您，实在是惭愧。"之后唏嘘着对张禹道："我是任城县孙家之女，父亲是中山太守，我嫁给了敦丘的李家，生下了一男一女，男孩十一岁，女孩七岁。自我死后，我的丈夫便宠幸起我从前的使唤婢女承贵，如今我的孩子常常被她殴打，连头和脸都不知避开。每想到此，我都痛彻心扉，想要杀了这婢女，但是死者精气微弱，必须有所凭借才行。我想托您助成此事，我一定会重重地报答您。"

张禹道："我虽然也很同情您，但杀人是大事，我不敢答应。"妇人道："哪里会让您亲手杀她，只是想让您去到李家，告诉他我对您说的这些话，李某顾念承贵，必定会做法事禳除我，您就对他说自己懂得如何驱鬼，李某听了，一定会把承贵叫出来，到时我自会趁机杀掉她。"于是张禹便答应了。

第二天天亮后，张禹便动身，来到了李某家中，按妇人所说的把话对李某讲了。李某一听果然大吃一惊，连忙告诉给了承贵，承贵便来到前厅，向张禹乞求解救的办法。正说着话，只见孙氏突然从外面走进来，身后跟着二十几个侍女，她们全都手持利刃，蜂拥上前刺向承贵，承贵随即倒在地上，一命呜呼。

后来过了一阵子，张禹又一次经过那片沼泽，那妇人便派来婢女送了五十匹杂色彩帛给张禹，作为报答。

李 泳

　　后蜀的大理少卿李泳，一次回自己一所别宅时，经过一座桥，见桥上有一个婴儿躺在芭蕉叶上。李泳见那婴儿相貌不凡，很是怜爱，便把他收养为了自己的孩子。过了六七年，这孩子已经很会写字，并且伶牙俐齿，李泳夫妻对他特别喜爱，胜于自己的亲生儿子。这孩子到了十二岁时，不论是什么没见过的经史文籍，他看时就像早已经学习过一样，人们都称其为神童。

　　曾经有一次，这孩子独自坐在房间里读书，李泳夫妻俩在外边偷看，看见里面有一个人拿着文簿站在一边，另有两个童子负责将文簿递给这孩子，这孩子接过文簿，便在上面飞快地写下几行字，然后便又交给那人让他拿走了。

　　李泳夫妻感到很奇怪，第二天便趁儿子在身边时，委婉地问说："昨夜我偷偷看到了些什么，你不会是在担任地府的职务吧？"回答说："是的。"李泳接着问时，这孩子便只跪在地上叩拜，不回答了。李泳说："地府和人间的事情大有不同，我也不想苦苦追问，你只要好好保重就行。"

　　又过了六年，一天这孩子突然对李泳夫妻说："我只应当给您二老当十八年的儿子，如今已经期满了，明天申时，我就要回地府去了。"
说完便哭起来，李泳夫妻也跟着一起哭。李泳又问："我官能做到多大？"
回答说："只能做到大理少卿。"到了第二天申时，这孩子果然死了。
李泳知道自己不会再有大成就，便常常有退职闲居的想法，过了没多久，
就因为一些事情牵连而被罢官了。

小吏母

六朝时有一位贵人，找了一个仆人，有阵子，这仆人频繁请求回家一趟，但贵人一直不同意。后来过了些日子，这仆人正躺在南面窗子下睡觉，贵人忽然看见仆人房间外面有一位五六十岁的老妇人，身材肥硕，走路都很艰难。仆人睡觉不老实，有时会把被子扯掉，老妇人见了，就走过去给仆人盖好，之后转身又走到门外，仆人翻个身，把衣服弄掉了，老妇人又过去把衣服帮他捡起来。

贵人感到很奇怪，第二天便问仆人为什么一直想要回家，他回答说："母亲生病了。"贵人问他母亲的样貌和年纪，都和昨天自己所见到的老妇人一样，只是胖瘦不同，就又问："你母亲得的什么病？"仆人答："肿病。"

贵人便给仆人放了假，让他回家去，仆人回到家后，就有人给贵人捎信说，这仆人的母亲前阵子就已经去世了，贵人这才明白那天见到的老妇人之所以身材臃肿，原来是生病的缘故。

狐妻

　　东平县尉李麈刚得到官职，便动身从洛阳启程上任，夜里住在故城，所投宿的旅店里有一个卖饼的胡人，他的妻子姓郑，长得很漂亮，李某一见就很喜欢，于是就在店里住了好几天，之后又提出花十五贯钱买下郑氏，胡人答应了。

　　李麈带着郑氏来到东平，对她宠爱至极，郑氏性情婉约，既懂得风花雪月，又擅长女工，尤其对音乐极为精通。过了三年，夫妻俩有了一个孩子。后来，李某返回京城，把郑氏也带了回去，路过故城时，夫妻俩召集乡里人饮宴了一番，结果一待就是十几天。李某屡次催促郑氏，郑氏却一直以自己生病为由不肯走，李某怜爱她，只好听从。

　　又过了十几天，郑氏还是不肯走，而李某还有事情必须要办，只能带上郑氏启程。走到城门时，郑氏忽然说肚子疼，下马后便跑起来，速度快得像风一样，李某和几个仆人拼命追都追不上。之后郑氏又跑回故城，跑到一个叫易水村的地方，速度逐渐放缓，李某舍不得她，依然在后面追，就快要追上时，郑氏忽然钻进了一个很小的洞穴里，任凭李某在外面怎样呼喊，都不答应，李某恋恋不舍，凄楚心酸，边喊边哭。后来天黑了，村里人便找来草将洞口堵住，李某就先回旅店住下了。

第二天，李某又来到洞口，喊了半天仍旧不见回应，便下狠心让人用火去熏。过了很久，火灭了，村里人沿着洞口挖了几丈深，找到了一只已经死掉的母狐狸，衣服脱在一边就像是蝉蜕一样，脚上还穿着一双锦绣袜子。李某叹息良久，才让人埋掉了它。回到旅店，李某找来一条猎犬，让它冲着自己儿子吼叫，见儿子丝毫都不害怕，于是把他带到了京城，寄养在了亲人那里。①

在京城办完事后，李某回到了洛阳，娶了一名萧姓女子。萧氏经常管李某叫野狐婿，李某也不搭理她。一天夜里，李某和萧氏正在房间中亲热，萧氏又用他娶了狐狸的事讥笑他，然后忽然听到堂前有人说话，李某问："是谁夜里跑来了？"回答说："你难道不认识郑四娘了吗？"

李某一直都在想念她，听到这话，便兴奋地从床上跳起来，问道："你是鬼还是人？"回答说："是鬼。想要接近你却做不到。"之后又对李某说："人鬼本不相干，但贤夫人为何屡次谩骂我？而且我生的孩子，寄养在遥远的别人家，那些人都说他是狐狸生的，不给他吃穿，你难道都不挂念吗？还是早些亲自抚育他吧，那样我在九泉之下也就没有遗憾了。如果夫人仍旧喋喋不休，我的孩子你也不肯管，我一定会给你带来灾祸的。"说完就不见了。萧氏从此不敢再提这事。天宝末年时，那孩子已经十来岁了，与常人无异。

---

① 唐代人认为狐狸害怕猎犬，这孩子不怕狗，就说明他没有妖气。

庾崇

这是很痴情的爱。

晋康帝建元年间，有一个名叫庾崇的人，在江州淹死了，而就在事发当天，他的鬼魂就又回到家中，并现出身形，和生前一模一样。

他经常待在妻子乐氏的房里，乐氏起初很害怕，就叫来几个女性朋友跟她做伴，于是庾崇便来得少了些，但偶尔还是会来，一来就会骂乐氏说："我贪恋和生人亲近，反倒招致了怀疑和厌恶，这岂是我回家的本意？"一个陪着乐氏的朋友正在房间里织布，纺锤忽然就飞到了半空，或者被扔到地上，乐氏的朋友们很害怕，全都离开了，自此庾崇的鬼魂便又经常回来。

庾崇有一个三岁的小儿子，他向母亲去要吃的，母亲说："没有钱，吃的从哪来？"庾崇听了很伤心，抚摸着儿子的头说："我不幸早死，让你受穷，对你既惭愧又挂念，不知该怎么办好。"后来有一天，他忽然将二百钱放到了妻子面前，说："可以拿去给儿子买吃的。"

这样过了一年，妻子愈加贫困，生活不能自给，庾崇便对她说："你愿意为我守节，却仍然这样贫苦，我还是把你接走吧。"没过多久，妻子便得病死了，后来庾崇的鬼魂便再没来过。

缘
分

　　某书生的花园中有座亭子，一夜下着雨，书生独坐在亭子里，忽然有一个女子掀开门帘走进来，自称家就在花园外面，爱慕书生已久，今夜特意冒雨前来与他相会。书生却一眼看穿，问："雨这样急，你的衣服鞋子一点没湿，这是何故？"女子无话可说，只得承认自己是狐狸。

　　书生问她："这附近少年很多，为何偏来找我？"狐狸说："是前世的缘分。"书生问："这缘分是谁记载下来的？是谁在一直管理着？又是谁告诉了你？你前生是什么人，我前生又是什么人？我们是因为何事而结缘？在哪个朝代的哪一年？请你说明白些。"狐狸仓促之间答不出来，小声嘀咕了很久，说："你千百日都不曾坐在这里，而今天恰好坐在这里，我见了千百人都不喜欢，唯独见到你很喜欢，这是前世的缘分可以肯定，请不要再拒绝了。"

　　书生道："有前世之缘的两人一定会两情相悦，我坐在这里，你从外面走进来，而我没有感到丝毫心动，那我们之间没有缘分也可以肯定，请你还是离开吧。"女子进退两难之时，听见窗外有人喊说："你这丫头不懂事，何必一定要找这个木头疙瘩。"女子于是举起袖子一挥，灭掉烛火走了。

僧
智
圆

　　一个像法海一样以驱妖为己任的老和尚，在风烛残年之际不可避免
地迎来了妖怪的复仇。

　　龙兴寺的僧人智圆，平日靠着佛家的经咒制服邪祟，为人医治重病，
很有效果，每天都有几十人慕名而来。智圆年纪大了以后，对于这类事
略微有些疲倦。当地的郡守对他很敬重，便在城东为他建起一座草屋，
并派了一个沙弥、一个行者照顾他的起居。

　　又过了几年，一日闲暇时，智圆正一边晒太阳一边剪指甲，忽然有
一个穿着朴素但容貌端庄艳丽的妇人，走到智圆面前，对着他行了一礼。
智圆连忙整理好衣服，问说："弟子来此做什么？"妇人哭泣着说："妾
身丈夫不幸亡故而孩子还年幼，如今老母又生了重病危在旦夕，听说师
父有神咒可以医治，乞求您救我母亲一命。"智圆道："贫僧早就厌倦
了闹市的喧嚣拥挤和人情客套，弟子母亲有病，可以把她带过来，贫僧
就在这里为她加持作法。"

　　妇人不听，再三哭泣着哀求，称自己母亲病得很厉害，根本不能出
门，智圆听她这样说，也心生怜悯，于是便答应亲自过去一趟。妇人便
告诉智圆说，从智圆居住的地方向北二十里有一处村子，村子附近有一

个鲁家庄,到庄上打听一个叫韦十娘的人住在哪就行。于是第二天一早,智圆便出了门,但找了一大圈,根本找不到所谓的韦十娘,只好返回来。

第二日,妇人又来了,智圆责备她说:"贫僧昨日远道赴约,却根本找不到人。"妇人道:"只离您昨天停下的地方二三里远而已,大师慈悲,一定要再去一次。"智圆怒道:"老僧年老力衰,如今绝对不会再去了。"妇人也忽然发怒,大叫道:"你这出家人的慈悲何在?!今天你必须去!"说完便走上台阶一把拽住智圆胳膊,智圆怀疑这妇人恐怕是妖魅变化而来,恍惚之间,便持着刀子朝妇人刺过去,妇人倒在地上,智圆这才惊讶地发现,自己刺中的并非妇人,而是一直服侍他的沙弥,此时沙弥已经流了一大摊血,死掉了。智圆茫然不知所措,慌慌张张和身边的行者一起把沙弥埋到了米瓮下面。

沙弥就是附近村里的人,其家距离智圆住处不过十七八里远。当天,沙弥全家人都在田里耕作,忽然有一个黑衣人来到田边要水喝,这家人给了他水,闲聊中问起他是哪的人,回答说住得离僧人智圆很近,这家人又问起小沙弥的情况,那人便把沙弥被智圆所杀的事全都讲了——这人大抵是妖怪所变。

这家人听了,号哭着找到智圆,智圆此时却还在极力隐瞒,直到沙弥的父亲用铁锹挖出了尸体。于是这家人便带上了智圆到官府去告状。郡守听了案情,大吃一惊,便让办案的官员仔细调查,认为一定是有冤情。智圆却全都坦白了,并说:"这是贫僧前生欠下的债,有死而已。"审理此案的官员也认为应当判死刑。这时智圆又提出来,请求宽限他七天,让他给自己做场法事,为下辈子求福。郡守答应了。

智圆于是沐浴更衣,建起一座法坛,但他根本不是在做为自己求福的法事,而是用法术追查起妖怪的行踪。一连作法三天三夜,之前那妇人忽然出现在法坛上,对智圆道:"我的同类很多,它们在求食时经常被你这和尚坏了好事，沙弥如今还活着，你如能发誓不再用经咒除妖，我就把他还给你。"智圆诚恳地发了誓。妇人于是欢喜地说："沙弥现在就在城南某村几里外的一座古墓里。"

智圆连忙将此事告诉郡守，郡守派人过去找，果然发现了那个小沙弥，当时他已经神志不清了。打开沙弥的棺材，里面只有一把笤帚而已，智圆的罪过这才得以免除。后来智圆就再也不碰念珠，连一个梵字都不说了。

指
认

宋代的一个村子里，有一个小孩在田里劳作，却不幸被人杀害，但凶手一直不知是谁。到了第二年这孩子祭日那天，他的家人办了一场斋宴为他求福。

和这孩子同村有一个小孩儿，忽然见到这孩子对他说："我是某家死去的孩子，今天我家人正在办斋宴，你和我一起去吃吧？"小孩儿便跟着他来到他家，坐到了象征死者座位的灵床上，有祭品摆上来，他俩就跟着吃，但别的人都看不到他们。

过了很久，这孩子的舅舅姗姗来迟，望着灵床大哭，这孩子突然指着舅舅说："他就是杀我的人，我不想见到他。"于是就起身离开了。他走后，他的家人看到同村的那小孩正坐在灵床上，不禁大吃一惊，问他是怎么来的。小孩儿讲起原委，并说这孩子就是被他舅舅所杀。这家人便把他舅舅送去了官府，此人最终承认了自己的罪行。

巨
蟒

　　德兴县香屯有一处偏僻的渡口，有船夫停着船等在岸边。忽然，有一个小孩走到船上，给了船夫五十文钱，求他渡自己过去。这钱远远超过坐船的价格，因此船夫很是惊讶。那孩子道："我得罪了主人，逃到了这里，我担心他会赶来抓我，希望你能让我钻进船板下躲一躲。"船夫同意了。

　　过了一会儿，有一个老头走过来，刚踏上船，那孩子就从船板下冲出来，化作一条足有一丈多长的巨蟒，抬起头冲着那老头的咽喉咬过去，老头急忙用双手掐住巨蟒的脖子，巨蟒见咬不中他，便用身体缠绕在老头身上。船上的人目睹这场面全都吓得不住颤抖，呆立许久，才有人上前用长钩把巨蟒断作了四五截，而等巨蟒从老头身上松开时，人和蛇都已经死了。

　　这老头原本是个巫师，姓程，乡间都称其为程法师，他尤其擅长禁蛇，多年以来杀掉的蛇数不胜数，上了年纪以后，他经常违背法术禁忌，因此才被蟒蛇成功报复。

李和子

某人因为盗杀了太多的猫狗，结果被苦主联名告到了地府。

唐宪宗元和初年，洛阳东市有一个名叫李和子的小混混，他父亲名叫努眼。李和子性情残忍，经常偷别人家的猫狗来吃，是附近街巷的一大祸患。一次，李和子架着鹰站在街边，忽然见两个紫衣人走过来，喊道："您就是李努眼的儿子李和子吧？"李和子连忙恭敬地作了个揖。紫衣人又道："找您有些事情，我们可以找个方便的地方说。"于是走了几步，避开人群，对李和子道："冥府在捉拿您，请您立即跟我们过去吧。"

李和子起初不相信，说道："你们是人，何必骗我。"紫衣人道："我们是鬼。"说完从怀中掏出一纸公文，上面印章都还没干。李和子打开公文一看，见上面赫然写着自己的大名，捉拿他的原因，则是有四百六十只猫和狗将他告了。李和子这才害怕起来，扔掉猎鹰跪下来祈求道："我该死，但希望二位能多留一会儿，我请二位喝点酒。"两个鬼差推辞不过，只好答应了。

一开始，李和子请他俩到一家卖馎饦①的店里，两个鬼差却都捂着鼻子不肯进，李和子只好把他们带到了另外一家店里。店里其他人只看见李和子一个人在那里时而揖让，时而说话，都以为他是疯子。李和子要了九碗酒，自己喝了三碗，之后把其余六碗放到西面的座位，求两个鬼差行个方便让他脱身。

二鬼商量道："我们喝了这一顿酒，受了他的恩惠，理应为他想想办法。"于是站起来对李和子说："先等我们一会儿，我们马上回来。"不多时，二鬼差便回来，对李和子道："您能凑齐四十万钱的话，可以为您再延长三年的寿命。"李和子答应了，约定第二天中午让他们来拿钱。之后便给了店家酒钱，并把那六碗酒也还给了店家，有人尝了尝，那酒的味道已经变得和水一样寡淡无味，而且冷得冰牙。

李和子急忙回到家里，卖掉了衣服请人做了四十万纸钱，之后在约定的第二天中午烧掉，烧时他亲眼见到有两个鬼带着钱走了。过了三天，李和子还是死了，大概鬼所说的三年，就是人间的三天吧。

---

① 馎饦是唐代一种有馅的面食，所用馅料多是肉类，这种食物据说起源于西域，估计会用到很多香料，味道一定很强烈，所以鬼会讨厌。

李
鹚

在清代有一种说法，捉妖的术士只能降服那些蓄意作祟害人的妖怪，而如果对方本是含冤未雪、特意前来复仇的，那任何法术也无可奈何。

李鹤峰侍郎的儿子李鹚，是辛巳年的翰林，工于诗文，又爱好宋儒提倡的理学。一天夜里，他坐在灯前读书，忽然有两位极其美丽的女子翩然而至，调戏起他来。但李鹚不为所动。

过了一会儿，李鹚吃完了晚饭，忽然听见肚子里传出人声："我把魂魄附在茄子上，你吃茄子就是在吃我，我已经住进你肚子里了，看你还往哪里逃?!"这声音就是之前出现的其中一位女子的声音。李鹚两眼发愣，从此像是痴呆了一样，有时会自己打自己耳光，遇上大雨，还会头顶一块石头跪在雨里，衣裳都淋湿了也不敢进到屋里来，有时又会忽然对着来人叩拜，别人拉都拉不起来，自此日渐消瘦，身体一天比一天差。

肚子里的妖怪时常会通过李鹚写字来和人交流，李鹚的朋友蒋某前去看他，问那妖怪："你长得那么漂亮，为何不来诱惑我，而一定要赖着李鹚呢？"李鹚随后写下两个大字回答："无缘。"蒋某又问："你是绝世佳人，为什么要住在肚子里那样污秽的地方？"李鹚又写了两个字骂道："贱人。"

当时江西巡抚吴某和李鹅父亲关系很好，便把李鹅接到了江西，特意请来张天师为他捉妖。天师在滕王阁设下法坛，先是斋戒三天，之后又诵了三天的法咒，而后天师身边的一个法官告诉众人："三月十五日那天捉妖。"

到了捉妖的日子，前来看热闹的人数不胜数，天师坐在法坛上，法官坐在旁边。法官让李鹅跪下，之后又让他正对着天师把嘴张开。接着，天师将两根手指伸进他嘴里，捏住什么东西后便又缩回手，只见一个像猫那么大的狐狸从他的嘴里被拽出来，一边还在叫喊："我给姐姐探听情况，不料被抓了，姐姐千万别出来。"李鹅肚子里有个声音回答："好。"人们这才知道他肚子里还有一个妖怪。

天师把抓住的狐狸塞进罐子里，又用符咒封口，把罐子扔进了江里。随后李鹅便感到神智稍微清醒了些，但肚子里却传来阵阵叹息之声，说："我和你有前世的冤仇未解，因为找不到你，所以才拉着仙姑一块来，不想却害了她，这让我难以心安，这下更不能饶你了！"说完，李鹅便开始腹痛不止。

天师问法官说："李翰林还能救吗？"法官取来一面镜子照向李鹅肚子，之后说："这是翰林前生的冤鬼寻仇，不是害人的妖怪，法术和符咒都治不了。"法师将实情告知吴巡抚，吴巡抚也没了办法，只好让人把李鹅送回家养病，最终李鹅还是死掉了。

张
忆
娘

　　苏州名妓张忆娘，容色技艺冠绝一时，和一位姓蒋之人向来交情不错，蒋某家财万贯，经常会带着忆娘四处游山玩水。忆娘是个聪慧的女子，一直想要过上安稳的生活，她本以为蒋某是可以托付终身之人，但蒋某妻妾成群，对忆娘并不在意。后来忆娘便和徽州的一位陈通判订下婚约。

　　陈通判将忆娘娶进家门后，蒋某没办法再见到她，因此大怒，千方百计要拆散二人，诬告陈通判是先与忆娘私通，进而拐骗的她。忆娘不得已，只好剃度为尼，住进了庙里，但平日里的吃穿用度还是全靠陈通判资助。蒋某对此仍不满意，又让人去要挟陈通判，逼迫他断绝了和忆娘的来往，忆娘贫困窘迫，走投无路，最终自缢而亡。

　　过了没多久，某日早晨蒋某起来喝粥，忽然感到一阵头晕，昏死过去。他梦到自己来到一处官府，被两个兵丁左右夹着，旁边有人喊他："蒋某，你的事要等六年后才审问，为何现在就来了？"喊他的那个人，是他的一个手下，曾被派去打听忆娘的情况，已经过世三年了。蒋某认出那人后，顿时惊醒过来，自此便变得精神恍惚，饮食也大不如前。

　　元妙观道士张某，精通道法，为蒋某设坛作法祷禳。三天后，张道士对蒋某说："冤魂已经到了，但我不知道她的姓名，搬一面大镜子过来，泼上明水 ①，会有一个女子出现在镜子里。"如这道士所说，泼上水后，镜中果然显出一个人像，蒋某的家人一看，俨然就是忆娘的模样。

张道士得知了内情，表示："我能够降服的，只有妖孽、狐狸之类，如今这女子是来报冤，不是我所能赶走的。"说完拂袖而去。蒋某为忆娘做了七天七夜的法事，想要为她超度，但终究不起作用，后来又请来苏州的名医叶天士，用上千两银子作为酬劳，但每次熬好的药刚到嘴边，便会见到有一只纤细白皙的手一把将碗打翻，有时蒋某则会无缘无故自己把药泼掉。就这样蒋某的病日益加重，过了六年终于死了。

蒋某的从孙蒋漪园，依然收藏有忆娘的一幅写真像，画中的她戴着乌纱髻，穿着天青罗裙，眉目清秀，妩媚可人，左手捏着一朵花插在发髻上，浅浅而笑。这幅画是当时名士杨子鹤的真迹。

---

① 明水亦称方诸水。方诸是一种大蚌的名字。月明之夜，捕得方诸，取其壳中贮的水，清明纯洁，即是方诸水。

狐

报

一只狐狸被人以"除妖"为名杀害了全家，继而奋起复仇。

南京有一个姓钮的人（应该是旗人吧），夫妻俩都已经六十几岁，有一个儿子，在山西做生意，已经好几年都没有回过家。

一天，忽然有一位长胡子老翁拄着拐杖找上门，说："听说您家的大宅子空闲的房屋很多，我想要租一间来安顿一家老小，租金是多是少我不会太计较。"钮某便将一间房子租给了他。过了几个月，老翁对钮某说："我将要出趟远门，家中的妻儿，就请您多费心帮忙照顾了，这份恩情我一定会报答的。"

老翁走后，那家人住的房子里传来彻夜不息的吵闹声，还会时不时向外扔些砖头瓦块之类，钮某夫妻不堪其扰。一天夜里，月色很好，钮某便在墙上掏了个洞，偷偷探看，发现住在那房子里的竟然是一群狐狸，根本不是人。于是钮某找来猎人，将这些狐狸全都杀掉了，还吃掉了它们的肉，卖掉了它们的皮毛。

几个月后，老翁回来了，对钮某说："我与您家素来无冤无仇，为何要杀我的妻儿，一个活口都不留？临行前我把妻儿嘱托于您，为何您要做出这样恶毒的事情？"钮某道："我除去狐妖，确有其事，至于杀人妻儿，那我就不知道了。"老翁无可奈何，愤然离开了。

又过了几个月，钮某的儿子忽然回来，身穿重孝号哭着跑进家门，父子相见，都大吃一惊。钮某问是怎么回事，儿子回答说："前些日子，有一个自称姓温的长胡子老翁找到我,对我说二老得了急病在家中暴亡，所以特地来托口信，让我回去操办葬礼。因此我将买下的货物，以及还没收齐的债，全都交付给别人打理，快马加鞭赶回了家。"钮某笑道："这是妖狐在作怪而已。不过已经岁末了，能够一家人聚在一起，也正好共享天伦之乐。他以此来报复我，我却正要感谢他呢，狡猾的老狐狸，这回可失算了。"

到了大年初一，钮某在邻居家喝酒，喝完后醉醺醺地回到家中，糊里糊涂地把灯笼挂在了帷帐上，结果到半夜引发了大火，一家三口都被烧死了。当时钮某还没有孙子，结果一场火就把满门烧尽了。

糊涂女鬼

纪晓岚的父亲说，雍正庚戌年他参加会试时和雄县的汤举人被分在同一间小房子里。半夜里，汤举人见到一个披头散发的女鬼，掀开帘子走进来，径直上前将他的考卷撕得粉碎。汤举人是个刚正之人，见状毫不畏惧，坐着问她道："前世的事情我不知道，但我今生实在不曾做过害人的事情，你为何而来？"

女鬼一听，向后退了几步，愕然地瞪着眼睛问："你这里不是四十七号吗？"汤举人回答："是四十九号。"原来在汤举人的房子前还有两间空房子，女鬼漏掉了没有数。女鬼又盯着他看了很久，之后便向他赔礼道歉，离开了。很快，就听见四十七号房传来凄厉惨叫，房里的人突然中邪了。

庐
山
君

　　三国时人顾邵，在担任豫章郡守时，推崇教育而禁止淫祀，当地风气为之一变。他把当地的神庙一座接一座地拆毁，拆到庐山庙时，全郡的人都劝他别拆，但是顾邵没有听从，庙终究还是拆了。

　　一天夜里，顾邵忽然听到有人粗暴地推开房门，正奇怪是谁这样无理，只见有一人来到自己跟前，模样像是方相神^①一样，自称庐山君。顾邵独自面对他，并没有恐惧之色，反而请他坐到了自己对面。顾邵精通《左传》，庐山君便和他谈起春秋之事，一连谈了一整夜，都没有落下风，顾邵对此人的能言善辩叹服不已。

　　顾邵又对庐山君说："《左传》中记载晋景公曾梦到一个大厉，不知古今是否都有这样的东西呢？"庐山君笑道："如今只有大，而没有厉。"^②灯油烧光了，顾邵却也不叫人来添油，而是把《左传》一点点

----

① 方相是古代举行逐疫仪式时扮作神怪以驱鬼的巫师。古书上记载这种巫师的装扮是"蒙熊皮，黄金四目，玄衣朱裳，执戈扬盾"，可见身形之怪异。后来人们又将方相做成纸人，在送葬的队伍中充当开路神。

② 大厉即身形巨大的厉鬼，所以庐山君解嘲说自己只是身形巨大，并不会为厉。

续进去当柴烧。庐山君频频向顾邵告辞，但顾邵却一再挽留他。庐山君此来本是想欺辱顾邵一番，却不料对方气定神闲，完全没有可乘之机。于是庐山君只好低声下气地求顾邵重建自己的庙宇，言辞恳切，但顾邵只是笑，一句话都不说。

庐山君因此大怒，起身要走，出门前扭头对顾邵道："今天我没法报仇，但三年之内，您的运势就要走衰了，到时我一定会趁机报复的。"顾邵仍然悠闲地说："什么事这么急？留下来再聊会儿吧。"庐山君走了几步，便消失不见了，顾邵走到门边，发现门关得好好的，根本不曾打开。

三年以后，顾邵果然生了重病，经常梦到庐山君来殴打自己，并要自己恢复他的神庙，顾邵始终只有一句话："邪岂胜正！"后来便去世了。

虎
母

　　明末时，青、鲁一带的山间，老虎泛滥成灾。有一个山里人家的小
女孩，十二岁时带着斧子上山砍柴，失足坠到了山谷中，幸好山下都是
平日堆积的落叶，女孩摔下去并没有大碍，但周围崖壁有几百尺高，而
且极为陡峭，根本爬不上去。女孩先是大声呼救，后来又哭起来，但过
了很久终究不见有人回应。

　　忽然，女孩发现东面崖壁下有处洞口，里面很宽阔，像是间大房子
一样，洞里面还卧着两只小老虎，温顺得像是小猫小狗一样。女孩战战
兢兢地走进老虎洞里，心想这下死定了，但一想到能够和小老虎一起玩，
又感到很开心。

　　不久，天黑了，母虎从外面回到洞里，起初见到女孩，也吓了一跳，
继而见女孩把小老虎抱在怀里，开开心心一点都不害怕，因此又瞪着眼
睛盯了女孩一会儿，确信她没有恶意，便趴到小老虎身边喂起奶来。喂
完了奶，母虎刚要睡觉，女孩在一旁给它磕了个头，道："蒙大王可怜，
没有杀我，但我饿坏了，不知能不能分点奶救救我？"母虎思索良久，
之后点点头像是答应了一样，女孩便凑上前饱餐了一顿，累了就躺在母
虎怀里睡着了。第二天清晨，母虎先用舌头舔了舔小老虎，又轻轻舔了

舔女孩的脸，之后就出去了。到了晚上回来时，母虎便叼着些水果放到了女孩面前，女孩见了又笑又跳，母虎看上去也很开心。

过了一个多月，小老虎逐渐长大了，母虎把它们驮在背上，准备离开，女孩在洞里大喊，母虎回头看了她一眼。良久，母虎又下到洞里，把女孩也驮在背上，将她背到了山崖上，之后又带着她找到了大路。女孩向母虎告辞，母虎回头看了女孩很多遍才依依不舍地离开。

女孩回到家里，见到父母，难掩欣喜，正兴高采烈地向他们讲述自己遇见老虎才捡回一条命的经过，她的父母却说："哎呀，哪里有遇上老虎还能活的人？你一定是被老虎吃了，死后变成伥鬼回来迷惑人，要引诱全家都去喂老虎。这分明是伥鬼在作怪，岂会是我女儿?!"女孩不停地哭嚷辩解，但她的父母还是不相信，还把她锁在房间里，断绝了她的饮食。女孩又困又饿，怎样解释也没人听，只能等死。

这天夜里，女孩的父母忽然同时梦见一位黄衣妇人十分愤怒地瞪着他们说："你女儿就是我女儿，你如果饿死她，我就杀你一家！"二人惊醒过来，妇人的怒吼声仍响彻在耳畔。他们这才把女孩放了出来。

女孩自从吃了虎奶，长大后容貌变得愈加美艳，而且勇力过人，有一位少年将军，听说后便迎娶了她。后来女孩多次帮助这位将军立下战功，并被封为了夫人。

守财妇

这妇人是因为心疼自己的女儿，所以即使变成了鬼也要守住那些银两，不肯离开的吧。

安阳县的杨某，开了一家客店，他的一个女儿嫁给了汤阴县的邓某。邓某是个整天在外奔波的小贩，很是贫穷，杨某的妻子经常会给些钱物周济他。杨某积攒了几十两银子，锁在箱子里，杨妻想偷出来一点给女婿做本钱，但一时没找到机会。

一天，邻居叫杨某去喝酒，杨妻见丈夫出去后，便想打开箱子，一连试了好几把钥匙才成功。刚把银子拿出来，就听见杨某回来了，杨妻慌忙将银子塞在怀里，关上箱子又上好了锁。但银子还在身上，仓促间没地可藏，只好先埋在了后院里。夜里，杨某打开箱子，见银两少了，心知是被妻子所偷，怀疑妻子偷去送给了相好的，因此百般痛骂妻子，妻子气愤至极，便在杨某睡着后自缢而死。死后，她的鬼魂常常会在家中作祟，杨某住不下去，便卖掉了房子远走他乡。

在杨妻还没死时，邓某就已经带着妻子到湖北去投奔了他的叔叔。他的叔叔经营着一家酱坊，年过六旬还没有子嗣，见到侄子大喜，便把他认作了自己的儿子，此后邓某夫妻俩的生活终于大为改观。

　　几年后，邓某妻子思念家中父母，便让丈夫回去探亲。邓某带着行李回到老家，见到故宅依旧，但里面的主人却不再是妻子的父母。当时天色已晚，邓某旅途劳顿，就想干脆在这里住上一晚，新主人却说："客房已经满了，没有睡觉的地方，只有后堂有两间屋子，但据说里面有鬼，会伤害到人，所以至今都锁着，没人敢住进去。"邓某说："这房子从前是我岳父家的，我很熟悉，哪里有鬼？即使有，我只是睡上一晚，想来也没有大碍。"新主人答应了，端着蜡烛把邓某带到那屋子里，又为他打扫了一番，之后邓某便铺开被子，脱了鞋，和衣而眠。

　　快半夜时，邓某忽然听见房间西边角落里传来嘤嘤的哭声，急忙爬起来察看，只见一个女鬼披头散发，面目肮脏，朝着他直扑过来。邓某光着脚撒腿就跑，房间里有一张方桌，邓某就围着桌子跟女鬼不停绕圈子，他害怕至极，想要大叫，但却一点声音都发不出来。邓某望见院子里月色明亮，便跑进了月光里，女鬼追过来，却不敢上前，而仍用眼睛紧紧盯着他。这样，月光移动一寸，邓某就后退一寸，女鬼也就前进一寸，等到月光照到院墙之上时，邓某只能靠墙而立了。

　　须臾，月色又移动到了邓某膝头，那女鬼便立即上前拽住他的双脚，邓某叹道："不想邓某竟死在这里！"女鬼一听，连忙松手问："你是谁？"邓某回答："我是汤阴邓某。"女鬼道："是我女婿呀，怎么不早说，差点误杀你。"于是告诉他自己身亡的原因，以及埋银子的地方。又说："趁天没亮，没人知道，赶快把银子取走。我之所以作怪，就是守着这些钱在等你，如今心愿已了，我也就不再作祟了。"说完就跑到房间角落里消失不见了。

　　邓某照岳母所说，果然在地里挖到了银子，带回家后作为本钱扩大了经营，生活愈加丰裕起来。

黄巢之乱

唐末黄巢之乱时，有位姓裴的朝廷官员，带着妻子准备前往汉中避难，但是刚出京城，他的女儿就得了重病，很快就去世了。当时兵荒马乱，裴某连掩埋女儿的时间都没有，就急急忙忙逃命去了。

到了骆谷，夜里裴某和妻子正在休息，忽然间竟听到女儿的声音，但却看不见人在哪。夫妻俩连声呼唤，然后只听女儿说道："我被浐水神的儿子强暴，后来又被诱骗到他家中。他的父亲因为他无辜杀害活人，十分愤怒，打了他一顿，又好言劝慰我，并派人送我过来。但如今我没有可以托身之处，我想先随二老到汉中去，请你们拔些茅草放在箱子里，让我的魂魄可以依附在上面。"

这之后，女儿的鬼魂就一直守在裴某夫妻身边，每天的饮食、言语都和正常人没什么区别。过了一阵子，女儿又忽然告诉他们说，她已经有了可以托身的地方，于是便哭泣着告辞而去。

巫
师

宋代临川有一位巫师，所侍奉的神灵名叫木平三郎，他专门为人捉妖驱鬼，据说很是灵验，因而远近闻名。巫师认为他和鬼怪结有深仇大恨，一直担心会被它们报复，所以经常告诫家人说："如果有外人找我，不管关系远近和年长年幼，都要先告诉对方我不在家，然后再来通知我。"

一天，乡间有一个人正在耕田，忽然见到两个路人背着很多东西走在小路上，二人褰起衣裳下摆，走得小心翼翼，像是有什么东西在阻碍他们一样。耕田的人问："为何要这样？"二人回答："我们也想要快点走，但没办法。水深路滑，到处都是泥。"那人笑道："地面分明很平整，而且也没有水，哪里像你们所说的那样？"二人如梦初醒，向那人道谢说："眼花看错了，多亏您指点迷津。"于是欣然大步向前，不再迟疑，径直来到了巫师家门前。

二人表示，建州的某官人之前被鬼魅骚扰，全靠巫师才得救，如今派他俩带了些新茶前来道谢。巫师家人听了很高兴，便把二人请进了门，寒暄了一阵，之后才去告知巫师。巫师问这二人在哪，家人道："已经在家里了。"巫师大惊道："平常是怎么告诫你们的？！如今已经来不及了。"让家人出去仔细询问二人，却发现二人已经不见了。

巫师知道自己必死无疑，正对家人嘱咐后事，忽然后背像被人打了一下，便立即倒在了地上，涎液都凝在喉咙里，没过多久就死了。

青
蛇

清代湖州归安县一个镇子上的某人，以卖碗为生，娶了一个漂亮的女子。这个女子很懂得勤俭持家，和普通的女子很不一样。一天，她对丈夫说："我见你干这行当，没吃没穿和从前一样，不是个事。你如果相信我，自然能赚钱。"她丈夫对其言听计从，于是便不再卖碗，而四处做起生意来，不到十年，便成了大富人，又有了两个聪慧的儿子，请来老师教他们学问。

女子平时都很正常，只是每年端午那天总会生病，生病时还不许人进她的房间，对此她丈夫一直没有当回事。她的长子已经九岁了，一天偶然来到母亲房间，却见一条大青蛇盘在床上，他大叫一声，扭头就跑，但再回头看时，床上就只有自己的母亲而已。

孩子将自己的遭遇告诉给了老师，那老师是个老学究，便找到孩子的父亲，用儒家那套妖祥变怪之说，分析他的妻子恐怕会对他不利。而女子此时已经知道了，于是谩骂道："我家的家事跟先生有什么关系！"当天夜里女子忽然就不见了。这是乾隆初年的事。

她的长子已经九岁了，一天偶然来到母亲房间，却见一条大青蛇盘在床上，他大叫一声，扭头就跑，但再回头看时，床上就只有自己的母亲而已。

谢

二

开元年间，洛阳的一个士人因为自己升官的资历太浅，于是就到江淮一带去游历，想要找自己的朋友帮忙，但是却四处碰壁一无所获。

此人在扬州待了很久，所住的驿站里有一个名叫谢二的人。谢二可怜他失意潦倒，一直想帮助他，就对他说："不要这样悲伤，如果你要回老家的话，我愿意资助你三百贯钱。"临分别时，又交给他一封信说："我家在魏王池的东面，你到了池边，敲一下大柳树，如果我家人出来了，你就把信给他，然后跟他去取钱就行了。"

士人遵照他的嘱咐，回到洛阳后，便来到魏王池，对着大柳树敲了一下，过了很久，就有一个婢女出来，问他有什么事。士人回答说："谢二让我捎封信。"说完只见平地冒出两扇朱红色的大门和一面雪白的围墙，婢女接过信进了门，过了一会儿又走出来，带领士人一同进到了宅中。

走进正堂，便见一位身材壮硕的老太太坐在厅堂正中，她对士人说："麻烦您把我儿子的信送过来，他在信里提到让我们给您三百贯钱，如今不能违背他的意思。"等到士人出来时，便见岸边整整齐齐地摆满了钱，一数正好是三百贯，那些钱都是官家的排斗钱，但是成色略微差一些。

士人忽然起了疑心，怀疑这家人是妖怪，否则完全无法解释他们这普通人家哪来这么多官钱。士人担心自己使用这些钱会惹上麻烦，便跑去报了官，将事情的来龙去脉全都讲了。河南尹将此事报告给朝廷，大臣们都说："魏王池中有一处鼋的窟穴，恐怕就是它们在作怪。"于是皇帝下令，要抓住那些大鼋。

接到命令，河南尹便找来几十个水性极好的昆仑奴，让他们手持着刀枪，潜到水中直捣鼋的老巢。经过一阵攻杀，一共抓获了大大小小几十头鼋，最后抓住的那头，足有几张床连在一起那么大。河南尹得到这些鼋，就将它们全杀了，并因此被朝廷赏赐了不少钱帛。

后来过了五年，士人被选中担任江南某地的县尉，上任时路过扬州，在一家客店前偶遇了谢二。谢二怒气冲冲地呵斥他道："我对你不薄，你为何背叛我到如此地步？我的老母一家人全被无辜杀害，这都是因为你！"说完就走了。

士人惊恐不已，一连待了十几天不肯再向前走，后来经不住同行人的催促，才继续赶路。士人坐着船走了百余里，忽然遇上大风，一船人全都溺水身亡。时人都说这是谢二在复仇。

斋筵

五代时，浙西有一位名叫吴景的将领，丁酉年间，有一天在石头城的一座寺庙里设斋。当天傍晚，斋饭设好以后，忽然听到有一个女子在哭泣，哭声非常悲切。起初声音很远，而后越来越近，不多时就已经传至设斋的筵席之间。吴景这才对寺中的僧人说："在下前几年跟随大军攻克豫章，俘获了一个妇人，颇有几分姿色。没过多久，她的丈夫找来，想要赎回她。但当时军中法令极严，不允许这种事。在下便把那妇人杀了，后来极其悔恨。如今之所以设斋，正是为了这件事。"

于是吴景便和僧人一起来到设斋的地方，见那妇人果然也在。僧人为吴景向那妇人求情，妇人道："我来找吴景索命，其他的事情我不知道。"说完突然朝着吴景冲过来。吴景跑到了佛殿里，大喊道："还你命！"于是一头栽倒在地上，死掉了。

奇遇

引言

　　人和妖怪，本应老死不相往来，毕竟，彼此既是如此相似，又天差地别，贸然相遇，冲突在所难免。但人生，哪里能保证不会出现一点意外或者说惊喜呢？此卷收录的就是人和妖怪偶然相遇的故事。有些是妖怪主动接近人类，为了一点食物或是向人类求助，也有只是闲来无事，却不料因此招来大祸；有些是人类意外闯入妖怪的地盘，善良的人遇见妖怪仍旧善良，贪心的人则不免想要顺手牵羊，最后被绝不吃亏的妖怪狠狠捉弄。还有更多更离奇的故事，相隔千载，天马行空，是应该赞叹古人的想象力呢，还是开始期待奇遇的发生？

人参精

　　宜良山有一座废弃的寺庙，后来有一个邱道士，化缘重新建起了一座祖师殿，和一个徒弟一起住在庙里，已经好多年了。殿外的空地上乱石嶙峋，异草怪木郁郁葱葱。经常有两个小孩子在山门外玩耍，道士偶尔能遇上，时间长了彼此逐渐熟悉起来。道士有时会送给两个小孩一些糕点，两个小孩会欣然收下，但不敢进到大殿里去玩。

　　如此又过了几年，一天，道士摘来几颗鲜桃，放在了殿里的几案上。其中一个小孩在门外看见了，于是跑进殿里。道士连忙上前一把将他抱住，之后径直抱着他来到厨房，剥去他的衣服，用水将他的身体洗干净，然后便把这孩子放进了大锅里，盖上盖子后，又在上面压了一块大石头，好不跑气儿。之后便叫来徒弟烧火，叮嘱徒弟要一直烧不许让火灭掉，也不许打开看，称自己要上山去，等他回来就能一起吃了。

　　道士走后，徒弟心想身为出家人，应当时刻以善为本，如今道长竟然如此残忍，正应了"恶人往善地寻之"这句俗话。正烧着火，徒弟忽然听见小孩在锅里又哭又喊，于心不忍，想要放掉他，但又想到道长平时管教极严，因此不敢违背他的命令。过了一会儿，小孩没声了，徒弟心想应该是已经煮死了。又过了很久，道士还没有回来，徒弟担心锅里的水被烧干，便打开了盖子，结果突然砰的一声，那小孩从锅里跳了出来，逃走了。徒弟大吃一惊，再去追时早就没影儿了。

此时道士正好从外面回来，手中握着一团青草，他见到眼前的一幕，哭着叹息说："你坏了我的好事呀！我在这寺里已经三十多年，费尽心力，原本就是为了这东西。这不是个小孩子，而是一根千年人参，将它和其他药一起服下，就能长生不老。如今是我没有福分，看来不必再妄想成仙了。我还留着他的衣服，吃了也可以长寿，洗这小孩子的水，喝了也可以一辈子都不生病。"但当道士去找那衣服时，却找不到了，而洗那孩子的水则已经被一条狗给喝光了。道士愈加失望，和徒弟告辞道："你看好山门，我走了。"

后来听说喝下水的那条狗长出了一身又长又密的黑毛，润泽光滑无比。有一天狗子进山去了，再也没有回来，有人说它已经成仙了。

伯

裘

　　魏晋时，在酒泉郡，每个新太守上任后，过不了多久就会死去。后来有渤海人陈斐被任命为酒泉的新一任太守，但他早就知道当酒泉的太守活不长的传言，因此内心十分忧愁。临行前，他找人占卜吉凶，卜人根据卦象，说道："远诸侯，放伯裘。能解此，则无忧。"陈斐不明白这话是什么意思，卜人又说："您去赴任吧，自然会明白的。"

　　陈斐到任后，他的医官中有一人名叫张侯，还有一人名叫王侯，手底下的卫士又有叫史侯、董侯的，陈斐心想："这就是所谓的'诸侯'呀。"于是下令辞退了他们。回到房中躺下后，又冥思苦想"放伯裘"这句话的含义，但怎么也想不通。

　　到了半夜里，陈斐忽然感到有一个东西压在自己被子上，便猛地掀起被子把那东西裹在了里面。那东西急得上蹿下跳，弄出非常大的动静。外面的人听到了，连忙举着火把进来，想要杀掉那东西。被子里却传出声音道："我真的没有恶意，只要府君能够赦免我，我一定会重重报答您的。"陈斐问："你是什么东西，竟无缘无故来冒犯太守？"对方回答："我是千岁的狐狸，名叫伯裘，如果府君遇上危难，只要喊我的名字，自会化险为夷。"陈斐大喜道："这正是'放伯裘'的含义呀。"

于是便把它放了。一掀开被子，便见有一道如同闪电般的红光转瞬间就从窗户飞走了。

第二天夜里，陈斐听见有人在敲窗户，问是什么人，回答说："是伯裘。"又问："来做什么？"回答："向您禀报事情。郡北边有一伙盗贼。"陈斐派人去查验，果然抓住了那伙贼人。此后每当有类似的事情，狐狸都会事先通知陈斐，从来都不会有半点的差错，郡里的人因此都称陈斐为圣府君。

过了一个多月，陈斐的主簿李音与他的一个婢女私通，事后担心会被伯裘告密，便勾结那帮都名为侯——即所谓诸侯——的人，想要谋杀陈斐。某天，等陈斐旁边没有其他人时，李音便让诸侯持着棍棒进到陈斐卧房准备行凶，陈斐惊慌失措，大喊："伯裘来救我！"话音刚落，便见有一匹红布似的东西冲进房里，之后又听到一声巨响。回过神来，便见李音、"诸侯"等人趴在地上，都已经吓傻了。陈斐的侍卫赶来，很快将他们全部制服。

经过拷问，李音一伙人交代了实情，说："陈斐还没到任时，李音就害怕自己手里的权力会被新太守剥夺，想要和'诸侯'联手除掉他，不料陈斐一上任便把'诸侯'都赶走了，所以他们迟迟没有动手。"陈斐听完，便将李音一伙人全都处死了。伯裘向陈斐道歉说："没能及时告知李音的奸情，一直等到被府君召唤才出现，虽然也出了一点力，但仍感到很惭愧。"

过了一个多月，伯裘向陈斐辞行说："今后我就要到天上去了，不能再和府君来往。"说完就消失不见了。

姚康成

古时人们普遍畏惧妖怪，生怕它们会对自己不利，因而当有妖怪出现时，第一时间想的都是如何消灭它们，但这个故事里的主人公却是个例外。

唐时，太原有一个掌管公文的小官姚康成，奉命前往汧陇，去时正好赶上节度使更替，许多出使外藩的使者返回，因此馆驿中拥挤不堪。姚康成于是租下了邢君牙的旧宅，稍微打扫了一下，作为休息的地方。这座宅子已经荒废很久，庭院里树木成林，一片郁郁葱葱。姚康成白天时要参加各种公务宴请，夜里则喝得酩酊大醉回来，天一亮就又要出去，因此基本没怎么在宅子里待过。

一天夜里，姚康成回来得稍早些，并且因为他见的那帮人都在赌博顾不上喝酒，所以这次他没有喝醉。他坐到堂前，让仆人端来杯茶，想请客人前来，但是没人肯来。姚康成于是又让馆驿的人取来酒，赐给了那些仆人，以慰劳他们这一路上的辛苦。过了一阵子大家都喝醉了，姚康成便也起身回了卧房。

二更以后，月色如绢，姚康成睡不着，于是披上衣服走出宅子，在外面散了一会儿步才回来。走进庭院里，忽然远远望见有一个人走进了厅堂旁边的房间里，之后又听到有好几个人在饮酒谈笑。姚康成蹑手蹑脚走过去，听见他们谈吐儒雅不凡，知道肯定不会是那些仆人，于是坐到门边，偷偷地观察起来。

只听屋中人说："诸公知道近来那些人所作的诗吧，都只追求一时的工巧靡丽，而于寄托情感、表达自我、描摹事物、抒发怀抱等等方面，全都有所欠缺呀。"又说："如今我们三人各自赋诗一首，以此为乐吧。"其余二人都表示赞同。

于是只见一身材细长而皮肤黝黑的人吟道："昔人炎炎徒自知，今无烽灶欲何为。可怜国柄全无用，曾见人人下第时。"又见一人也是同样的细长身材，但面色蜡黄，脸上有很多像是毒疮愈合后留下的坑洼，他吟诵道："当时得意气填心，一曲君前值万金。今日不如庭下竹，风来犹得学龙吟。"最后一人身材矮胖，鬓发散乱，吟诵道："头焦鬓秃但心存，力尽尘埃不复论。莫笑今来同腐草，曾经终日扫朱门。"姚康成听完三首诗，不自觉地叫出声来，赞叹这诗写得真美。但等他推开门要拜访一下他们时，这三个人却全都消失了。

等到天亮后，姚康成找来馆驿官员询问，对方回答："附近并没有这样的人。"姚康成怀疑这几个人是精怪，于是就到昨天的那间房里去找，最终只找到了一个烧水煎药用的铁铫子、一支破竹笛和一把已经磨秃了的笤帚而已。姚康成恍然大悟，不想伤害它们，便让人找了个地方将三样东西给埋了。

接

生

　　杨青驿的河边有一堆如同小山一样的柴火垛，相传有五大仙①之类的妖怪住在里面。柴火垛旁边建有一座名叫白塔寺的神祠，平日里颇为灵验。

　　邻村有一个接生婆，一天半夜，有人敲门请她出诊，说："已经给您备好了轿子，劳烦您走一趟吧。"没等接生婆仔细问，来人就把她搀进轿子里，抬起她走了。过了阵子，轿子在一座宅子前停了下来，那宅子的门像洞一样小。但钻进去后，接生婆发现那里面到处都是亭台楼阁，雕梁画栋，摆放的器物也都极尽华美。

　　走进内房后，见锦帐绣帷之中坐着一个二十几岁的年轻女子，美貌无比，但却皱着眉头，脸色也不太好，看模样应该是快要生了。女子旁边站着几个侍女，也全都姿容妖艳。接生婆让一个婢女上床抱住女子，使她的腰弯下来，同时抬高她的双脚。女子生产得很顺利，一连生下了四个男孩，个个白白胖胖，只是屁股后面都有一条小尾巴，时不时地还会动，并且几个婴儿的啼哭声都很小，一点都不洪亮。

――――――――――

　　① 清时民间将狐狸、黄鼠狼、刺猬、蛇、鼠并称为五大仙。

有一个婢女出去报喜，不多时有四五个美貌的妇人进到房中祝贺，之后把接生婆请到了别的房间，让她先洗了洗手，又端出酒菜来招待她。而后拿出了一升多的黄豆说要送给她，并说："把这些拿走，一辈子吃穿不尽。"接生婆大失所望，刚要开口抱怨，美妇人就匆忙让人把她从宅子里带了出去。

接生婆出了门，一回头，发现根本没有什么宅子，自己是站在那堆据说住着仙家的柴火垛前，于是埋怨这仙人也太小气，并将装在袖子里的豆子全都撒在了河边，而后就回家去了。等回到家，接生婆偶然在袖子里发现了两颗珍珠，这才恍然大悟，但再跑到河边去找时，已经什么都找不到了。

黄鼠狼

　　有一个陈秀才，平时住在三河县乡下的庄园里。他夜里喜欢临摹字帖，帽子总随手放在油灯后面。有一次，一只黄鼠狼偷走了陈秀才的帽子，戴在自己头上幻化成了他的模样，一边走去后院，一边大声地骂仆人，说："仆人太懒，都不给我准备好吃的，我都饿坏了。"

　　陈秀才妻子听了，连忙端来食物给他吃，他吃完后，就匆匆离开了。后来每天夜里都是如此，而陈秀才和那个无缘无故被骂的仆人都不知道有这回事。陈秀才的家人也疑心，他明明刚吃完，不应该转眼就又饿成这样，而且他平时是个很恭敬谨慎的人，不应该像这样大大咧咧的，但也不曾想到要查个明白。

　　一天夜里，陈秀才家的仆人忽然跑进来对他说："请您稍微等等，我这就去做汤面，您别骂我。"陈秀才问："我本来也没急着要呀，你为何这样说？"仆人道："您才让我去拿核桃来放到窗边，之后又急急忙忙地要吃汤面，怎么又说不急呢？"陈秀才和仆人一起走到窗边，发现仆人放的核桃已经没有了。

　　第二天夜里，陈秀才让仆人陪在自己身边，不多时，便见油灯后面伸出一只婴儿般的小手在摸索他的帽子。陈秀才大喝一声，一只身形庞大的黄鼠狼便突然夺门而出，逃走了。

狐
卜

京兆人林景玄，客居雁门，整日以骑马射猎为事，郡守看中他的才能，便召他当了衙门的将领。有一次，林景玄带着十几个手下骑着良马，带着兵器，架鹰牵狗，一起在田野上驰骋，打到了非常多的麋鹿狐兔等猎物，从此郡守便任由林景玄去打猎，不用他再管工作上的事情。

一天，林景玄在郡城外的一处高丘上打猎，忽然发现一只兔子从草丛里蹿出来，林景玄策马追上去，一直追了十里多地，兔子最终从一个小洞钻进了一座坟墓里。林景玄下了马，让两个兵卒守在洞口，自己也解下马鞍，坐在地上休息起来。

忽然，他听到墓中有人说话道："我的命属土，木克土，现在时停留在乙位，辰守在卯位，二木都处在王位①，我就要死了呀。"之后又听到连连的叹息声。那人又说道："如果有从东面而来的人，那我就跑不掉了。"

---

① 这是阴阳家的王相之说，阴阳家以王（旺盛）、相（强壮）、胎（孕育）、没（没落）、死（死亡）、囚（禁锢）、废（废弃）、休（休退）八字与五行、四时、八卦等递相配搭，以表示事物的消长更迭。五行用事者为王，王所生为相，表示物得其时。

　　林景玄听到这些话，感到很纳闷，便走到洞口向里张望，发现墓中有一个老翁，身穿白衣，胡子又白又长，手中握着一卷书，身前摆着不少死掉的鸟鹊。林景玄喝问老翁是做什么的，老翁大吃一惊，道："果然，祸害我的人这就来了。"于是便对着外面大骂起来。

　　林景玄心想："这洞口非常小，而老翁却居住在里面，肯定是鬼怪吧，不然就是盗贼。"便让人沿着洞口将墓挖开，老翁于是化作一只老狐狸，服服帖帖地趴在地上，林景玄一箭将它射死了。取来狐狸拿着的那卷书，发现上面的内容都非常怪异，书写方式类似梵书但字又并非梵文。那些字是写在白绢上的，只有数尺长。最后林景玄将那卷书一把火烧掉了。

僧智通

　　临湍县有一个名叫智通的僧人，经常修习《法华经》，他打坐参禅时，一定会选择清静幽深的山林，平常人根本不会到的地方。这样过了一年多，一天夜里，忽然有人绕着院子喊他的名字，一直到天亮时那声音才消失。

　　过了三天，那声音近得就像是在门外喊一样，智通忍受不住，回答道："喊我什么事？可以进来说。"之后便见一个五六尺高的妖怪，穿着黑衣，青色面孔，瞪着眼睛，张着大嘴，从门外走进来。它见到僧人，甚至还知道双手合十行礼。

　　智通打量了它许久，问说："你冷吗？过来离火近些吧。"妖怪便坐到了他对面，智通只管念经，并不理它。到了五更时，妖怪烤着火，怡然自得，于是闭上眼睛张着嘴靠在炉边打起鼾来。智通见了，便找来一把勺子舀了一勺炭灰，趁其不备塞进了它嘴里。妖怪大叫一声，扭头狂奔，出门时似乎还摔了一跤。

　　第二天一早，智通在门边发现了一块树皮。他所在的寺庙背靠大山，登上山走了几里路，便见有一棵大青桐树，树冠已经枯萎了。它的根部有一块凹陷的地方，像是新弄出来的，智通拿出捡到的树皮一比对，严丝合缝。而在树干中间的部位，有一块樵夫砍出的豁口，有六七寸深——大概就是那妖怪的嘴了——里面满是炭灰，虽然过了很久但还闪着点点光亮。智通将这棵树烧了，后来那妖怪也便绝迹了。

杜陵韦某

　　杜陵有一个姓韦的年轻人，家住在韩城。他有一所别墅在城北十余里。开成十年秋天，韦氏出城到别墅去游玩。天快黑时，在路上遇见一个妇人，身穿白衣，手里拿着一个瓢，从北面走来，她对韦氏说："妾身居住在城北边的村子里有些年了，家里很穷，如今被里胥[①]欺负，想要到官府去告状，希望您能为我写个状子。"韦氏答应了她。

　　妇人于是朝韦氏作了个揖，之后拉着他坐到了田野边，又从衣服里取出一个酒杯，说："我的瓢里有酒，希望可以和您一醉方休。"说完便倒了一杯递给了韦氏。韦氏接过酒杯刚要喝，正好遇见骑马打猎的人路过，后面跟着好几条猎犬。妇人见了，便立即起身朝东跑了几十步，之后化作了一只狐狸。

　　韦氏吓了一跳，再看手里的酒杯时，发现是一个骷髅头，而里面的酒看上去更像是牛尿。韦氏因此得了热病，一个多月才好。

---

① 里胥是古时负责管理乡里事务的公差。

安
城
民

　　刘宋元嘉年间的一天，安城百姓尹某要暂时出门一趟，嘱咐儿子看家。尹某离开后，这孩子便见有一个二十来岁的年轻人，骑着马，撑着伞盖，带着四个身穿黄衣的仆从，从东方来到他家门前。一行人在门外停住，招呼这孩子，恳求在他家休息一会儿。这孩子同意了。

　　年轻人走进院子里，坐在了马扎上，有一人站在身旁为其打伞。这孩子发现年轻人身上所穿的衣服都没有针线缝合的痕迹，而且五彩斑斓，如同鱼鳞一般。过了一会儿，快要下雨了，年轻人便上了马，回头对这孩子道："明天我会再来。"说完朝西而去，没走多远就腾空而起飞到了天上。不久，阴云密布，天色顿时暗了下来，暴雨骤至。

　　第二天，洪水来了，灌满了川谷，填平了丘壑，眼看就要淹没尹某家的宅子。万分危急之时，忽然有一条三丈多长的大鱼，盘曲着身子正好挡在了洪水的必经之路上，使得尹某一家免去了被冲走的危险。

赵
生

　　天宝年间,有一个姓赵的书生,他父亲因为文章写得好而显贵一时,他的几个兄弟也都通过科举当上了官。只有赵生天资鲁钝,虽然也刻苦读书,可是始终读不太懂,因此虽然已经老大不小,但连得到郡守举荐的资格都没有。

　　曾有一次,他和兄弟朋友们一起相聚宴饮,来的人不是这官就是那官,唯独他自己是平头百姓,这让他很是郁闷。酒酣之时,还有人故意拿这事奚落他,为此,他既惭愧又愤怒。

　　第二天,赵生便离开家,带上自己的几百卷书,隐居到了晋阳山中,盖起一间茅草屋,白天学习,晚上休息,不管天气是冷是热,吃穿如何,都坚持不懈用功读书。然而赵生天生脑子不聪明,越是下苦功反而越不见成果,他愈加恼怒,但依然没有改变志向。

　　后来过了十几天,有一个穿着粗布衣服的老头来拜访赵生,对他说:"你居住在深山里,诵读着古人的经典,是有志于仕途吗?虽说如此,但学了那么久却仍旧弄不懂书中一字一句的含义,为何会笨到这样的程度呀?"赵生惭愧地回答:"在下不够聪明,恐怕到老了还是无用之人,所以来到这山中,用读书来自娱自乐。即使不能够精通书中的微言大义,但也会到死坚持下去，希望不玷辱先人，哪里是为了求仕官呢？"

老头说："你的志向太坚定了，老夫我虽然没有办法帮助你，但希望你可以去我家一趟。"赵生问老头家在哪，老头说："我是段氏之子，家住在山西大树之下。"说完，就忽然不见了。

赵生感到很奇怪，怀疑是遇上了妖怪，于是就径直到山西边去寻找，果然发现了一棵枝叶特别峻茂的椴树。赵生心想："这难道就是所谓的段氏之子吗？"于是找来铁锹在树下挖掘，最终挖出了一根一尺来长的人参，其形状竟和之前的那个老头非常像。

赵生听人说，能够为妖作怪的人参，也可以治好人的疾病，于是就把人参带了回去，煮着吃了。自此，他便变得聪慧颖悟，凡是看过的书，都能穷尽其奥妙。过了一年多，他就通过明经考试中举，后来当了一辈子的官，直到去世。

泥
偶

　　汤阴人施建昌，以卖药为生，顺治八年秋天，从湖南回老家。一日傍晚，忽然迷了路，从一处花园外经过时，见到园中的桃子已经成熟，累累果实都垂到了墙外。施某正饿着肚子，便找到围墙的一个缺口，翻墙进到了园内,爬上树摘桃子吃,吃饱了就在树上休息,不知不觉睡着了。

　　等到醒来时，已经是夜里，明月当空，寂静无人，阵阵凉风吹来，衣服都被露水打湿了。施某感到有些冷，刚要下树，忽然东边的角门开了，传出好几个人谈笑的声音。施某躲在树上望去，见有三个一尺来高的小人儿，一个长着虎头，穿红衣，一个长着马头，穿黄衣，一个长着羊头，穿绿衣。三人各自带着酒菜，围着一块大石头席地而坐，喝起酒来。虎头人坐在中间，马头人、羊头人陪在左右。

　　不多时，角门又开了，又有四个人从门中走出来，分别是鹿头人、牛头人、狗头人和一个鬼头上长着一只角的家伙，他们都穿着丝绸衣服，但身高比之前三个人要矮些。四个人也坐到了大石头旁，互相说道："多好的月色呀。"

　　施某惊恐万分，趴在树上屏住呼吸，生怕被对方发现。虎头人忽然说道："为何有生人气？"其他人也都说："确实有。"于是纷纷站起

182

来，在花园里找了一通，但什么都没找到。羊头人对虎头人说："兄长总是多疑，生人在哪呢？"众人都笑起来，于是又坐下来接着喝酒。

过了阵子，虎头人又说："我还是觉得有生人气。"众人又起来找了一通，还是没找到。马头人道："这么好的夜晚，还是喝酒吧，不必自找烦恼。"众人都很赞同，便重新坐下，划起拳来，觥筹交错，喝了个痛快。

但过了一会儿，虎头人喊道："这会儿生人气更浓了，必须再搜一遍。"此时月光照在树梢，将施某的影子映在地上，虎头人见了笑道："我岂是胡说的，就在这里呀。"众人于是跑到树下，抬起头喊道："你快下来，否则对你不客气。"施某抱着树吓得浑身发抖，根本说不出话来。众人见他不回答，于是绕着树痛骂起来，摇撼着、攀跃着，但因为人小而树高，所以终究抓不到施某。没过多久鸡叫了，那帮小人儿终于罢休，转身离去，而东边的角门也关上了。

等到日出以后施某才从树上下来，他想搞清楚昨晚遇到的究竟是什么东西，便找到花园的主人，并说清了缘故。这户主人姓陈，明末时曾经当过内阁中书，后来隐居在这里。他听了施某所言，并不相信，回到房中将此事告诉给了妻子，妻子道："是有这种事，下人们也说东边角门那里到了晚上偶尔会有动静，还是去看看吧。"

于是众人走进角门里面，仔细察看地面，发现居然有很小的动物蹄印。门旁边有个小屋，里面堆放着柴草和很多破箱子，都落满了灰尘，但有一个箱子却很干净，像是经常有东西出入一样。将箱子打开一看，里面放着几个泥偶，有虎头、马头各种造型，还有些杯子、盘子之类。主人妻子见了，泫然泪下道："这是我死去孩子的玩具，我不忍心看，就姑且扔在这里，如今二十多年了，不想会变为妖怪。"于是主人让人把泥偶打碎了，泥偶碎掉时发出了奇怪的声音，而且有血流出来。

田螺姑娘

这是唐代一个书生与一位田螺姑娘萍水相逢的故事。

颍川人邓元佐，在吴郡游学。他喜欢游览山水，各地的风景名胜，他都走遍了。

一次，他去拜访长城县县令，攀谈起从前的交情，一起畅饮一番后才告别。快到姑苏时，意外走上了一条小路，路途崎岖迂远，走了十几里连一户人家都没遇见，只有满目的荒草而已。当时天色已晚，邓元佐伸着脖子一通张望，忽然望见前面有灯光，心想应该会有人家，便循着灯光赶了过去。

走近后，发现是一间小屋，里面只有一个二十来岁的女孩。邓元佐对她说："我今天去长城县访友，乘着醉意而归，错走上这条路。如今天已经快黑了，再往前走怕遇上野兽，希望娘子可以收留一晚，我定不会忘掉你的大恩大德。"女孩道："父母不在，我自己不敢做主。况且家中又穷，连块可以给您睡觉的好席子都没有。但如果您不嫌弃的话，就进来吧。"邓元佐已经很饿了，便决定住在这里。

女孩给他收拾出一张土炕，又在上面铺了一层细软的干草。邓元佐坐定后，女孩便又端来了食物。邓元佐因饿着肚子，此时吃这些食物，觉得极其美味。吃完后，女孩便伴着邓元佐一起睡下了。

次日天亮后，邓元佐一觉醒来，发现自己竟躺在一片稻田边，身边只有一枚如同量米的升一般大的田螺。邓元佐想起昨夜吃的食物，心里非常不安，忍不住呕吐起来，吐出的东西全是青泥巴。邓元佐叹息诧异了很久，但没有伤害那枚田螺，而是起身继续赶路了。后来邓元佐便专心修习起道法，再也不四处游历了。

勾
魂

主人公能让鬼差相信自己，却终究不能说服自己父亲，看来家人之间有时更难沟通呢。

历阳人罗元则，一次乘船前往广陵，途中遇上大雨，见岸边有一人招手要搭船，罗元则便将船划过去，把此人接到了船上。罗元则见他的模样颇似一位忠厚长者，于是便拿出很好的酒食来招待他。此人没有带其他行李，只有一个装文书的盒子，罗元则对此感到很是奇怪。

第二天一早，船行到一个村庄外面，此人对罗元则说："我要暂时到岸上去一趟，不多久就会回来，您可以停好船等着我，注意别打开我那个盒子。"罗元则答应了，此人于是下船走了，很快，就听见村中传来一阵哭声。罗元则心知此人非同寻常，于是偷偷打开了盒子，取出文书一看，上面写着："某日到某村，应当勾取某人的魂魄。"这村名正是罗元则如今所住的村子，而在"某人"之下，正是罗元则的名字。罗元则不禁非常恐惧。

鬼差一回来，便劈头盖脸地责备他道："您为何要看我的文书？"罗元则见状，上前先是主动交代了一通，之后又对着鬼差苦苦哀求。鬼差生出怜悯之心，说道："您曾经背叛过别人吗？"罗元则左思右想，回答说："我这辈子只夺过同县人张明通的十亩田地，以至于断了他的活路，此人如今已经死了。"鬼差道："就是这人把您告了。"罗元则哭着说："我父母年纪都大了，还要靠我侍奉，希望您能开恩放过我。"良久，鬼差道："感念您用船载我这一路的厚恩，这回就放您走吧。您要赶快回去，三年不要出门，这之后便可再多活十年了。"说完下船走了。之后罗元则回到了家中，从此躲藏起来寸步不出家门。

过了一年多，罗元则父亲让他去田里收稻子，罗元则一再拒绝，他父亲怒道："庄稼人应当努力干活，你却想要偷奸耍滑，并且说这种鬼话骗人吗?!"于是便要揍他。罗元则不得已，只好出了门。刚走出门，就遇见了之前的那个鬼差，只见他赤身裸体，头发都被剃光了，后背上满是化脓的伤口。他上前一把拽住罗元则道："我为了您变成了这样，您自己却不知保重爱惜，如今既然又遇见了，我不能放过您。"罗元则道："放我去向父母告别一声。"鬼差于是放开了他。罗元则走进家中，将事情原原本本告诉给了父亲，刚说完，忽然就倒在地上死了。他父亲悔恨不已，过了一个多月也去世了。

化
虎

六朝时很流行人化虎的传说。化虎原因多种多样，疾病、法术、神罚，都能让一个活生生的人化为老虎。例如此故事里的主人公，就是因为欺骗神灵而被惩罚，变成一头老虎。

刘宋元嘉年间，南康平固人黄苗，在州中当小吏。一次他休假超过期限，返回州中时路过宫亭湖，便进到宫亭神庙祈愿："希望可以免除处罚，平安归家，如果愿望都能实现，我会献上一头猪和美酒作为答谢。"黄苗回到州中，事情一如他所盼望的那样。办完事后，他就又启程回家了，但因为带的盘缠很少，因此就没有再入庙还愿。

走到宫亭神庙所在县的县界时，夜里他和几个同伴睡在泊在岸边的船上，到了半夜，船却突然自己顺流而下，速度快得像风一样。到了四更，船漂到了宫亭，黄苗才醒过来，见船上站着三个人，全都穿着黑衣服，手持绳索，他们二话不说便把黄苗绑了起来。

他们把黄苗带到了宫亭神庙，黄苗见到那位宫亭神大概四十岁的样子，面色发黄，身披锦袍。房梁上悬挂着一颗弹丸大小的珠子，发出的光芒把整间屋子都照亮了。有一人站在门外报告："平固人黄苗，许愿要献上一头猪和美酒，但却偷跑回家，大人让我们捉拿他，已经带到了。"

庙神便下令谪罚黄苗当三年老虎，并且要捉够三十人。之后便让小吏把黄苗带到了深山老林里，用铁链拦腰把他捆在了树上，每天喂生肉给他吃。黄苗心中恍惚，忧虑不已，只觉得忽冷忽热，皮肤上还开始生疮。后来浑身便长出了带斑纹的毛，过了十来天，等到毛须蔽身时，便又开始长出爪子和尖牙，并且性情变得十分暴躁，总想搏击和撕咬。小吏于是解开了锁链，任其四处乱跑不再管他。

之后的三年时间里，黄苗一共抓住了二十九个人，最后一个目标是新淦县的一个女孩，但这女孩是士大夫家的女儿，平时根本不出门。后来遇上她和姐妹们从后门离家去拜访亲家，女孩走在最后，黄苗便趁机扑上去将她叼走了。因为这女孩实在不好抓，因此过了五年人数才凑齐。之后小吏把黄苗带回庙中，庙神便下令把他放了。小吏于是给他吃盐和米饭，黄苗身上的毛便渐渐脱落，长出了胡子和头发，利爪和尖牙也都掉下来，长出了人的牙齿和指甲。过了十五天，黄苗终于又恢复了人类的模样，意识也正常了，小吏便把他带到大路上让他走了。

后来县令知道了此事，让黄苗将自己当老虎时的经历全都写了下来，之后按照上面所写的他捉人的情况，一一到那些人家去问，结果全都和他所写相符。黄苗在当老虎时大腿上曾被戟刺伤过，变回人后那伤疤都还在。黄苗回家后过了八年，最终因得了时令病去世了。

牛头鬼

　　四川丰都县的差役丁恺，一次前往夔州送文书。经过鬼门关时，见前面有一块石碑，上面写着"阴阳界"三个字。丁恺走到碑前，四下张望，信步而行，不知不觉走出了界外。等到回过神来想返回去时，才发现已经找不到原来的路了，不得已，只好硬着头皮接着往前走。他走进一座古庙，见庙里泥塑的神像已是斑驳不堪，一旁站着的牛头鬼像身上也落满了灰尘蛛网。丁恺忽生怜悯之心，便用袖子掸掉了牛头鬼像身上的灰尘。

　　丁恺从庙中出来，又走了二里多远，忽然听到潺潺的水声，抬头一望，见前面是一条大河。有一个妇人正坐在河边洗菜，菜的颜色是深紫色的，枝叶环绕在一起，就像芙蓉花一样。他又走近些仔细一看，发现这妇人正是他死去的妻子。妻子见到丁恺，大惊道："您怎么到这里来了？这里已经不是人间。"丁恺告诉了她缘故，又问妻子："你住在哪？洗的又是什么菜？"妻子回答："妾身死后被阎罗王手下的一个差役牛头鬼娶了，家住在河西一棵槐树下。洗的是人世间的胎衣，俗称'紫河车'。洗上十次，生出来的孩子将来就会是出类拔萃、大富大贵之人；洗上两三次，将来就只是普通人；如果一次都不洗，那生出来就是愚笨他走进一座古庙，见庙里泥塑的神像已是斑驳不堪，一旁站着的牛头鬼像身上也落满了灰尘蛛网。

拙劣的孩子了。阎王将这件事分派给牛头鬼掌管，所以我也在帮他洗。"

丁恺又问："你能让我再回到阳世吗？"妻子道："等我丈夫回来再商议吧，只是妾身既当过您的媳妇，现在又成了鬼的妻子，新旧丈夫都在一块儿，实在是觉得不好意思。"说完，妻子便领着丁恺到了她家，问起还活着的那些亲戚的近况。

过了一会儿，传来一阵敲门声，丁恺被吓得躲到了床下。妻子前去开门，她的牛头鬼丈夫走进屋中，之后便摘下自己的牛头随手扔到了桌上，丁恺这才发现那牛头不过是张面具而已。摘下面具后，此人的容貌言谈都和普通人没什么两样。他对妻子说："累坏了，今天侍从着阎王审了几十件大案子，站得太久，脚跟又酸又痛，快倒杯酒给我喝。"之后又忽然道："有生人的气味。"说完便一边闻一边在屋里找，妻子心想隐瞒不住，便把丁恺给拉了出来，之后跪在地上说明了原因，又代丁恺求牛头鬼想想办法。

牛头鬼道："救他不单单是因为你的缘故，他本来就对我有恩，我在庙里灰头土脸多年，是他给我擦干净了，这是个忠厚老实的人呀。只是不知道他的阳寿究竟还有多少，等我明天到判官那里偷偷查一下生死簿，就都清楚了。"于是请丁恺入座，三个人一起喝起酒来。不多时，妻子端来饭菜，丁恺刚拿起筷子，牛头鬼和妻子就连忙夺下来，说："鬼酒不碍事，鬼肉不能吃，吃了就回不去了。"

第二天，牛头鬼出门后，一直到傍晚才回来，一进门就欣喜地祝贺丁恺说："我查过了生死簿，你的阳寿还没有尽，我也有一趟出关去的差事，正好送你出去。"手上还拿着一块深红色且散发着臭味的腐肉，说："这个送给你，可以让你发大财。"丁恺问该怎么发财，牛头鬼回答："这是河南富人张某后背上的肉。张某作恶多端，被阎王抓来用铁钩钩住后背挂在铁锥山上，半夜里后背的肉脱落下来，让他逃走了。现在他在阳间，后背上长了一个毒疮，找了无数医生都治不好。你找到他，把这块肉磨碎后敷在他的毒疮上，就能治好了。"丁恺连连道谢，之后用纸把肉包上收了起来，便和牛头鬼一起走出了鬼门关，而后牛头鬼就忽然不见了。

丁恺前往河南，果然打听到一个背上长疮的张某。丁恺用牛头鬼教的方法为其医治，果然见效。治好后，丁恺获得了五百两黄金的报酬。

崔
昌

有一个叫崔昌的人，住在洛阳自家的庄园中潜心读书。一天，有一个气质很特别的小孩，来到他家院子里站定。过了很久，才又走上台阶，走进房里，坐到了崔昌的床头。

崔昌这人很沉得住气，发现了这小孩也根本不搭理。小孩就用手去遮崔昌正在读的书，崔昌这才不慌不忙地问他："你是什么人？来找我又有何事？"小孩回答道："我喜欢读书，仰慕您的学问呀。"崔昌没有赶走他。此后，小孩便经常来找崔昌请教，两个人一起讨论，崔昌感到小孩分析得也常常很有道理。

过了几个月，一天傍晚，小孩扶着一个喝醉了的老人来到崔昌家，他自己因为有事暂时出去了。这时老人忽然一阵呕吐，崔昌吃惊地看到，他的呕吐物里居然有不少人的指甲和头发，顿时厌恶至极。崔昌随身带着一柄利剑，便立即拔出剑来斩下了老人的头颅，只见老人倒在地上，瞬间化作一只狐狸。

不多时，小孩回来了，见到地上的尸体，大怒道："您为何无缘无故杀害我的家人？我难道不能杀您吗？只是顾及旧日的恩情罢了！"于是大骂着出了门，从此就再没来过。

鬼国

这是一个极具想象力的故事，人在鬼国体验了一回当鬼的感觉。

朱梁时，青州一个客商坐船出海，遇上了大风，因此偏离了航线。大风过后，客商望见远处现出一座小岛，岛上有山，有河流，还有城市。掌舵的海师说："以前船被风吹偏时，还从没有到这里来过，我听说有个鬼国就在这附近，说不定就是前面那座城吧。"

不多时，船靠了岸，客商就下船直奔城中而去。一路上看见道旁的民居、农田和中原也没什么区别，不时也能遇上行人，客商对着行人作揖，可是对方却像看不见他似的根本不搭理。

到了城门口，见到守门的官兵，客商上前深揖一礼，但是守门人同样也根本看不见他，于是客商就干脆大摇大摆地进了城。城中房屋鳞次栉比，人流熙熙攘攘，一派繁华景象。客商走马观花，一路来到了王宫。

进到宫里，正好赶上国王在宴请几十个大臣，他们所穿戴的衣冠和所使用的器具，以及乐器、陈设之类，都和中原差不多。客商走进大殿，凑到国王跟前观察他，结果刚走近没一会儿，国王就忽然感到不舒服，在侍者簇拥下回到了寝殿，并立即召巫师过来。

巫师到了以后，一通作法，而后表示："有阳地之人到这里来了，他的阳气逼人，所以让大王您感到不适。此人只是偶然到此，并不是有意作祟，用饮食和车马酬答他，送他回去就可以了。"

于是国王便命人准备酒食，在一个房间里摆了一桌宴席，巫师和国王大臣都过去祈祷。客商见状也不客气，坐到桌前就吃起来。过了一会儿，又有马夫牵来一匹马，于是客商便骑上马回船上去了。而这一路上，依然没有一个人看到他。后来风向转好，客商就回家去了。

胡志忠

当一个争强好胜之人遇上了一个同样争强好胜的妖怪，会发生什么事呢？

唐时，处州有一个低级武官，名叫胡志忠。一次他接到命令要出使吴越，当天夜里，便梦见一个狗头人身的家伙，对他说："我已经一年多不曾吃过东西了，听说您就要到会稽去，路上一定会住在我身处的馆驿里，能否将您的部分食物分给我一些呢？"胡志忠在梦里没有答应。

第二天胡志忠便出发了，到了夜里，住在山下的一处馆驿里，馆驿里的小吏对他说："这堂屋里有妖怪作祟，不能住在里面，还是住在东面的房子里吧。"胡志忠却说："我的正直足以抵御鬼怪，勇敢和力量足以驱散奸邪，妖怪算得了什么！"于是催促小吏赶快把饭菜端上来。

饭菜上好以后，胡志忠刚拿起筷子，就有一个身形十分高大的怪物，不知从哪冒出来，直接站到了桌子前面。旁边的小吏一见全都吓得退到一边，连看都不敢看。胡志忠毕竟是军人，面对怪物毫无畏惧，立即掀翻碗碟，起身挥舞拳头打向那怪物。怪物被打得连连喊痛，声音就如犬吠一般，对胡志忠说："请停下！要不然还不知道是谁死！"但胡志忠却愈加用力地殴打它，怪物于是大喊一声："斑儿何在?!"紧接着便有一个东西从屏风外飞扑进来，胡志忠又去打那东西，可是力气已经不足以制服它，连衣带和帽子都被那东西扯掉了。胡志忠的仆人们一时间也没有办法上前营救，只能胡乱地用扫帚给主人帮忙。

纠缠中，胡志忠和怪物以及怪物叫来的帮手扭打着进到了东边的厢房里，而后就听到有人倒在地上，声音就像一堵墙塌了一样。仆人们守在外面，没人敢进去察看。

不多一会儿，胡志忠就穿戴整齐地从房间里走了出来，坐回原来的位置继续吃饭，没有多说一句话，只是时不时望向东边的厢房，叹口气而已。第二天将要离开时，胡志忠让人把那间房贴上了封条，并嘱咐小吏说："等我回来以后才能打开，如果你敢偷偷打开，那灾祸一定也会波及你。"说完就走了。

过了十几天，胡志忠出使回来，又住在这个馆驿里。他找来一副笔砚，哭泣着在东边厢房的门上写下一首诗："恃勇祸必婴，恃强势必倾。胡为万金子，而与恶物争。休将逝魄趋府庭，止于此馆归冥冥 。"写完，就把笔扔到地上，而后整个人就消失了，而站在他旁边侍奉笔砚的人，则在他消失的瞬间，感到有一阵微风拂过。

小吏将此事报告给了刺史，之后接到命令说让他打开那间房子。馆吏奉命行事，他走进房间里，惊恐地看到在屋子的西北角，胡志忠和一条黑狗、一条带斑点的狗，三具尸体静静地躺在那里。

张
简
栖

唐代的很多故事里狐狸都拥有一种天书，这种书对狐狸极其重要，即使有人偶然得到，最终也还是会被狐狸想尽办法抢回去。

南阳人张简栖，唐德宗贞元末年，将家安在徐州、泗水一带，整天无所事事，只会放鹰打猎。一天，张简栖又跑出去放鹰，猎鹰在俯冲扑击猎物时失了手，再飞起来时就不受张简栖的指挥，一头扎进云层里消失了。

张简栖估计着鹰飞走的方向，和同伴分头去找，这一找，不知不觉就找到了天黑。一更天左右时，张简栖发现自己居然走进了一座墓园，紧接着便望见前面有灯火闪烁，走近些，发现那光亮原来是从坟冢里透出来的。再凑近一看，则发现墓室里有一只狐狸，凭案而坐，正在读一本册子，它身边站着几只老鼠，有的负责添茶，有的负责端水果，侍奉完毕就都像人一样又起手恭恭敬敬地候着。

张简栖观察了一会儿，然后突然大吼一声。狐狸听了，连忙拿上案头的册子掉头跑了，但是还有一本册子没来得及拿走。张简栖于是就用放鹰用的杆子将那册子挑了上来，回家了。

回到家，四更天时，就听大门外有人喊叫的声音，大意是让张简栖把册子还回来。张简栖出门看时外面并没人，但一进门就又有人接着喊，一直到天亮才没了声音。那以后，每天夜里这声音都会准时出现。张简栖愈发感到惊奇，认为一定是册子非同寻常，于是就带上册子进城去，想找饱学之士看一看。

就在离城还有三四里路时，张简栖偶然遇上了一个老朋友。这个老朋友上前与张简栖打声招呼，之后问他是要去哪。张简栖毫无戒心，掏出册子来，跟朋友讲了他得到册子的经过。朋友在一旁听着，时而吃惊，时而发笑，之后提出想看看那册子。张简栖没有拒绝，但他刚把册子递过去，朋友就扬鞭催马，飞驰而去，同时还不忘回头对张简栖说："感谢你把册子还给我。"

张简栖骑着马在后面追，眼看就要追上了，那人忽然变成了狐狸，他骑的马变成了獐子，倏然间窜进了灌木丛里，不知去向。而等到张简栖返回城中，发现自己的那个老朋友一直都在家，根本不曾出去，他这才明白是之前的那狐狸在捣鬼。

据张简栖描述，狐狸的册子装裱和人平时所用的别无二致，连纸墨质地都一样，只不过册子上的那些文字都是狐狸特有的，他自己一个字都认不出。他抄下了开头的三四行，不时会拿出来给别人看看。

小
猿

这是一个光怪陆离的故事。故事里的少年究竟是猿猴、是人，还是木偶，恐怕只有作者自己才知道了。

有一天，长安城忽然来了一位贫苦僧人，身上穿得破破烂烂，站在街上售卖一只小猿猴，据说它能听懂人话，可供人使唤。

杨玉环的三姐虢国夫人听说此事，便把僧人叫到了府上。僧人来后，虢国夫人问起猿猴的来历，僧人回答："我本是西蜀人，在山中住了二十几年，一次有一群猿猴经过我门前，偶然落下了这只小猿，我见它可怜就将它收养了，到如今也不过才半年。这小猿通人性，又能听懂人说话，随人吩咐，没有不称人心意的地方，实在无异于一个弟子。但我昨天来到城中，缺少盘缠，没有能力再养这只小猿，因此在市场上售卖。"虢国夫人便对僧人说："我给你些布匹，你把这小猿留下吧，我会养育它的。"僧人于是千恩万谢，而后留下猿猴，独自走了。

此后，小猿便日夜都守在虢国夫人身旁，虢国夫人对它也很怜爱。后来过了半年，杨贵妃送给虢国夫人一棵灵芝，虢国夫人叫来小猿，把灵芝给它玩，小猿却在虢国夫人面前突然跌倒，而后化作一个看上去不过十四五岁的少年，模样端正秀丽。

　　虢国夫人感到非常不可思议，就问那少年是怎么回事。少年回答："我本姓袁，和卖我的那个僧人都住在蜀地的山里。一次我跟随父亲进山采药，在山中住了三年，我父亲经常拿药草让我吃，忽然有一天，我不知不觉化作了猿猴。我父亲很害怕，就遗弃了我，所以才被这个僧人收养，后来又到了夫人这里。往日我虽然不能说话，但从前的事我一直都记在心里，不曾遗忘，自从受您的养育以来，一直都想将自己的心声吐露给夫人，只恨不能说话，每到深夜里，都会因此悲泣。如今却不料竟能变回人身，只不知夫人您打算怎样处置我？"

　　虢国夫人大感惊奇，于是让他穿上锦衣华服，跟在自己身边，但又对此事闭口不提，担心被外人知道。又过了三年，少年的美貌引起了杨贵妃的注意，虢国夫人害怕少年被她夺走，于是不再让少年跟随自己外出，而把他关在一间小房间里。

　　少年平时只喜欢服用各种药物，虢国夫人的一个婢女负责侍奉他吃药以及日常的饮食，结果有一天，少年和这个婢女就化为了猿猴。虢国夫人大为厌恶，就让人射杀了他们，少年死后，最终又变成了一个木头人。

铁
李

南宋时，阳曲北郑村有一个名叫铁李的人，以捉狐狸为生。

一天，他在一座古墓里设好一面网，上面系上一只鸽子当诱饵，自己则躲在树上等着。二更时分，一群狐狸走到古墓外，忽然开口言道："铁李、铁李，你是想用这鸽子来骗我们上当吗？你们父子和驴一样，不肯老实种地当老农，却只学如何杀生，我们里里外外的亲戚，都是被你们这群贼人害的。今天该着让我们遇见你，你乖乖下树来，要不然我们把树锯倒没说的。"

话音刚落，便听到有锯树的声音，又听有人喊："端锅，烧油，炸了这贼！"之后便见下面已经燃起火来。铁李很害怕，不知如何是好，忽然想到腰上还别着一把斧头，便打算等树倒了，就挥斧乱砍。但很快天就亮了，狐狸们也就走了。

铁李下得树来，发现树上根本就没有被锯的痕迹，树旁只是扔了几根牛肋骨而已。铁李心知狐狸们只会幻术，到了夜里，便又来到古墓，设好了网。

还不到一更天时，狐狸们也来了，它们觉察到铁李还在，便对着他又哭又骂，所说的话都很有条理。铁李腰间带有火药罐，便偷偷点着，扔到了树下，里面的火药瞬间爆炸，巨大的响声惊得众狐四散逃走，有狐狸被网缠住，逃不掉了，便闭起眼睛，一句话都不肯说，最后被铁李用斧头杀掉了。

刘师道

　　遇见这样一只无理取闹的狐狸，真是没辙呀。

　　涟水有一个名叫刘师道的军医，为人淳厚谨慎，很有修养。宋高宗绍兴十八年冬天，有一个叫王彦礼的人生了病，派仆人去接刘师道到家中为自己医治。看完病后，刘师道在返回的途中，遇见一个骑驴的妇人，身后跟着一个仆人，妇人举起马鞭招呼刘师道，喊着他的字说："显道，分别后过得还好吗？"刘师道根本不认识她，停下马问她是谁，回答说："我是魏师诚的妻子，和您是姻亲，因为丈夫他生了很久的病，所以让我来找您，想请您屈驾到寒舍去诊治，不想正好遇上了，这可真是巧了呀。"刘师道本不想去，但妇人态度特别坚决，不得已只好跟她走了。

　　走了三十里，刘师道已然感到很疲乏，但妇人却毫无倦色。后来又走过一座独木桥，经过了一个村庄，才来到一座宅前。妇人请刘师道下马，先到堂中坐了阵儿，喝了点茶，吃了点东西。之后，刘师道进到卧室，见到了妇人口中的那个魏师诚，但自己同样根本就不认识他。刘师道伸出手摸他的脉，发现此人骨节如同石头般坚硬，而且冰凉得没有一点暖意。刘师道心中愈加奇怪，但还是给他开了一副方子，又扎了几针。

　　妇人在一边看着，忽然拍着巴掌笑道："刘郎中好好看这病，这可没法治。"刘师道说："娘子拉我过来，为何又说这种话？"妇人道："郎中瞧好了。"刘师道一转头，发现妇人忽然化作狐狸，跑走了。刘师道和仆人吓了一跳，转瞬间，宅子也消失得无影无踪，主仆二人原来是坐在一座古冢上，而他所针灸的，只是一具骸骨而已。刘师道急忙上马回家去了。

等到了家，先前的那个妇人已经站在屋里，对他说："我就说没法治，郎中不信，怎么样？"刘师道大怒，抓起一根长矛刺向那妇人，妇人于是又化作狐狸，跳出门蹿到了屋顶上，嗥叫起来。刘师道让人取来弓箭射她，一阵箭雨过后，狐狸忽然不知所踪。刘师道由此得了心病，过了好几年才康复。

金
银
部
落

　　唐代时，有一个人在外旅行，来到了商乡郊外。起初，他和另一个人一同赶路，后来过了几天，那人忽然对他说："我是鬼，因为家中的明器造反，正日夜不休地与它们作战，我想借您一句话，平定这场祸乱，您看如何？"旅客胆子很大，便痛快地答应说："只要能把事办成，我什么都不怕。"

　　二人继续赶路，走到天快黑时，路旁有一座坟墓，那鬼指着坟说："这就是我的坟，您在坟前大喊一声：'有诏令，斩杀金银部落！'这样就可以了。"鬼说完就一头钻进了坟里。旅客便照他所说喊了一遍。须臾之间，便听到墓中传来一阵斩杀的声音。过了一会儿，那鬼从坟冢出来，手上拿着几个金银制成的人马塑像，只是脑袋都被砍掉了，鬼对旅客说："这些足够您一辈子享福了，就当作我对您的报答吧。"

　　旅客拿着这些金银器来到长安，正打算卖掉，就被城中的巡捕捉住，押去了官府。县官说："这是古董，一定是盗墓得来的。"旅客交代了自己得到这些东西的经过，县令不敢轻易决断，于是报告给府尹，府尹又上报给朝廷。朝廷专门派出使者挖开了那座墓，从中得到了数百枚被斩掉了脑袋的金银人马像。

董
观

　　有一个名叫董观的人，曾经当过和尚，住在太原的一座寺庙里。唐文宗太和七年夏天，他和表弟王生先向南游览了荆楚一带，之后又前往京城长安，途经商於县，夜里住在山边的一处馆驿当中。

　　夜深后，王生先睡着了，剩下董观还醒着。忽然，董观看见有一只形状像手，但却没有手指的东西从黑暗中伸过来想要按灭烛火，仔细一看，在烛光之外的暗处仿佛还站着一个人。董观急忙把王生叫醒，但王生刚爬起来，那只手就缩回去了。董观对王生道："先别睡，妖怪可能会再来。"于是二人都拿着木棍坐在床边等着。过了很久，王生不耐烦地说："哪里有妖怪，兄长看错了吧。"说完就躺下睡了。

　　过了一会儿，董观看见有一个五尺多高的东西站到了蜡烛前面，没有手也没有面目。董观更加害怕了，连忙喊王生帮忙，但王生以为董观是在骗他，赌气不肯起来。董观无可奈何，只好上前用木棍刺向那东西的脑袋，但感觉就像刺进一堆草里一样，棍子一下子就刺了进去，而且想拔也拔不出来了。很快那东西就退去了。董观担心它还会再来，就一直守到天亮也没敢睡。

　　天亮以后，董观去向馆驿主人询问，主人道："从馆驿向西几里远有一棵老杉树，经常化为妖怪作祟，你见到的可能就是它。"于是带上董观和王生一同去查看，到地方后，果然看见那棵老杉树，而且树冠上竟插着一根木棍。馆驿主人道："人们说这树作妖已经很久了，我一直没有亲眼见过，如今我可信了。"于是连忙取来斧头，把杉树彻底砍去了。

刘
甲

　　开元年间，彭城人刘甲被授予河北某县的县令之职，上任途中，经过深山里的一个旅店，正好天色已晚，便住了进去。旅店里的人见刘甲的妻子长得很漂亮，便对他说："这里有一个神灵，喜欢偷窃漂亮女人，前前后后路过这里的人，很多都被抓走了，你应该严加防范。"刘甲和家人们很是紧张，于是都不睡觉，围绕在妻子身边守着她，还把妻子的脸上和身上涂满了面粉。

　　五更以后，刘甲高兴地说："鬼神行动都是在半夜里，如今天就要亮了，看来是不会来了。"于是便放松警惕打了个盹儿，结果只一小会儿的工夫，再睁眼时妻子就不见了。

　　刘甲花钱雇来村里人，让他们都拿着棍棒，循着面粉的痕迹一路追踪。那痕迹最初是从窗口出去的，逐渐过了东墙，又一直延伸到一处古墓那里，古墓旁有一棵大桑树，树下有一个小孔，面粉最终进到了那孔里。

　　于是众人顺着孔向下挖，挖了一丈多深，发现下面是个一间屋子那么大的洞，洞中有一只老狐狸，坐在玉几案前，身前有十几个美女站作两排，正持着乐器为其演奏，旁边还有几百只小狐狸。这些美女都是它这些年偷来的女子。刘甲带上人把它们都杀了，救回了自己的妻子。

狐
少
妇

如此心怀不轨，被狐狸捉弄也是咎由自取。

王洪绪讲说，郑州筑堤时，有一个少妇抱着包袱走在大堤上，走得很是吃力，便坐到了柳树下休息。当时有几十个工人也在树下休息，少妇对他们说，她本是从娘家回来，只有自己的小弟牵着一头驴送她，半路上驴受了惊把她摔到了地上，小弟为了追驴钻进了高粱地没影了，她从辰时等到了午时，也没见小弟和驴回来，不得已只好自己沿着大堤回家。她提出："我家就在西北边四五里的地方，谁能抱着包袱送我回去，我会给他一百文钱作为感谢。"一个少年心想或许可以借机勾引这个少妇，就算勾引不成，也能赚些钱，于是便跟着她走了。

一路上，少年不断地用言语调戏少妇，少妇既不热情回应，也没有严词拒绝。走了三四里，突然有七八个人拦在路上，骂说："哪来的狂小子，敢打我家女人的主意?!"于是一拥而上把少年绑起来揍了一顿，又商量说即使把他带到官府也是白打官司，不如就地直接埋了。少妇对这些人说起少年这一路上调戏她的那些话，少年更加无法辩解，只能再三哀求。

其中一人道："姑且放过你，但要罚你掘开这道土堤，把积水全都排出去才行。"于是给了少年一把铁锹,之后坐在旁边督促起他。少年一直挖到半夜,水道才终于挖通了,而那些人也忽然都不见了。少年环顾四周,只有一望无际的芦苇荡,根本不见有人家。因此人们怀疑是有狐狸洞被水淹了,所以狐狸引诱了此人干活帮它们排水。

柳
镇

　　萧梁时人柳镇，年轻时就喜欢安闲恬静的生活，不慕荣华富贵。后来他在钟山的西边买了一处田地，盖起草屋，开垦田地，就像一个真正的农夫一样，附近的居民都亲切地称呼他为柳父。

　　他的家离长江很近，一次，他站在院子里远眺长江，忽然望见在江中一个沙洲上，有三四个只有一尺多高的小孩站在岸边抓鱼，如果其中一人抓到了，还能依稀听到呼唤其他人一起来吃的声音。柳镇感到很不可思议。

　　过了一阵儿，江面忽然涌起波涛，有一条大鱼跃出水面，意外落在了沙洲上，几个小孩见了，就争先恐后地扑上去要吃那鱼。但还没下嘴，就有一个小孩说："我们吃不完这鱼，还是留给柳父吧。"

　　柳镇一听更加吃惊，于是就划着船想要抓住这群小孩，但是船还没靠岸，这些孩子就都变成了水獭，钻进水里去了。于是柳镇取走了那条大鱼，带回来分给乡亲们吃了。

阿
香

东晋时，义兴人周某骑着马离开京城，还没有赶到可以歇脚的村子，天就已经黑了。道边有一间茅草屋，在周某经过时，一个十六七岁的女孩正巧出来，她相貌端正，穿的衣服也很鲜丽洁净。女孩看见周某，便对他说："太阳要落山了，这里离前面的村子还很远，临贺哪里能赶到？"周某于是请求借宿一晚，女孩答应了。把他让进屋后，女孩还烧火为他做饭。

到了夜里一更天时，周某忽然听到外面有一个小孩喊"阿香"，之后便听见女孩答应了一声，那小孩又说："官家喊你去推雷车。"女孩便对周某道："我现在有事要离开。"女孩走后，外面雷雨大作。天快亮时，女孩才回来。

天亮后，周某告辞而去，等骑到马上，回头一看，发现身后只有一座新起的坟茔，坟边还有马尿和喂剩的草料，周某一边惊讶一边叹惋。五年以后，周某果然当上了临贺太守。

骷髅头

一个叫张明的仆人说，他们村有一个人赶集回来，半路遇上了大雨，道旁有一座古墓，墓前有安置石碑的碑楼，于是这人姑且躲在里面避雨。

在等雨停的时候，这人忽然看见碑楼旁边的地里有一颗骷髅头，便把它刨了出来，然后用泥巴糊在上面，捏出了五官的形状，又把买来的红枣和大蒜塞进了骷髅嘴里，完成后便将骷髅头随手放到了碑楼里面。雨过天晴后，这人就回家了。

过了几年，邻村突然有妖怪出没，每到夜里就会出来作怪，红彤彤的像盏圆灯笼一样，在半空中边飞边喊："枣很好吃，蒜太辣啦！"并且还会追赶行人，被它追上的人往往会生病，因此全村人都将这妖怪视作心头大患。

这人听说后，惊讶地说："不会是骷髅变成妖怪了吧？"于是就又回到那座碑楼前，发现那颗骷髅头还在原处，但是脸颊周围长出了一圈红毛，如同乱糟糟的头发一样。这人当即将骷髅毁掉了，动手时骷髅发出一阵嘤嘤的怪声。那以后邻村的妖怪也就绝迹了。

这人听说后，惊讶地说：『不会是骷髅变成妖怪了吧？』于是就又回到那座碑楼前，发现那颗骷髅头还在原处，但是脸颊周围长出了一圈红毛，如同乱糟糟的头发一样。

猫言

清代时，有一个人的亲戚喜欢养猫。一天，那亲戚忽然听到有人说话，找了一圈之后发现，那声音居然是一只公猫发出来的。亲戚大感惊骇，于是把公猫绑了起来，一边打它，一边问它为何会说话。公猫回答说："我们猫本来就会说话，只是怕人们惊怪，所以才不敢说。今天偶然失口，后悔也来不及了。如果不信，可以问问那只母猫，它也是会说话的。"

这家人不相信，于是又抓来那只母猫，让它说话，不说就痛打它。起初那只母猫只会嗷嗷叫，并用眼睛直勾勾地盯着先前被抓住的公猫。公猫看着母猫，说道："我都不得不说话了，何况你呢？"于是母猫就也口吐人言求饶起来。这家人这才相信了公猫说的话，于是把两只猫都放了。后来听说这户人家遭遇了很多不祥之事。

断尾狸猫

　　六朝时，句容县某村村民黄审，一天在田中耕作，见有一个妇人沿着田埂经过他的田，从东边下去，过一阵子又会原路回来，黄审起初以为她是人，但后来看她天天都这样来回绕圈，黄审不禁起了疑心。

　　于是黄审叫住妇人，问："你这妇人是从哪来？"妇人停下脚步，只是笑，并不回答，很快就又走了。黄审愈加疑惑，便预备下了一把镰刀等待她回来。

　　但他也没敢直接砍妇人，而是挥镰砍倒了跟随妇人的一个婢女，而妇人则变成了一只狸猫逃走了，再去看向婢女时，地上就只有一条狸猫尾巴而已。黄审去追狸猫，但是没追上。后来有人见那只狸猫曾从洞里向外探头，便挖开了那个洞，等到抓住那只狸猫时，发现它已经没有尾巴了。

海
神

　　一个叫朱廷禹的人说，他的亲戚有一次坐船出海，中途遇上了大风，船在风浪中左右摇晃，好几次险些翻沉。掌船的海师对船上的人说："这是海神在向我们索要祭品，可以把船上装的货物扔进水里去。"众人于是纷纷从命。

　　等到能扔的东西都要扔光了，众人忽然望见有一艘小船飘然而至，上面站着一个穿黄衣服的妇人，容貌十分美丽。妇人身边还有四个撑船的手下，全都赤发獠牙，看上去很是吓人。

　　两船靠拢后，那妇人便登上众人的船，对船上的人说："有上等的假发吗？可以送给我一些。"船上人已经吓傻了，一时也记不清，只是说："东西都扔光了。"妇人笑笑："不就在船后舱挂在墙上的那个箱子里吗？"船上人按妇人所说，果然找到了假发。

　　船舱里还有腊肉，妇人便取来分给那四个手下吃了，只见那妇人竟长着一双鸟爪。随后妇人便拿上假发离开了，众人的船最终也得以安全抵达了目的地。

王生

这篇和前面的《张简栖》一篇类似，讲的是狐狸的天书被人夺走后又物归原主的故事，但这一次主人公遇到的狐狸可比前面故事里的要狠多了。

唐德宗建中年间，杭州有一个王生，辞别亲人前往长安，打算先处理一番家中在长安的产业，之后再找到长安城中自己的亲友，谋求一个官位。他走到圃田时，下了大路，寻访起外祖父的一处旧庄园。天色渐晚，路过一片柏树林时，王生忽然见林中有两只狐狸像人一样靠着树站着，其中一只手上拿着一张黄纸文书，正有说有笑地聊天。

王生站在路边喊了一声，那俩狐狸也像没听到一样，于是王生拿出弹弓，冲着狐狸射过去，正好打中了拿着文书的那只狐狸的眼睛，两只狐狸吓了一跳，瞬间逃得无影无踪。王生走过去，捡起文书来，发现一共只有两张纸，上面的字类似梵文，但是他一个都不认识，便顺手将文书放进书袋里，离开了。

到了夜里，王生投宿在旅店中，和店主人说起这事，彼此都觉得很怪异。这时，忽然有一个人带着行李走进店中，眼睛伤得厉害，疼痛难忍，但神志还算正常，听到王生的话，便说："这可是件大怪事，我能看一眼那文书吗？"王生刚要把文书拿出来，店主人忽然发现那人的背后一条长尾巴都垂到床下去了，便提醒王生："它是狐狸。"王生便连忙把文书又揣回怀里，之后拔出刀来，那人一见，顿时化作狐狸逃走了。

一更天以后，又有人来敲王生房间的门，王生心里一惊，对外面喊："这回再来，就该用刀箭对付你了。"那人隔着门说："你如果不还我文书，以后可别后悔！"说完就再没动静了，王生很看重这文书，把它放在箱子里锁得很严实。

来到长安后，因为求官之事要四处走动求人，需要花费很长的时间，于是王生便先抵押了一些产业和庄园，之后买了一处位于繁华地段的宅子，做起长远规划。

过了一个多月，忽然有一个仆人从杭州来，手里拿着一封报丧的书信，王生迎上去问，这才得知原来他的母亲已经去世好几天了。王生恸哭不已，之后打开那封信，上面是他母亲的笔迹，写道："我本来住在关中，不想葬在外地，如今江东的田地和家产，丝毫都不可乱动，只有京城的家产可以全都处理掉，之后用这笔钱来办丧事。一切都准备好后，你再亲自赶来迎丧。"王生于是卖掉了在京城的田地和宅子，根本不等好价钱，卖掉后便用钱准备好送葬之物，之后便一路赶回杭州，准备迎接母亲的灵柩。

等到了扬州时，忽然远远望见一条船，上面站着几个人，全都一脸欢喜，说说笑笑，靠近后再一看，发现竟然都是自家的仆人。王生这时还以为这些仆人全都被卖掉成了别人家的仆人了。但很快，王生的妹子就从船舱里走出来，穿着彩衣，边说边笑。

王生正感到惊怪时，那船上的人也见到了他，也不禁惊呼起来，并说："是郎君来了，怎么服饰穿得这样怪？"王生派了一个人上前询问，之后忽然见到母亲也惊慌地走出来，王生这才连忙脱掉身上的丧服，跑过去向母亲行礼。

母亲问他怎么回事，王生如实回答，母亲骇然道："哪有这种事！"王生又将母亲写给他的遗书取出来，但打开一看，却变成了一张白纸。母亲又说："我之所以前来，是上个月收到你的书信，说是近来得了一个官职，让我把杭州的产业全都卖掉，做好入京的打算。如今我们已经无家可归了。"等到母亲把所谓王生寄来的信打开时，发现也只是一张白纸而已。

王生于是派人进京，将那些送葬之物全都毁掉了，之后把剩余的钱凑起来，服侍着母亲暂且前往杭州。回到杭州后，原来的家产如今只剩了十之一二，只有几间可以遮风挡雨的屋子而已。

王生有一个弟弟，分别已经好几年，一天忽然找到王生，见他家道败落得这样厉害，便问是什么原因。王生将来龙去脉全都对他讲了，又讲起那两只狐妖的事情，说："就是因此招致的灾祸。"他弟弟既吃惊又唏嘘。王生又掏出狐妖留下的文书给他看，而他弟弟刚接过文书，就向后退了几步，把文书塞进了自己怀里，说道："今天才把我的天书还给我。"说完，就化作一只狐狸溜走了。

黑
狗

豫章郡各县都出产好木材，想赚钱的人将木材采来，运到广陵，就能得到几倍的利润。天宝五年，有一个名叫杨溥的人，和几个伙伴一起进山采木，当时正是冬天，到了夜里忽然下起大雪，深山之中根本没有可以睡觉的地方。

后来一行人发现有一根倒在地上的大木头，中间是空心的，可以容纳好几个人，于是就钻进里面过夜。他们中有一个向导，临睡前，他对着山林磕了几个头，之后祷告说："土田公，今晚我们寄宿在此，希望可以受到你的庇护。"如此念了三遍才睡下。

夜深以后，雪下得更大了，木头南端的一棵树下，忽然有人喊道："张礼。"之后就听树梢上有人回答："在。"树下的人又说："今天夜里北村有人嫁女儿，有很多酒食，我们一起过去吧。"树上的人说："有客人在这里，要守他们到天亮，黑狗不懂事，恐怕会伤到人。"树下的人道："下着大雪，天这样冷，还是先找点吃喝吧，我们一起去。"树上的人又说："虽然冷得厉害，但是已经受了请托，按理就不应该离开，要提防黑狗。"树下的那人这才走了。

　　第二天天亮后，一行人打点行李，卷起地上铺着的毯子，见下面居然藏着一条黑色的毒蛇，蛇身如瓶子般粗，三尺来长，但是伏在原地一动不动，众人都吓了一大跳。

梦
游
妇
人

唐代人认为，梦境就是人的魂魄脱离身体游荡时的经历。这个故事里书生的妻子以为自己是在做梦，但其实梦中的一切都是真实发生的，而那几个强迫她喝酒的人，或许是无赖的孤魂野鬼之类吧。

有一个张生，家住在汴州中牟县东北方的赤城坂，因为家境贫穷，衣食无着，于是告别了妻子前往河朔一带游历，过了五年才想起回家。他从河朔回到汴州，傍晚时出了郑州门，走到板桥时天色已经黑下来，张生便下了大道，沿着小路往家走。

忽然，张生望见草丛中有星星点点的灯火，又见五六个人围坐在一起，正在饮酒作乐。张生下了驴，走过去准备和他们打招呼，在走到离几人十几步远时，忽然发现自己的妻子居然也坐在那几人中间，正和他们很融洽地说说笑笑，张生起了疑心，便躲在白杨树后偷偷观察起来。

一个胡子很长的人举起酒杯对他妻子道："请书生夫人唱首歌。"张生妻子是读书人家的女儿，自幼饱读诗书，也很会创作，虽然她这会儿不想唱，但经不住周围人都频频请求，只好唱道："叹衰草，络纬声切切。良人一去不复还，今夕坐愁鬓如雪。"长胡子道："劳烦您唱了一首。"便把杯中酒喝了。

又轮到一个面容白净的少年喝酒，他也请张生妻子先唱首歌，张妻道："唱一首已是强人所难了，难道还能再唱吗？"长胡子持着一根算筹[①]道："请拿大杯来，有拒绝唱歌的，就喝一大杯，如果唱的是从前的老词，也同此一样受罚。"于是张妻只好又唱道："劝君酒，君莫辞。落花徒绕枝，流水无返期。莫恃少年时，少年能几时？"

之后轮到一个紫衣人，又端起酒杯请张妻唱歌，张妻有些不高兴，沉吟良久，才唱道："怨空闺，秋日亦难暮。夫婿断音书，遥天雁空度。"

之后该一个黑衣胡人喝酒，同样请张妻唱歌，张妻一连唱了三四首，已经没了力气，正冥思苦想还没开始唱，长胡子就已经举起大酒杯道："不能推辞呀。"张妻只好哭着喝了一大杯，然后唱道："切切夕风急，露滋庭草湿。良人去不回，焉知掩闺泣。"

又轮到一个绿衣少年，他举起酒杯道："夜已深，恐怕不能再待多久，马上就要分手了，不要推辞，希望夫人能再唱一首。"张妻便唱道："萤火穿白杨，悲风入荒草。疑是梦中游，愁迷故园道。"

之后轮到张妻喝酒，长胡子唱歌祝酒："花前始相见，花下又相送。何必言梦中，人生尽如梦。"

张妻之后是紫衣胡人，他又请张妻唱歌，并且说："需要有香艳之意。"张妻低着头还没唱，长胡子举起酒杯又要罚酒。在旁边偷看的张生大怒，捡起脚边的一块瓦片扔过去，正好砸中长胡子的脑袋，又扔了一片，却不小心砸中了妻子的额头，紧接着，连同妻子在内的所有人就全都消失了。张生以为妻子已经死了，便恸哭着连夜赶回了家。

等到天亮，张生走进家门，家中人都喜出望外地出来迎接他，张生

---

① 大概拿着算筹的人就相当于酒令中的令官了吧。

问起妻子的情况，下人们回答："娘子夜里忽然头疼起来。"张生走进房中，询问妻子生病的原因，妻子回答说："昨天我梦见自己坐在草丛里，身边有六七个人，每个人依次喝酒，他们都让我唱祝酒歌，我一共唱了六七首，有一个长胡子频频用大杯罚我，我刚要喝，忽然有瓦片飞过来，砸中了我的额头，我从梦中惊醒过来，便开始头疼了。"张生这才知道自己昨天夜里见到的，都是妻子的梦境。

如
愿

　　庐陵人欧明，经常跟着商客来往于彭泽湖上，每次路过时，总会将船上的东西扔一些到湖里。一次，他看见岸边的大道上，有几个小吏身穿黑衣，乘着车马，自称是清洪君的使者，邀请他过去一趟。欧明知道他们是神，不敢不听从，便坐到了他们的车上。不多时便来到一座府邸门前，小吏对他说："清洪君感念您一直以礼相待，所以邀请您前来，要重重地感谢您，但送的那些礼物您别收，只要如愿就好了。"

　　进到府中后，清洪君要送给欧明绫罗绸缎，但欧明不肯接受，只要如愿。清洪君很奇怪欧明居然知道如愿，自己虽然舍不得，但是又不好拒绝，不得已只好把如愿叫出来，让她跟着欧明走了。这个如愿，其实就是清洪君的一个婢女，清洪君经常使唤她取东西。欧阳带着如愿回家后，凡是想要的东西都得到了，没过几年便成了富人，态度也逐渐骄横，不再喜爱如愿。

　　某年正月初一天刚亮，鸡刚鸣，欧明便喊如愿起床，如愿没有马上起来，欧明就突然大怒，要打如愿，如愿转身逃走，欧明追着她一直到了垃圾堆那里，垃圾堆上刚好有前一天大扫除时堆积起的柴火，如愿便爬上去翻墙逃走了。但欧明还以为如愿是钻进了垃圾堆里，便用木棒捶打垃圾堆想让她出来，但里面根本没有人，这才知道自己无法再得到她，于是便说："你只要让我富有，我就不再打你了。"如今人们每到大年初一鸡鸣时，还会去打垃圾堆，据说这样可以使人富有。

某翰林

颇有禅意的一个故事。

清代某位翰林还没有考取功名时，听说灵隐寺有一位法号法瓒的老和尚深得佛法精髓，于是就找到法瓒，想要成为他的座下弟子。老和尚要来此人的八字，算了很久，对他说："看你的骨相确实是一位佛门弟子，但命里还应当享受富贵，不可急躁。"此人一再哀求法瓒收下自己，老和尚笑着说："这关老僧什么事？你暂且去领受完十二年的富贵，之后再来。"此人痛哭流涕不肯离去，老和尚便把手中的禅杖冲着他扔过去，他摔到台阶下，这才爬起来走了。

此人回去后就像痴呆了一样，白天认真读书，夜里则仿佛坐在老和尚的讲经台下一样，一边诵经一边聆听他的讲解。于是此人又去拜访老和尚，老和尚闭门不见，在房中对他说："你想要来这里讨寻你的本来面目①，那得先还我的禅杖来。"此人茫然不知老和尚话的含义，只好又回去了。

———————————

① 原文作"汝欲向此处讨面目"。"面目"应该是指人的本性。《景德传灯录》："祖曰：'不思善；不思恶；正恁么时；阿那个是明上座本来面目。'"

后来，此人考过了乡试，又去找老和尚，对方仍旧不接纳他。没过多久，他又考中进士，被选为了翰林，后来又主管湖北的考试，每天都过着锦衣玉食的生活，但是在梦中，却依然是在寺庙里当和尚。

时光荏苒，十二年过去，此人想到老和尚所说的"十二年富贵"已经过完了，便辞官返回了故乡。走了不到一月，已来到浙江境内，离灵隐寺只剩下不过十五里路程。一天夜里，他住在客栈中，躺在床上辗转反侧，他抱着被子正在思索，一蹬腿，却忽然感觉身子向下急坠，惊醒过来时，发现自己竟是在灵隐寺的禅房里，青灯古佛，宛然在侧，身上穿的是破旧的百衲衣，摸摸头顶，光滑得很，竟一根头发都没有。

此人大吃一惊，连忙找到老和尚，却见他闭目垂眉，正在入定。过了两个时辰，老和尚才从定中出来。此人跪在地上，祈求老和尚指点迷津。老和尚微笑着说："你在这里已经剃度出家十二年了，如今还要我多说什么呢？"此人方才顿悟。

第二天，此人的仆从不见他起床，掀开被子一看，里面只有一根禅杖，大为惊骇，但找遍了客栈却都找不到人。后来听说此人和老和尚有约定，于是找去了灵隐寺，见他穿着破衣，戴着脏帽，俨然是个和尚。仆从问他怎么到这儿来的，回答说："昨夜担心会惊吓到你们，所以偷偷来到了这里，回去带话给我家人，让他们不用挂念。"之后仆从又把禅杖交给了此人。此人笑着对禅杖说："痴拐棍，这十二年的富贵多亏你替了我，今后你要谨守禅门，不要再跳入尘世中去了。"仆从们都听不懂主人在说什么，只得叹息着离开了。

书
生
遇
仙

徐州有一个书生卧病在床，忽然听到一阵像苍蝇一样轻细的声音喊他说："花娘子派婢子来迎请郎君，快点和我走吧。"书生睁开眼一看，见枕头边站着一个很漂亮的小人儿，只有三寸来高，穿着鲜亮洁净的彩衣，容貌姣好。书生以为她是妖怪，吓了一跳，连忙用唾沫啐她，那女子道："婢子的话郎君不听，之后会再让青儿来，不怕郎君不去。"

书生将自己的妻子喊了过来，夫妻俩都见到那女子转身离去，很从容地走进床后面就不见了，她的脚踩在地面上的灰尘上，留下的痕迹只有麦粒那么大。全家人对此大为惶恐，于是专门找了一个人守着书生。

一日，负责做饭的老婆婆对书生妻子说："我是青儿，花娘子邀请郎君实在没有恶意，为何要拒绝得这样坚决呢？"书生妻子道："我们素来无冤无仇，为何要如此纠缠？"青儿道："花娘子收藏有雪藕，想邀请郎君一起吃。"书生妻子道："藕可以拿过来，郎君正生病，不希望他出门，请你代我们向娘子道谢。"之后这个老婆婆就又忽然清醒了过来。

第二天清晨，夫妻俩便在枕边发现了一段细细的莲藕，白净得像是水晶一样，夫妻俩疑惑地去问家里人，大家都不知道是从哪来的。妻子想要把藕扔了，但书生不同意，将藕给吃了，并觉得那藕的味道格外甘甜爽脆，他的病竟也因此痊愈了。后来书生盼望着那女子再来，但始终没有如愿，以后也没发生过这样的事了。

虎道士

开元年间，西陵峡口经常有过往的船只遭到老虎袭击，随着这类事情越来越多，人们就定下了一条奇怪的规矩：凡是有船经过峡口，要预先选出一个人，把他赶到岸上送给老虎吃，以此保证一船人的平安。人们认为不这样做，就会让更多的人受害。

有一次，有一条船要经过峡口，而船上大多是有权有势的人，只有一个人既孤单又贫穷，于是众人就把他选出来，要送他去喂老虎，这人心想反正自己也争不过他们，所以只能答应。

下船后，他转身对船上的人说："我是个穷鬼，合该替代诸位好汉去死，但是每个人的命运不同，万一我没有被老虎所害，那么我有件事想要拜托各位，不知可否答应？"众人见他这样坦诚，也都产生了一丝悲悯，于是就问："你有什么事？"这人说："等我上岸后，我要去寻找老虎的踪迹。我恳求各位能为我把船先停在滩头，如果过了午时我还没能回来，那各位开船走就是了。"众人道："我们这就把船停在滩头，不止到今天午时，我们为你等上一夜，若明天你还不回来，我们再走。"说完，船就向着滩头驶去。

这人见船走了，就提着一把长柄斧头，走进山里主动找起老虎。走到一处山口，路上满是淤泥，泥中老虎的脚印也越来越多。又走了半里路，忽然发现了一座很大的石头房子，里面有一张石床，床上躺着一个道士，睡得正熟。床边的衣架上挂着一张虎皮，这人曾听说有的老虎是由人变的，便怀疑眼前人也是变虎之人。于是他蹑手蹑脚走过去取下虎皮，披在自己身上，而后抄起斧头，立在道士身边。

道士感觉到异常，猛然惊醒，望向衣架时发现虎皮已经没有了，便对这人道："我理应吃掉你，你为何要偷我的皮？"这人道："我理应吃你，你怎么反倒说你吃我？"俩人就这么你一言我一语拌起嘴来。过了半天，道士始终不占理，于是坦白道："我因为有罪过，所以被上帝贬在此处当老虎，被罚要吃掉一千人，如今我已经吃了九百九十九个人了，再吃掉你一个，数目就满了。可现在不巧被你把皮偷走了，你如果不还我，我就还得继续当老虎，再吃掉一千人才行。我有一个计策，可以让你我都安全，你看如何？"这人想了想，同意了。

道士于是说："你现在拿着皮回到船上去，剪一点自己的胡子、头发以及手指甲，再刺破头上、脸上、手脚以及身上，各滴一点血，一共两三杯，再用旧衣服将这些东西一并裹起来，等我到岸边，你就把皮抛给我，我披上皮变成老虎后，你再把这东西抛给我，我取来吃掉，就和真吃掉你没有区别了。"

这人便照着道士所说，带着虎皮原路返回，船上的人见他居然活着回来，都非常惊讶，他讲了自己的遭遇，便立即按道士吩咐的开始准备。

第二天天刚亮，道士就已经在岸边等着了，这人也已经准备好，见道士来了，就先把虎皮扔过去，道士披在身上，抖抖身子，须臾间便化作一头猛虎，这人又把衣服抛过去，猛虎见了，扑上去几口吞进肚里，而后便离开了。

此后，这地方就再也没了老虎伤人的事情，人们都说这是因为那个道士把吃人的数凑满了，于是又回到天上去了。

狐
婚

　　董秋原讲说，东昌县有一个书生，夜里走在郊外，忽然望见一座气派的大宅子，心想此处分明是某家的墓地，怎么可能会有座宅子，难道是狐狸幻化出来的？书生很熟悉《聊斋》中青凤、水仙之类的狐女故事，如今见到此情此景，便也想像那些故事里的主人公一样能有一番奇遇，因此在宅前徘徊犹豫，不愿离去。

　　过了一会儿，有一辆装饰得十分豪华的马车从西边来，一个中年妇人掀开车帘指着书生说："这个郎君就很好，可以请他进去。"书生见那妇人身后还坐着一个年轻女孩，美如天仙，不禁大喜过望，他刚踏进大门，便有两个婢女前来迎接，书生已认定这家人是狐狸，便也不再问这是何人的宅子，任由两个婢女领着他进到了宅里。书生坐定后，迟迟不见这家主人来接待他，只看到宅中陈设华贵，桌上也全都摆满了珍馐美味，书生满心等着和狐女成亲，飘飘然不能自已。

　　到了夜里，忽然听到一阵鼓乐齐鸣，一个老翁掀帘进来，给书生作了个揖道："新婿入赘我家，已经来到门外了。先生是文士，一定懂得婚礼的仪式，斗胆请您屈尊当一回司仪，这将是我们全家人的荣幸。"

书生听了大失所望。但是因为原本这家人就没说是和他结婚，所以他也不好再说什么，况且已经吃了人家准备的酒食，更加难以推辞，只好敷衍地帮他们主持完婚礼，之后灰溜溜地离开了。

鬼
战

　　并州向北七十里有一座古墓，贞观初年，每到天快黑时，就会有上万名鬼兵，旌旗招展、声势浩大地将这座墓包围起来，而很快，从墓中也会跑出几千名鬼兵，既有骑兵也有步兵，跟包围古墓的鬼兵恶战在一起，到了夜里就会各自散去，这种情况前后持续了快一个月。

　　忽然有一天傍晚，又有上万名鬼兵自北面而来，在离古墓几里远的地方布好阵。有一个农夫，见到这阵势后撒腿就跑。然而一个鬼将军发现了他，很快就让十几个鬼兵将他抓了过去，鬼将军对他说："你不要害怕，我乃是瀚海神，我的爱妾被手下一个小将拐走，逃进了这座墓中，这墓的主人张公又借给他兵士和我交战。我离开瀚海已经一个多月了，还没有擒获这恶贼，气愤至极。你当为我前去拜访一下张公，说我只是来捉拿叛将，他为何要将那叛将藏在墓中，还要借兵给那叛将来与我对抗？他应当赶快把那叛将轰出来，不然我就连他一块杀。"接着就派出几百个士兵跟着农夫，监督他前往那座古墓。

　　农夫走到墓前，扯着嗓门传达了瀚海神的那番话，过了很久，古墓中便也出兵列阵，有两个神人，骑着马并排立在大旗下面，左右剑戟如林。其中一人把农夫喊到身边，让他传话给瀚海神说："我生前当了三十年并州向北七十里有一座古墓，贞观初年，每到天快黑时，就会有上万名鬼兵，旌旗招展、声势浩大地将这座墓包围起来，而很快，从墓中也会跑出几千名鬼兵，既有骑兵也有步兵，跟包围古墓的鬼兵恶战在一起。

猛将，死后葬在这里，跟随我的步兵、骑兵有五千多人，全都是精兵强将，如今你的一个小将来投奔我，我已经和他宣誓结交，不能不帮助他。如果你硬要和我用武力争斗，我一定会打败你，让你回不去瀚海，如果你还想当你的瀚海神，就赶快回去吧。"

农夫又跑回去将这些话传给瀚海神，瀚海神闻言大怒，当即率领人马进攻，并号令部下说："不攻破这座墓，今晚所有人都要死在墓前！"于是便又和墓中鬼兵恶战起来，三次进攻均未成功，一直打到天黑，墓中兵马终于败下阵来，瀚海神生擒了那个叛将，又进到墓中找到了爱妾，押起来带了回去，张公和他的部下则全都被斩首在墓前。之后瀚海神命人放火焚烧古墓，并将一条金带赐给了农夫。

第二天，农夫返回去看，只见那墓中的火还没有熄灭，而墓边散落着非常多的枯骨和木偶人。

元

绪

三国时，吴国永康县有一个人在山里发现一只大乌龟，便上前抓住了它，乌龟叹了口气说："没挑好时候出门，落到了您手里。"这人觉得很不可思议，于是就把乌龟带出山来，想要进贡给孙权。

到了晚上，他把船停在岸边，将缆绳系在了一棵大桑树上。半夜里，这棵桑树就喊乌龟说："一路辛苦呀元绪，这是要去做什么？"乌龟回答："我被人抓住，不久就要被煮着吃了。不过就算把南山上的树全都烧光，也别想煮熟我。"桑树说："诸葛恪博学多识，一定会让你吃苦头的，如果他让人找来像我这样的家伙，你该怎么办？"乌龟连忙说："子明别那么多话，否则这场祸就要牵连到你了。"桑树于是便没了动静。而这些话都被这个没睡熟的进贡乌龟的人听到了。

等到了京城，这个人将乌龟献给孙权以后，孙权果然让人将这乌龟给煮了，但是一连烧了上百车的柴火，乌龟却依然在大锅里优哉游哉地说着话。这时，诸葛恪站出来说："要用老桑木煮它才能熟。"进贡乌龟的人在一旁附和，并将那晚听到的话讲了出来。

　　孙权于是命人找到当晚和乌龟说话的那棵桑树，将它砍成柴火运了回来，结果用这木头一煮，乌龟果然很快就熟了。据说因为这个典故，六朝时人们煮乌龟还多是用桑木，而当地土人也都管乌龟叫元绪。

寻
欢

引
言

　　当妖怪幻化为人，其内心也必然会接近于人，会被人的欲望所驱使，贪婪地想要得到世间的一切美好。这罕关情爱，更多只是为了一时欢愉、洞房笙歌。在外游荡的书生，总能偶遇无家可归的美人；待字闺中的少女，还浑然不知自己被执着的狐狸女婿垂涎已久；狸猫在暗中窥视，时刻准备掳走自己的心头所好，人间子女的一句戏言，也早就被乐享其成的鬼神窃听而去。寻欢作乐，万物皆然。

青衣妇人

长安一户杨姓人家的宅子中，常有一个青衣妇人不时出没，也不知她是从何而来。妇人每次都大大咧咧地走进正堂，径直找到家中的女眷说："老天让我和你们做朋友。"女孩们见状，自然都被吓得四散奔逃，而妇人见她们不理自己，便会骂骂咧咧，非常无礼。

妇人的行为极其粗鄙，有时甚至会一丝不挂地走来走去，旁人都只能捂眼睛。女眷不跟她做朋友，她就跑到堂外去调戏家中的男人，与他们肆意交合。这家人多次想要抓她却抓不住。

一天，妇人解开女眷的包袱，把里面的衣服全都抱出来扔到了院子里。女眷们忍无可忍，对着妇人破口大骂，妇人于是说起这些女眷的私密事，个中细节纤毫毕现，用语极其污秽。如此过了十几天。这家人找来巫师试图用符咒驱除她，但巫师一走妇人就又立马回来，谁也拿她没办法，只好举家搬出宅子躲开她。

后来杨家一个亲戚从很远的地方赶来，这人胆子很大，杨家人便让他一个人住在了老宅子里。夜里，这人点起灯独自躺着，妇人果然又来了。这人假装邀请妇人和他一起睡，但暗中藏起了妇人的鞋子。妇人想要离开时，怎么找鞋子都找不到，只得狼狈而去。

　　事后这人取出鞋子一看，发现居然是一对羊蹄子的壳。而后沿着妇人留下的踪迹一路寻找，来到了宅子东面的一座寺庙中，发现寺中养着一头长生青羊^①，羊的两只后蹄已经没有了壳，走起路来很是艰难。这家人把羊赎出来后杀掉了，那妇人从此再没出现过了。

———————————

① 寺庙中会饲养一些动物直到其老死，即所谓长生。

李
氏

阻止了哥哥蛊惑人类女孩，这个狐狸弟弟也算做了件好事。

开元年间，有一个李姓女孩，失去了父母，寄养在舅舅家。她十二岁时，有一只狐狸想要蛊惑她，那狐狸虽然未曾现身，但言语应酬非常周到。几个月后，那狐狸又来了，但声音和之前稍微有所不同，女孩家人笑着说："这是另一只野狐狸吧？"狐狸也笑着说："你怎么知道的？之前来的是十四兄，我是他弟弟。上一次我想要得到韦家的女儿，做了一件红罗半臂，却被家兄无缘无故偷走了，坏了我的好事，我一直想报复它，所以如今来找你们。"

这家人于是很客气地感谢它，并求它想一个可以驱除它兄长的办法。狐狸说："明天是十四兄的王相之日①，它一定会过来大闹一通。可以让女孩掐住无名指的第一节来禳除它。"说完就走了。

第二天，大狐狸果然来了，正好赶上女孩在吃饭，女孩依照小狐狸所说，掐住自己指节，大狐狸把菩提子大小的药丸往女孩的饭碗里扔，

---

① 阴阳家以王（旺盛）、相（强壮）、胎（孕育）、没（没落）、死（死亡）、囚（禁锢）、废（废弃）、休（休退）八字与五行、四时、八卦等递相配搭，以表示事物的消长更迭。所谓王相之日，相当于如今所说的黄道吉日。

一连扔了六七颗都没扔中，感到特别惊讶，大喊道："看来我应当去嵩山学些道术才能得手了。"女孩旁边坐着位老妇人，药丸好巧不巧落在了她手上，她连忙害怕地扔掉了，有人问她为何要扔，回答说："野狐狸想蛊惑我。"大狐狸听了骂道："哪里来的老太婆，怎么会有人看上你?!"

大狐狸走后，小狐狸又来了，对他们说："事情怎么样了，有效果吗?"一家人都对它表示感谢。小狐狸又说："过十几天，家兄还会再来，应当谨慎些。它已经和天界的官署有了联系，一般的符咒、禁术对它无可奈何，只有我能治住它。等到它要来时，我会再过来的。"

快到日子时，小狐狸又来到女孩家，把一团包裹得如同松花一样的药物交给女孩说："我兄长明天一定会来，明天早上，你让家人用车载着你，朝东北方向一直走，如果有人骑马追赶，你就把药撒在车后面，这样就可以阻止它为非作歹了。"

第二天，这家人遵照小狐狸的嘱咐，用车载上女孩便出了门，跑了五六里，便见一大群穿着铠甲的骑士在后面追，就快要追上时，家人将小狐狸给的药撒出去，追赶的人见了那药，便都停下来不敢向前了。

傍晚时，小狐狸又找到她家，笑着说："我帮上忙了吗?再教给你们一个法子，就可以永远免去我兄长的骚扰，我也不会再来了。"这家人连连拜请求教。小狐狸于是让人取来朝着东方生长的一段桃树枝，做成两块木板，之后用朱砂在板上写下"齐州县乡里胡绰、胡邈"这九个字，并将木板分别钉在大门和宅内二门上。小狐狸说，这样就永远不会再有狐狸来作怪了。

这家人照着做了，从此不管是小狐狸还是大狐狸都不曾来过了。当时这女孩还小，不到嫁人的年纪，然而几年以后，女孩最终还是失踪了。

鼠
穴

  有一户人家，家里有一个十来岁的女儿，一天忽然不见了，找了一年多都没找到。

  后来，这家人总能在房子里听到地底下有小孩啼哭的声音，于是把地面挖开，发现一个不大的洞，但是越挖洞就越大，直到最后竟然有一丈多宽，而这家人丢失的女孩居然就坐在洞里，怀中还抱着一个孩子，旁边站着一只有斗那么大的秃毛老鼠。

  女孩见到家人，已完全认不出他们，女孩父母这才知道她是被老鼠蛊惑了，于是便打死了那只秃老鼠。而女孩见老鼠死了，竟哭着说："这是我丈夫，为何忽然被人杀了？"随即她父母又夺过她怀里的孩子，也杀掉了女孩更加伤心地痛哭起来，还没等到家人为她医治，就死了。

白
蛇

　　城中有一户李氏，他家一座废弃的小楼中住着一个蛇精，身子能够自由变化，有时它盘绕在栏杆上晒太阳，在日光照耀下就如一道白虹一般。一年元宵节，街上有舞龙的人，这蛇精忽然从楼中飞出来，在空中蜿蜒飞舞，蛇身粗细和人们所舞的龙一样，人们被吓得四散奔逃，而蛇精也很快消失了。众人安定下来后，发现人群中不见了一个美少年，都怀疑是被蛇精给抓走了。

　　过了几年，有人偶然见到那少年和一个装束美艳的女子站在东南城楼上，互相依偎着眺望远方，有人喊了少年一声，两个人就连忙走进了城楼里，只有一条蛇尾巴还垂在后面，有房梁那么粗，人们这才知道那女子就是当初的蛇精。

误会

纪晓岚小时候住在姥姥家，听舅舅的一个朋友讲说：某个军人有一个女儿名叫平姐，十八九岁的年纪，还没有嫁人。一天，她在门外买胭脂，一个少年上前挑逗她，平姐骂了对方一顿，便回家去了。她的父母随即出门察看，却见路上根本没有那个少年，附近的邻居也没见过这样的人。

夜里，平姐锁上门睡觉，那个少年忽然从暗处冒了出来，平姐心知对方是妖怪，但并没有叫嚷，也没有和他说话，而是怀揣着一把锋利的剪刀，假装睡着。少年不敢接近，只是站在床边，不停地用言语引诱她，但平姐始终都像没听见一样。忽然间，少年离开了，过了一会儿又返回来，手里满握着金银首饰，价值上千两，全都放到了床上，平姐仍像是没看见。于是少年又离开了，但那些东西没有带走。

天快亮时，少年又突然出现说："我观察了你一夜，那些珠宝你竟然看都没看一眼。人若是不为利益所动，那么他内心所不许可的事情，鬼神都不能勉强，何况是我们这一类呢？我误会了你私底下祈祷的那句话，胡乱地认为你是春心萌动，而只是把父母作为托词，所以才这样试着引诱你，还望你不要生气。"说完便收起那些东西，自己离开了。

原来，平姐家一直很穷，母亲年老多病，单靠父亲的饷银根本不够养活全家人，所以平姐曾在佛前暗暗祈祷，希望可以早日找到一个丈夫，好赡养父母，却不料竟被妖怪偷听到了。

蚱

蜢

晋孝武帝时的大臣徐邈，一天正独自在房间里办公，他的侍从却听到他在和人交谈的动静。有一个跟随他多年的仆人，夜里专门等着，但是并没有人来找徐邈。

当时月色微明，仆人打开窗户，借着月光，忽然看到有一个东西从屏风里飞了出来，而后落到了一个铁锅里。仆人连忙跑过去，翻找一阵，只在铁锅里的一堆菖蒲根底下，找到一只青色的大蚱蜢。

仆人怀疑就是这只蚱蜢在作怪，可是这种事从古至今闻所未闻，所以也就没对蚱蜢起杀心，只是摘掉了蚱蜢的一双翅膀而已。

当天夜里，这只蚱蜢就进到徐邈的梦里，对他说："我被您的一个仆人困住，往来的道路已经断绝了，虽然我们离得很近，却犹如山水相隔。"徐邈醒来后，回想夜里的梦，心情闷闷不乐，很是凄苦。

仆人察觉到徐邈脸色不对劲，就微微向他表明了自己对主人近来异常表现的担忧。徐邈刚开始和妖怪交往时，只是怀疑对方，所以没有和别人说，如今见仆人已经有所察觉，才坦白道："我刚来这里办公时，就见到一个青衣女子，梳着两个发髻，姿容秀美，我试着和她攀谈，我们相谈甚欢，我因此喜欢上了她，以至于到了沉溺的地步。我也不清楚她是如何来到这里的。"

之后徐邈又把做的梦也对仆人讲了，仆人于是就也把蚱蜢的事和盘托出，徐邈听了，没有再进一步追究，这事就此不了了之。

水
獭

这个故事特别的一点在于详细记录了唐代巫师作法驱怪的过程，很是珍贵。

楚州白田有一个名叫薛二娘的巫师，自称侍奉金天大王，可以为人驱除妖邪，县里的人都很尊敬并相信她。有一个李姓村民，他的女儿被妖怪蛊惑，整日发狂，自毁身体，水火不惧。她的肚子也越来越大，就像是怀孕了一样。她的父母很担心她，于是就请来薛二娘驱妖。

薛二娘到李家后，便在房中设下法坛，让李家女儿躺在法坛里，然后在旁边挖出一个大火坑，里面放着一口已经烧红的铁锅。之后薛二娘便身穿华丽的服饰，奏乐起舞，以此来祈求神灵降到她身上，不多时，薛二娘道："神灵到了。"围观的人见状，赶忙躬身下拜。

随后，薛二娘端起一杯酒洒在地上，说道："速速把妖怪叫来！"说完，就坐进了火坑里，而表情淡然自若。过了很久，又抖抖衣服站起来，把烧红的铁锅扣在头上，伴着乐曲又跳起了舞。一曲终了，就坐到胡床上，叱令李家女儿绑住自己，李家女儿便把手背到身后，就像真的被绑住了一样。

薛二娘又对着李家女儿怒叱，让占据她身体的妖怪坦白自己的来历。女孩闻言只是哭哭啼啼，却不说话，薛二娘勃然大怒，拿起刀砍向女孩，刀锋从她的身体间穿过，却一点没有伤害到她。李家女儿这时才说道：“我是淮河中的一只老水獭，因见到女孩在河边浣纱，所以喜欢上了她，不想遇到了您这位有道的巫师。请放我一条生路吧。我只痛惜她肚子里的孩子还没有长成，如果能不杀害孩子，让她生下来给我，那便是天大的恩情了。”说完就呜呜地抽咽起来，旁边人看着也很难过。之后女孩还拿起笔写了一首诗道：“潮来逐潮上，潮落在空滩。有来终有去，情易复情难。肠断腹中子，明月秋江寒。”李家女儿从来不认识字，如今写诗时，却是词字俱佳。诗写完后，李家女儿就倒在地上睡着了，一直睡到第二天才醒，醒来病也就好了。她告诉人们说，当初在浣纱时，有一个美少年来引诱她，于是就和他在一起了，此后自己的神智就一直不是很清醒。

　　后来过了一个月，女孩便生下了三只水獭，女孩父母想要杀死它们，但有人建议：“对方是妖怪，已经信守承诺了，而我们是人，怎么能不守约呢？不如放了吧。”于是就把三只小水獭放归到湖里，不多时就有一只大水獭跳出水面来迎接它们，之后便一起消失在了湖里。

江
郎

东吴时，会稽余姚县有一个人名叫王素，他有一个女儿，已经十三四岁了，长得很漂亮。附近人家的少年上门来提亲的很多，但是父母很爱惜她，一直舍不得把她嫁出去。

后来有一天，有一个二十来岁的少年，容貌如玉，自称江郎，来到王素家，提出想娶这女孩，女孩父母喜欢这少年的容貌，便答应了。问他家住哪，回答说："住在会稽。"后来过了几天，少年又领着三四个有老有少的妇人，以及两个年轻人，一起来到王素家，带着钱物正式下了聘礼，自此和那女孩便算结成了夫妻。

过了一年多，女孩怀了孕，到了十二月，生下了一个像布袋一样的东西，有一升那么大，放在地上也不会动，女孩母亲很奇怪，就用刀把它的表皮割开，发现里面竟全都是白鱼子。王素问江郎："生下的全都是鱼子，不知是什么原因？"江郎回答："是我命不好，生下这样怪异的东西。"

但女孩母亲却怀疑江郎根本不是人，她把这想法告诉给王素，王素便密令家中仆人等江郎睡觉时，把他的衣服拿过来。仆人照做了，衣服拿来后，王素见衣服上隐隐有鱼鳞的痕迹，大为惊骇，便让人把衣服压在了一块大石头下面。

天亮后，便听见房间里江郎因为找不到衣服而一反常态地破口大骂，过了一会儿又听到有东西倒地，声音大得连外面都一阵震动。家中仆人连忙打开门，便见床下有一条身长六七尺的大白鱼，没有死透，还在地上乱跳，王素于是拔出剑来，把鱼斩作了几段，扔进了江里。后来女孩就改嫁了。

彭城男子

彭城有一个男子娶了新媳妇，但却不喜欢她，每天都独自睡在外面。

过了一个多月，妻子忍不住问他："为何不进来？"男子道："你夜里总出来找我，所以我不进去。"妻子道："我从来没出去过。"男子大惊。妻子道："是您有了异心，所以被妖怪迷惑了。以后再有人来找您，您就想办法留住她，然后喊我去拿烛火，看看究竟是什么东西。"

后来果然有一个人来找男子，那人变成了他妻子的模样，站在外面没有马上进去，但另一个人在后边把她推进了房里。她上到男子床上，男子抓住她，问道："你每天夜里出来做什么？"妇人回答："是您和邻家女子私通，却假装有鬼魅来掩盖这事吧？"男子此时也晕了头，认为这人就是自己的妻子，于是便放开她，和她一起睡了。

半夜里，男子忽然恍然大悟，思索道："这是妖怪在迷惑我，她并不是我的妻子。"于是便扑上前将那女子压在身下，同时大喊拿灯来。之后便感觉身下的女子越缩越小，等妻子拿来灯，掀开被子一看，里面只躺着一条大鲤鱼，足有二尺多长。

无腿女子

这是一个看起来毫无战斗力却意外很强悍的妖怪。

关子东的兄长关演在朝廷中担任博士，一天，他在汴梁城中见到有一个妇人在街市上乞讨，妇人穿着破烂的衣服，浑身是泥，没有双腿，只能用手行走，但是容貌极其妖艳。

有一个官员看上了她，于是停下马问道："你有父母吗？"妇人回答说没有。又问："你有没有夫家人？"又回答说没有。再问："你懂得女工吗？"妇人表示很擅长。官员便道："无依无靠地当乞丐和做人的小妾，哪个好？"妇人皱着眉头叹道："我身体残疾，不能自己做主，就是当奴婢，也是让人使唤，哪里能使唤别人呢？而且谁肯要我？"

官员回家后将此事告诉给妻子，妻子听了也心生怜悯，便把妇人接回家中，为其沐浴更衣，并精心为其调理饮食，交给她的手工活，她做得又快又好，因此一家人都很怜爱她，官员对她也颇为亲近。

过了一年多，官员去相国寺游玩，遇见一位道人①，道人一脸惊骇地对他说："你身上的妖气非常重，如何是好？"官员认为他是在诓骗

① 此处道人是指在寺庙里打杂的人。

自己，因此没有搭理。过了几天，两人又遇见，道人对官员说："妖怪作祟更严重了，你老实告诉我，我只是想帮你，并非贪求你的财物。你家中可有古代的器物，像是折了腿的铛、鼎之类的东西？"回答说："没有。"道人不停地问，官员只好说他家有一个没有腿的妇人。道人表示："对了对了！你赶快避开她。明天应当尽快跑去百里之外，即使跑不了那么远，也要一直走到天黑后再留宿。锁紧门窗，半夜里听到有敲门声，千万不要开，这样或许可以免祸，除此之外没有其他办法。"

官员这时才开始害怕，第二天没跟家里说，便独自骑上一匹马，向着远方狂奔而去，临近傍晚，才住进一家旅店中。而他才刚喘口气，外面的道路上便扬起一阵风尘，一列旌旗招展的队伍忽然出现，一个骑着黑马、身形高大的男子从马上下来，也进到了这家店里。他对着官员长揖一礼，而后才坐下，之后定了一间和官员房间正好相对的客房，但自始至终没有和官员说一句话。

官员愈加恐惧，关上房门不敢入睡。夜深后，便听外面有人大声喊道："您家忽然遇到了灾祸，我给您带了封信来。"当时屋里油灯还亮着，官员从门缝里朝外看，发现门外正是那没有腿的妇人，她的背后长着一对青色的肉翅。官员大骇，汗如雨下。这时，那个住在他对面的男子突然打开门，挥剑砍向那妇人，妇人长啸一声，便飞走了。

第二天，官员打开房门，去见那男子，拜谢他的救命之恩，说："若不是大人您，我真不知道是怎么死的了。敢问您是什么人？"回答说："你不认识我吗？我是相国寺的道人呀。之前早就告诉过你有妖怪了。我是你的本命神，因为你平日里一直虔诚供奉我，所以我特地赶来搭救你。"说完，男子便和随从的车马一同消失了。

吕思妻

六朝时，国步山下有座庙，还有座亭驿。一天，一个名叫吕思的人和他的妻子投宿在亭驿中，夜里妻子却忽然不见了。吕思沿着踪迹一路寻找，寻至一座大城，走进城中，里面有一处厅堂，上面有一个戴着纱帽的人正凭几而坐。

此人身边的随从见到吕思，纷纷上前与之格斗，吕思拔出刀来一通乱砍，前后杀了上百人，剩下的才一哄而散，而倒在地上的人就都变成了狸猫，再看厅堂时，原来是座古墓。墓顶上有一个大洞，月光投进来将墓中照得很明亮。借着光亮，吕思又发现有一群女子躲在角落里，其中就有自己的妻子，而此时她已经有些痴傻了。吕思将妻子抱出墓外，之后又把其他的女子也都抱了出来，一共有几十人，其中有人浑身都长满了毛，也有脚上、脸上长毛的，她们的外形都已同狸猫一样了。

很快天亮了，吕思带着妻子回到了亭驿，亭长问他一夜都经历了什么，吕思一五一十地讲了。这附近一直有丢失儿女的人家，放在亭驿里的寻人启事就有几十张，亭长听了吕思所说，便带上那些寻人启事，到古墓那里把那些女子接了回来，之后按距离远近通知了她们的家属，后来便陆续来人将她们领走了。后来山下的那座庙就再也不灵验了。

张
璞
女

吴郡太守张璞，不知是哪里人。他卸任后，返回京城的途中路过庐山，他的儿女们到庐山庙中去玩，婢女指着庙中的神像和他的女儿开玩笑说："就让这个人娶你吧。"当天夜里，张璞妻子就梦见庐山君前来下聘礼道："我的儿子不成器，感谢您的垂青，这些东西略表心意。"张璞妻子醒来后感到很奇怪，追问之下，才知道是怎么回事。张璞妻子很害怕，于是催促张璞赶快启程回去。

但船行到河中心时，就不再向前走了，一船人恐惧至极，全都把自己携带的东西往水里扔，但是船仍然不动。有人说："把女孩扔进水里船就能前进了。"其他人也都附和着说："神灵的旨意已经很明白了，因为一个女儿而满门皆灭，这怎么行?!"张璞道："我不忍心看这一幕。"于是就上到船上的小楼躺着，而让妻子把女儿扔进水里。但他妻子却偷偷用张璞已故兄长的孤女代替了自己的女儿，在水面上铺了张席子，让那女孩坐到了席子上，之后船才得以继续向前。等到张璞发现自己的女儿居然还在船上时，顿时发怒道："我有何面目活在世上！"于是便又把自己的女儿也扔进了水里。

等船停靠到对岸时，张璞远远望见先前扔进水里的两个女孩就站在岸边，有一个小吏站在一旁，说道："我是庐山君的主簿，庐山君让我跟您说一声，鬼神不是人类的好伴侣。庐山君敬重您的义气，所以把两个女孩都还回来了。"张璞问两个女孩都经历了什么，回答说："只见到了漂亮的房子和一群吏卒，没有感觉是在水里。"

韦
县
令
女

　　这是一只打肿脸充胖子的狐狸。

　　开元年间，有一个韦县令，一天，忽然有一个自称崔参军的人登门
拜访，提出要娶他女儿。韦家人惊愕不已，心知对方是狐妖，但还是以
礼相待，把他打发走了。但没过多久，那狐狸就溜去后房，找到韦县令
的女儿，自称是其夫婿，那女孩便突然大哭起来，昏昏沉沉如同发了狂
一般胡言乱语。

　　韦家人找了很多术士，但都不能降伏狐妖，反而使它更加肆意傲慢。
韦家人听说峨眉山有位道士可以制伏邪魅，于是韦县令便特意向朝廷请
求到蜀地当县令，希望可以借助峨眉道士的力量禳除那狐妖。

　　等到了峨眉山，道士立起法坛，施法捉妖。不多时，便见有一只狐
狸来到法坛前，一把抓过道士将他挂在大树上，之后捆了起来。韦县令
来到院子里，问道士怎么跑树上去了，狐狸说："他胆敢行禁术，所以
姑且把他绑了。"韦县令自此不再抱有希望，不得已将女儿嫁给了狐狸。

　　韦家人对狐狸说："你如果想要当女婿，可以用二千贯钱作为聘礼。"
狐狸于是便让这家人在堂前的屋檐下铺好席子，再准备好穿钱的绳子，

之后便有无数的钱从房檐上落下来，一边落，韦家的婢女们一边穿，最后正好二千贯。韦家人终于答应了这门婚事。

狐狸让韦县令请几天假，好去送嫁妆，也见见他那一边的亲朋好友。韦县令跟着狐狸前往他家，见他家门外停满了车马，全都装饰得光彩夺目，宾客有三十几人，全都气度不凡。那之后，狐狸又来到韦家，送上了杂彩五十匹，红罗五十匹，还有一些其他的东西大致也和布匹价值差不多。韦县令便把女儿嫁给了它。

过了一年，韦县令的儿子生了病，韦县令夫妻让女儿去问问狐狸是怎么回事，狐狸回答说："八叔家的小妹如今已经长大成人，叔父让她来侍奉您家，你弟弟之所以生病，是因为小妹进到他房间去了。"女孩母亲听了大骂道："死狐狸精，你公然勾引我一个女儿还不够，还要打我儿子的主意，我们夫妻俩上了年纪，就指望这个儿子了，让他给你们野狐狸当女婿，这不是绝我家后代吗！"狐狸什么话都不说，只是笑。

女孩父母没日没夜地请狐狸想办法，并骗它说："你如果能治好我儿子的病，我女儿的事就再不和你计较了。"过了很久，狐狸才说："治好病容易，只怕你们会负约。"女孩母亲便连连赌咒发誓绝不反悔。

过了几天，狐狸从怀中取出一张纸，让女孩母亲效仿那纸上的内容抄写，之后又让取来一个雀巢，在韦家儿子房前烧掉，并让韦家儿子拿着喜鹊脑袋自卫，说是这样病便可以好了。韦家人依照狐狸的指示行事，过了几天，韦家儿子的病果然好了。后来，韦家人便又按照这方法给女孩也作了一次法，结果狐狸自己也不得不离开了，走之前骂道："丈母娘果然负约了，还有什么可说的，我走就是了。"

过了五天，韦县令临窗而坐，忽然闻到院子里臭气熏天，又有一股旋风从天而降，正是之前的那只狐狸，只见它衣服破破烂烂，身上鲜血淋漓。它对韦县令说："您夫人不义，字写得太明显，让天曹知道了此事，天曹差点把我打死。① 如今我被流放去了沙漠，不能再来了。"韦县令大声呵斥道："老妖怪，你不快走，还敢在这里逗留吗?!"狐狸道："您就不顾念我给你们钱物的恩德吗? 我因为偷用天府里的钱，如今还不上，所以才受此荼毒，您为何如此无情? "韦县令感到它说的话还算有理，便连连向它道谢。狐狸又待了片刻，之后化作一阵旋风而去。

---

① 这话可能是指狐狸给女孩母亲的那张纸本是向上天告状的奏章，本意是想让她揭发那只女狐狸，却不料捎带着它一块告了。

王八

唐代流行天狐之说，认为当狐狸修炼到一定程度，就可以在天宫中当差，即使天狐在人间犯下了大错，人间的术士也只有惩罚的权力，而不能杀死它们。故事里的王八，就是这样一只天狐。

唐太宗将一个美人赐给了赵国公长孙无忌，长孙无忌非常地宠爱她。后来这美人忽然被狐狸所蛊惑，那狐狸自称王八，身长八尺有余，一直就待在美人房间里，那以后美人只要一见到长孙无忌，就会拔出刀来追着他砍。

唐太宗听说了此事，找来很多术士，前后去捉了好几次妖，都不管用。后来有一个术士说："相州的崔参军能治好这病。"当时崔参军正在官署中，忽然对同僚们说："皇帝下诏书召见我，诏书不多久就要到了。"没过几天果然有使者带着诏书前来，崔参军收到诏书后，便立即动身前往京城。而就在他启程的同时，王八忽然哭着对美人道："崔参军不久就要来了，这可怎么办？"那以后崔参军每日在路上的住处，王八都会对美人讲，等崔参军就要到京城时，王八便溜走了。

崔参军到京城后，唐太宗便叫他直接去了长孙无忌家，唐太宗也在那里。崔参军到后，便设好香案，坐在案前写下一张符咒，唐太宗和长孙无忌都坐在他后面。没过多久，长孙无忌宅中的井、灶、门、厕、十二辰等几十个家神悉数集合到了庭前，他们身形或高或矮，全都长得奇形怪状。崔参军喝问它们："诸君作为朝廷大员家中的家神，职责不小，为何让狐妖跑进宅里？"众家神上前禀告道："它是天狐，我们的力量制服不了它，并不是受了它的贿赂。"崔参军于是命令它们去把狐狸抓来，众家神领命而去，但没过多久就败阵而回，一个个身上或带刀伤，或带箭伤，说："刚才苦战一番，遍体鳞伤，还是抓不住它。"说完就散了。

崔参军又写了一道符，焚化后，很快天色大变，一片漆黑，太宗和长孙无忌全都躲进了房里。没多久，便听到半空中有兵马行进的动静，之后又见五个几丈高的大汉来到崔参军面前，站成一排向其行礼。崔参军走下台阶，微微弯了一下腿作为回礼。很快崔参军又请太宗和长孙无忌出来与五神相见，五神见到二人，只是站在那里看着他们而已。

崔参军道："长孙宰相家中有狐妖作祟，劳烦几位将那狐妖抓来。"五神恭敬地答应了一声，之后便离开了。他们走后，太宗问这是什么神，崔参军道："是五岳神。"过了一会儿，便又听到了兵马之声，之后便见一只被五花大绑的狐狸从空中坠到了台阶下。

长孙无忌愤怒至极，拔出剑来砍向那狐狸，但狐狸丝毫都不害怕，崔参军道："它已经有了神通，砍它没有用，只有你自己徒然受累罢了。"于是判决道："这狐狸肆意妄为，私通美人，这是天界所不能容忍的，暂罚五大板。"狐狸听了，这才连声乞求饶命。崔参军并不理会，折下一根东向生长的桃枝，打了狐狸五下，打得它鲜血流得满地都是。

长孙无忌对此非常不满意，认为打得实在太少，崔参军道："这五下等同于人间的五百下，并不是轻微的刑罚，因为天狐都是在天庭当差的，所以不可以杀掉。"于是警告狐狸自此后不许再到长孙宰相家来，说完，狐狸便飞走了。那个美人的病也自此痊愈。

蛟
潭

歙州祁门县有一片潭水名叫蛟潭，民间传说武陵乡曾经有一个洪姓女孩，许配给了鄱阳的黎某，但还没有到出嫁的日子，有一头蛟忽然变成女孩夫婿的模样，带着聘礼来到女孩家把她娶走了。

又过了一个多月，真正的黎某才来，听说女孩已经被蛟骗走了，便赶往蛟藏身的洞穴去要人。半路上，黎某遇到了一个人，长得格外漂亮，因此起了疑心，后来看见那人在偷笑，便上前将那人杀死，那人果然就又变回了蛟。

来到蛟穴后，黎某找到了自己的妻子，在她旁边还有一条狗，黎某便带上妻子和狗一起回家。刚走到船上，忽然间风雨大作，飞沙走石，妻子和那条狗须臾间都化为了蛟，钻进水里游走了，而黎某也被大风一路吹到了余姚，后来过了好几年才得以回乡。

登
娘

    陕州有一个上逻村，村里有一户姓田的人家，这家人打井时意外从土里挖出一段植物的根来，这根有手臂般粗细，而且分成几节，表面的粗皮看上去像茯苓，但是气味却又像白术。这家人信佛，家里有专门的佛堂，里面供着几十尊佛像，这家人觉得这树根应该是件好东西，所以就把它摆到了佛像前面。

    田家有一个女儿名叫登娘，才十六七岁，容貌气质都很好，她的父亲经常让她负责供奉佛堂的香火。在将树根放到佛像前的一年以后，一天，登娘忽然看见有一个少年，身穿白衣，踩着木屐，走进了佛堂里，女孩一见钟情，于是便与那人有了私情。后来登娘的神情举止就开始变得和平时不一样了。

    到了春天，树根发出了嫩芽，而登娘也怀孕了。她将怀孕的事告诉了母亲，母亲怀疑女儿是被怪物缠上了。这期间有一个云游和尚路过田家，于是田家人便将他供养在了家里，但是这僧人每回要进到佛堂时，总会被什么东西给拦住。

    一天，登娘跟随母亲出去了，僧人又要到佛堂去，而刚打开门，就有一只鸽子擦着僧人的衣服飞去了外面。当天夜里，登娘就见不到那个少年了，再去看那段树根时，也已经枯朽了。

登娘怀孕才七个月，就生产了，但生下的东西一点都不像人，身体分成三节，和之前的那段树根反倒很像。田家人把这东西和树根一起扔进火里烧了，后来就再也没发生过什么怪事。

小官之妻

　　开元年间，户部一个小官的妻子长得很漂亮，但她被妖怪所蛊惑，自己对此全然不觉。

　　小官家中有一匹骏马，有一阵子每天喂给它的草料是平时的几倍，但它却一天一天瘦弱，于是小官就去问邻居，邻居是个胡人，懂得法术，他笑着回答："马跑了百里路都会累，如今让它跑上千里，怎么能不瘦呢？"小官又问："我没骑着它出去过，家里也没别人，怎么会这样？"胡人道："您每天去官署后，您妻子到了夜里就会出去，您自己不知道而已。如果不信，可以在夜里试着回来一趟，不就知道了。"

　　小官听从了胡人的话，到了夜里便从官署返回家中，而后隐藏在了暗处。一更天时，就看见妻子忽然开始打扮自己，并让婢女备马，之后骑上马，让婢女骑着扫帚跟在后面，二人冉冉飞去了天上，逐渐不见了踪影。这一幕着实把小官吓得不轻。

　　第二天，小官又去找胡人请教，一脸惊恐地问："确实是有妖怪在蛊惑我妻子，但该怎么办呢？"胡人表示，让他再观察一晚上看看。当天夜里，小官回到家里，刚走到正堂的帷幕后面，正好赶上妻子回来，她一进屋，就对婢女说："怎么有活人的气味？"于是便让婢女点燃扫帚当作火炬，满屋子地搜寻，小官无处可躲，只好藏进了正堂的一个大瓮里。

一圈下来，婢女什么都没找到，妻子又骑上马，准备去找妖怪，但是由于刚才已经把扫帚烧了，婢女没有可骑的东西，妻子就对她说："有什么就骑什么，何必非得要扫帚。"婢女仓促之间也慌了神，不知怎么想的竟看中了小官藏身的那个大瓮，于是就骑上它，跟在了女主人后面。和上次一样，二人冉冉升空而去。

小官躲在瓮里，吓得一动都不敢动。不多一会儿，主仆俩飞到了山顶的一片树林里，那里正在举办一场宴会，帷帐帘幕一应俱全，宴会上的饮食也很丰盛，七八个人在那里饮酒，每个人都有女伴陪着，小官妻子到后，便也加入他们饮酒作乐，一群人其乐融融，互相之间都十分亲昵。

过了几个时辰，宴会才散，小官妻子上了马，婢女正要骑瓮，忽然惊觉道："瓮里面有人。"小官妻子趁着醉意，便让婢女直接把瓮中的人拖出来推到山下了事。婢女也喝醉了，没有认出小官，而小官这时也什么都不敢说，于是婢女便把他从瓮里拽出来，随手推到一边，然后就骑上瓮走了。

小官一直熬到天亮，发现人都已经走光了，周围只剩下夜里篝火燃烧剩的灰烬而已。小官摸索着一点点往山下走，走了几十里才遇见人，一问，原来已经到了阆州，离京城还有上千里远，小官一路行乞，走了一个多月才回到家。妻子见了惊讶良久，问他消失这么久到哪去了，小官编个了理由搪塞了过去。

之后，小官又来到胡人家，求他一定要为自己除妖，胡人说："这妖怪的底细我已经知道了，等你妻子再去时，你就把她抓住捆起来，我会用火烧死那妖怪。"后来，当小官将妻子捆绑住后，胡人便也开始作法，不多时，便听到半空中有一个声音乞求胡人饶命，又过了一会儿，突然有一只青色的仙鹤从空中一头落进火里，烧死了。小官妻子的病自此也就痊愈了。

虹丈夫

巴丘人陈济，在州中当小吏，他的妻子姓秦，独自待在家中。一天陈济妻子忽然生了病，变得精神恍惚，时不时地发狂，后来逐渐又有所好转。

但此后便经常有一个男子来接近这妇人，他身材高大，相貌端正，身穿着绛碧色的袍子，衣料闪着五彩的光芒。他有时会在一处山涧中和妇人见面，有时也会找去她家里，妇人不知不觉和他发生了关系，但始终感觉像在梦里一样。

如此过了一年多，妇人的邻居发现那名男子所到之处总会有一道彩虹从天而降。妇人自述道："我去到水边，那男子拿来一个金瓶，灌满水和我一起喝。"后来这妇人便怀了孕，生下了一个婴儿，外形像人，但是十分肥胖，连四肢都快看不出来了。

陈济放假回家，妇人害怕婴儿被发现，便把他藏到了瓮里。这时那男子忽然来到陈济家，把金瓶给了妇人，让她用金瓶盖住婴儿。陈济当时喝醉了酒，就睡在窗前，他听到有人和妻子说话，声音非常悲伤，但是没有起疑心。

男子又对妇人说："孩子还小，我不能带他走，你不用做衣服，我自己有衣服给他穿。"说完便把婴儿装进了一个深红色的袋子里，告诉妇人喂他吃奶时把他抱出来就是了。当时外面风雨交加，妇人邻居见到一道彩虹就落在她家的庭院里。

又过了一阵子，那男子便来到陈济家，把孩子带走了，当时同样是风雨交加，人们看到有两道彩虹从陈济家飞去了天上。过了几年，妇人的孩子还曾经回来看过她。

再后来，妇人有一次到田野里去，见到山涧中有两道彩虹，很是害怕，不多时，那男子便出现了，走过去对她说："是我，不用怕。"此后那男子和孩子就很少再来了。

狸二娘

唐时有一个郑某，寄居在吴郡的重玄寺。一天闲暇时他登上寺中的阁楼，偶然在阁中遇见一个长得非常漂亮的妇人，于是便与之云雨了一番，妇人对此既没有拒绝也毫无畏惧之色。自此后，她经常来到郑某房间找他，郑某因此嫌弃起本来的妻子，不肯和妻子住在一起，而独自居住，这期间那妇人一直都住在他那里。

如此过了几个月，郑某妻子找来了一个道行高深的尼姑，到郑某房间去念经，那妇人于是便不再来了。郑某却大怒道："为什么要喊来这个妖尼，使我的亲人不能来?!"尼姑有时会返回寺里，那妇人就又会过来，尼姑来了，妇人就走。如此反复了好多次。

后来郑某总是骂妻子，让他别再请那尼姑来，妻子知道有效，便把尼姑留在房里，让她日夜不停地念。一天，妇人忽然对郑某说："一直以来都想和您极尽平生之欢，只恨因为尼姑的缘故，我的心愿无法达成。如今我要向您告辞了，我只是阁楼上的狸二娘而已。"说完就不见了，二人的交往也就此断绝。

恶
神

在楚、泗二州之间，有一个村子，有人把妻子和奴仆安置在这里，自己则去外面游历，一走就是几年。终于回来后，村中与他熟识的人都带上好酒好肉来看望他，大家一起宴饮，还有人用笛子吹奏《乐神曲》来助兴。

眼看就要喝到天亮了，原本在跳舞的一个人，忽然像是被神附体了一样，用完全不同的声音说道："大王想要和这家主人见一面，来商量一下亲事。"这人听了大感吃惊，呵斥他说："大王不应骗人，我连儿女都没有，怎么会和你商量亲事？"神灵说："我理应娶你的妻子，请快点让她梳妆，过不了多久我就要来迎娶了。"

这人听罢愈加愤怒，大家见状也就各自散去，但都以为是那个跳舞的人喝多了，在说醉话，并没有当真。

很快天亮了，这人忽然听到大门外有马的嘶鸣声，刚想出门把来人轰走，就见一个胡人模样的神灵，身穿紫衣，满脸的大胡子，身高一丈多，比墙头还高，对着屋中喊道："娘子可以出发了。"正在这人正不知所措之时，屋中的妻子忽然倒在地上，气绝身亡。

很快天亮了，这人忽然听到大门外有马的嘶鸣声，刚想出门把来人轰走，就见一个胡人模样的神灵，身穿紫衣，满脸的大胡子，身高一丈多，比墙头还高。

狐老翁

总有人会被爱情或美色冲昏头脑。

直隶人刘生，讲故事的人忘记了他具体是哪县的人，他在完县（今顺平县）集镇的盐馆工作，周围的邻居都是普通农户。

一天，刘生偶然在村外散步，见到有一个女子，青衫素裙，体态袅娜，梳着高高的发髻，上面还戴着一朵红艳艳的绒球。刘生感觉她不像是农家女子，便上前试着和她搭讪，女子表现得落落大方，与刘生侃侃而谈。女子自称："我从小没有父母，寄养在姥姥家，不料舅母对我很不好，因此想要找一个好去处避开她，但我这样一个生长深闺的弱女子，谁肯帮我呢？"刘生道："在下的盐厂后院有两间屋子，可以藏人，白天就让您藏在房里，夜里则和在下同床共枕。盐厂里只有一个仆人，是本村人，每晚只要把他打发回家，我们就可以为所欲为了，等我要回老家时，你跟我一起回去也可以。"女子对刘生的计划很赞同，刘生便告诉了她自己的住处，女子道："奴家知道了。"

当天夜里，刘生先打发走了仆人，不多时，这女子果然如约而至，于是便和刘生睡在了一起，刘生发现女子肤白如玉，肌腻如脂，暗自窃喜这真是一场奇遇。如此过了两三天，刘生和女子寻欢作乐时，意外被仆人撞见。刘生非常尴尬，但女子却表现得十分坦然，而那仆人也像完全没看见女子一样。刘生感到颇为奇怪，又想到这两三天以来，女子从来没有吃饭喝水，也不曾上过厕所，不禁愈加疑惑。在刘生苦苦追问下，女子这才表示自己其实是天上的仙女，刘生沉溺于欢爱，竟相信了这番话，对她的感情更加深厚了。没多久，刘生忽然生了病，盐馆主人便让他回了老家，女子也跟了过去，但刘生家人都没有发现她。刘生托言要静养，独自住在一间屋子里，病情却日渐沉重。

刘生有一个表亲王某，是一个无业游民，性格贪婪粗暴，经常寄住在刘某家，没钱赌博时，就会强抢去家中的一些财物，刘生很厌恶他，但一直没有和他断绝往来。一次，王某受朋友之邀到山里收租，闲暇时在旷野里闲逛，偶然发现在一处山洞里趴着一个动物，外形像猫但要比猫大得多，皮毛光滑可爱，王某上前摸了摸，发现这动物还在酣睡，便把它抱回了家，并用绳子绑了起来。

这动物醒后，说道："我是天狐，因偶然多喝了几杯不小心被您抓到了。赶快放了我，不然对谁都没好处。"王某道："我听说狐仙擅长使人发财，你让我暴富，我就放了你。"狐狸道："一个人能拥有多少财富是注定的，我不敢随意增加您的禄运，但是可以和您结为兄弟，有急事时喊我一声，我就立即过来，给您分忧，就以此来报答您的大恩大德吧。"王某道："算了吧，你神出鬼没，我上哪儿找你去？"狐狸回答："我喜欢喝酒，您准备一壶酒，一炷香，然后进行祷告，我就会赶来，不骗你。"王某听后便十分大气地给狐狸松了绑，转瞬间狐狸便不见了。

第二天，王某摆好香和酒，按照狐狸所说开始祈祷，很快，房间里便有一个白须老翁突然从半空掉下来，问道："有什么事找我？"王某道："没事，只是试试而已。"老翁道："我在天上当差，公务繁忙，没有要紧事不要乱用这法术。"说完甩甩袖子走了。

王某来到刘生家，见刘生很是憔悴，便问他家人是怎么回事。家人道："大夫们都没办法，只能等死了。"说着便哭起来。王某激动地表示："我有一个义兄，可以救他。"众人便都哀求起王某，并说可以用车把那位义兄请来，王某道："他是天上的神仙，哪里需要用车？"于是嘱咐众人摆好一张香案，之后亲自举着酒祝拜祈祷，那老翁果然再度现身。王某把老翁带到了刘生房间，老翁见到刘生，说道："这个容易办，但你们都需要回避，只留我和病人在房间里，就能除去祸患了。"王某问："这是什么妙术，还要禁止人偷看？"老翁道："没什么，只是怕会吓到您，如果非要看也可以，别大惊小怪就是。"王某答应了。

老翁于是手持一把利剑作起法来，很快房间里就突然刮起大风，从天花板上爬出一条黑色的蟒蛇，蛇身足有房梁那么粗，头顶赤红如丹砂，浑身的鳞片黑亮如漆，庞大的身躯蜿蜒盘绕几乎塞满了整间屋子。老翁跑出房间，跳到房檐上，蟒蛇从窗口探出头来，仰望老翁，像是非常恐惧的模样。老翁道："你有几百年的功力，为何忽然动了凡心？害人害己，万一遭到天谴，不就太可惜了吗？我念你修炼也不容易，姑且饶你一命，快回到山洞里服气炼形，以求正果，如果再贪恋凡尘，立斩不赦。"蟒蛇流着泪点点头，之后便乘风而去。

老翁从房梁上下来，对刘生说："少年无知，差点遭遇不测，哪有邂逅就能遇到好伴侣的呢？"说完又送给了他一些药，之后便离开了。刘生吃过药后，不久就痊愈了。

惊异志

引言

　　作为黑夜与未知的象征，妖怪承载了人太多人们对恐惧的想象，似乎只要黑暗降临，就已然身处另一个世界。啖人的妖魔会踩着月光走进少年的卧室，像吃零食般吃掉他身旁的婢女，明器化成的女子也会在深夜摆起茶摊，向客人奉上用蛇血酿成的美酒。突如其来的未知更加令人心生畏忌，地下伸出的巨手，夜半探头的僵尸，又或是莫名吟诵起自己诗句的妇人，性命攸关，却又莫测其情，怎能不使人寒毛直竖？对妖怪的恐惧，可不仅仅是吓人一跳那么简单。

夏
夜

　　唐代宗大历年间，某士人在渭南有一座庄园，士人病死在京城，他的妻子柳氏便带着十一二岁的儿子住到了庄园里。

　　这年夏天的夜里，柳氏儿子忽然感到莫名地惊恐，心跳剧烈，无法入睡。三更后，忽然看见一个身穿白衣的老人，两枚尖牙露在嘴外面，男孩一动不动地紧盯着他。过了很久，老人逐渐走到了床前，床前有一个婢女正在熟睡，老人上前一把扼住她的喉咙，而后便听到脖子被挤碎的声音。之后老人很轻松地扯碎了婢女的衣服，两手抓着她啃食起来，不一会儿就把她啃得露出了骨头，然后又把她举起来啃食她的五脏六腑。男孩见到老人的嘴张得就像簸箕一样大，被吓得忍不住尖叫了一声，而后老人就忽然消失了，婢女则只剩下了一堆骨头。后来过了几个月，也再没发生其他怪事。

　　士人忌日那天傍晚，柳氏坐在院子里乘凉，有一只胡蜂绕着她的脑袋飞，柳氏顺手用扇子把它拍到了地上，落到地上时它竟变成了一颗核桃。柳氏走上前把核桃捡起来，在掌中随意把玩，而那核桃竟越长越大。起初像拳头，后来像碗，一眨眼的工夫，又变成了盘子那么大。而后又忽然裂开变成了两扇，在半空打转，声音如同群蜂飞舞。飞着飞着忽然落在柳氏脑袋上，之后突然闭合，把柳氏的脑袋夹得粉碎，牙齿都飞溅出去，嵌进了树里。那东西随后便飞走了，终究不知道是什么妖怪。

巨
蛛

唐宪宗元和年间，一个叫苏湛的人喜欢求仙问道，他游览蓬鹊山，自己携带着干粮，在山中取火做饭，但所游之处始终没找到期待中仙人的遗迹。后来他忽然对妻子说道："我走在山里，看见一面岩壁上有镜子一样的光，那里一定是神仙灵境，我明天要到那里去，恐怕再也不回来了。"妻子和孩子听了，都号哭起来，但是却阻止不了，第二天天亮后，苏湛就动身离开了。

他的妻儿不放心，便领着奴仆偷偷跟在后面。苏湛进山走了几十里，便远远望见岩壁上的白光闪烁依旧，直径有一丈左右，苏湛朝着那白光走去，刚走到那白光前面，就忽然大叫了一声。他的妻儿听见声音，慌忙上前营救，但苏湛的身体却已经如同一枚蚕茧一般。他旁边有一只熨斗那么大的蜘蛛，见有人来了就飞快爬去了岩壁上。

跟随来的仆人用利刃割开了包裹苏湛的网，但割断后发现苏湛的脑袋已经塌陷，死掉了。他妻子让人堆积起木柴将岩壁一把火烧了，发出的臭气满山都能闻到。

蛇
眼

东晋太元年间，有一位士人把女儿嫁到了邻近的村子。到了迎亲的时间，夫家派了人来迎接新娘子，女家热热闹闹地将女儿送上了车，又让女儿的一个弟弟去送她。

等到了地方，见夫家有一座非常气派的大宅子，可以与王侯之家相媲美。走廊的每根柱子下都闪着点点灯火，并有一个精心打扮的婢女在那里值守，房中的帷帐也都非常华美。

到了夜里，女孩抱着奶娘不停地哭泣，但是却说不出话来。奶娘偷偷把手伸进帷帐去摸，意外摸到了一条蛇，蛇身像是几尺粗的柱子，将女孩紧紧缠绕。奶娘惊慌失措地朝外跑，见那廊柱下值守的婢女全都是一条条小蛇，而那所谓的灯火其实是蛇的双眼。

白发老妪

唐宪宗下葬时，京城中的人们都赶去围观，前集州司马裴通远，家住在崇贤里，他的妻子、女儿们也乘车前往通化门去看热闹。等到回家时，天色已经很晚了，只得驱马快跑。

走到平康北街时，有一个白发老太太随车奔跑而来，看样子已是疲惫至极。到天门街时，报时的暮鼓已经敲响，马车跑得愈加快，而那老太太也同样加快了步履。马车里有一个老婢女和裴通远的四个女儿，其中有一个女孩可怜老太太这样慌里慌张的，便问她住在哪，回答说："崇贤里。"女孩道："和您同里，您可以坐到车里来，我们把您送到里门门口。"老太太很惭愧地上了车。

等到了里门外，老太太临走又再三表示了感谢，下车时，还留下了一个小锦囊。四个女孩打开锦囊一看，里面是四件用白罗布制成的死人穿的面衣，女孩们大吃一惊，连忙把这东西扔到了路边。过了没几天，四个女孩就相继去世了。

王

鉴

唐代开元年间，有个叫王鉴的人，性情刚直勇猛，世上没有能让他害怕的事情，言语上经常拿鬼神开涮。

某日他趁着醉意前往自己乡下的庄园，无意中选了一条已经五六年不曾走过的路。走了十来里，已是黄昏，道旁的树林里忽然走出一个妇人，问王鉴要到哪去。没等王鉴回答，妇人就丢给了他一个包袱，而后转瞬间就不见了。王鉴打开包袱，发现里面装的都是纸钱枯骨之类的东西，王鉴却只是笑笑说："这是有傻鬼想要捉弄本大爷呢。"

王鉴继续骑着马向前走，没多久，又看见路边有十几个人在烤火。当时天气很冷，太阳也快落山了，王鉴就也想暖和一下再走，于是下马来，走上前主动和他们搭话，然而对方却始终不理他。王鉴走近仔细一看，发现烤火的人有一半竟都没有脑袋，剩下的一半虽然有脑袋，但全都戴着死人才戴的面衣，王鉴不禁有些害怕，连忙上马一溜烟跑了。

天完全黑下来后，王鉴终于抵达了自己的庄园，庄门紧闭着，王鉴敲打半天都没人开，一时脾气上来，就开始大声叫骂，这样又过了一会儿，才有一个奴仆把门打开。王鉴进到庄里，问那奴仆："那些奴婢都跑哪去了？"奴仆没有理会王鉴的问话，只是取来蜡烛照明，可是火光发青，根本不亮。

王鉴顿时火冒三丈，抽出马鞭来想要打他，这时奴仆才回答说："这十天以来，庄上的七口人都生了病，接二连三地死光了。"王鉴怒气未消地问："那你怎么样？"回答说："我也死了呀。只是刚才听见郎君的喊声，忽然诈尸了而已。"说完整个人就倒在地上，没气了。

王鉴被吓得六神无主，连忙从庄园里逃了出去，跑到邻村借住了一夜。过了一年，忽然生病死掉了。

卢
涵

　　唐代有这样一类妖怪故事，是讲某人在走夜路时不断地遭遇妖怪，由此引发出一连串惊心动魄的经历，这类故事的结局往往以主人公被惊吓过度，不久就病亡收场，就像上面讲过的王鉴的故事一样。但这一篇有所不同，故事最后心怀正义的主人公不仅没有被吓倒，反而奋起出击，消灭了为害的妖怪。

　　唐文宗开成年间，有一个名叫卢涵的进士，家住在洛阳，又在万安山北面有一座庄园。夏天，到了麦收之时，各种瓜果也都陆续成熟，卢涵于是骑上一匹小马自家中前往他的庄园。

　　走了十几里路后，忽然见一片柏树林的边上，有几间崭新、洁净的房子，用作了店铺。当时天色渐晚，卢涵便来到店中想要歇歇脚。进去后见店里有一个丫鬟，姿容很是妖媚，便问她是什么人。对方回答自己是为一位耿将军守墓的婢女，父亲、兄长正巧都不在。卢涵很喜欢她，便和她聊起来，她的言语美妙动听，态度谦虚谨慎，一双明眸不时暗送秋波。她对卢涵说："我家中有少许自己酿的酒，郎君能饮上三两杯吗？"卢涵同意了。女子便端出了一尊古铜樽，与卢涵开怀畅饮起来。

　　女子一边喝，一边敲击着座位唱起歌来为卢涵祝酒，她唱道："独持巾栉掩玄关，小帐无人烛影残。昔日罗衣今化尽，白杨风起陇头寒。"卢涵惊讶于这歌的歌词与女子身份未免有些不相称，但又想不明白是为什么。酒喝光后，女子对卢涵道："我再去房里给郎君添些酒来。"说完就端着蜡烛和铜樽走进了房中。卢涵蹑手蹑脚地走到门边偷看，发现里面挂着一条大黑蛇，女子正用刀刺开蛇的身体，将它的血滴到铜樽里，血滴进去立即便变成了酒。

卢涵顿时惊恐万分，这才明白女子原来是妖怪，于是连忙走出店去，解开马骑上就跑。女子在后面连连喊说："今晚一定要留郎君待上一夜，先不要走呀。"后来见卢涵不肯停下，就又朝着东边喊："方大，快去给我抓住郎君。"很快，便听到柏树林中有一个大汉答应了一声，声音极其雄厚。卢涵回头看，便见有一个如同枯树般高大的东西在后面追着自己，但他的脚步非常沉重，离卢涵有上百步远，卢涵一阵快马加鞭，便甩掉了它。但当他走进一片小柏树林时，忽然又见到一个庞然大物，还有一个泛着雪白的微光的东西，它说道："今夜一定要抓住此人，不然明天早上您就要遭殃了。"卢涵听了愈加惊恐。

等到他走到庄门前时，已是三更时分，庄门已经上了锁，里面也一片寂静，只有几辆空车放在门外面，还有一群羊在默默地吃草，此外一无所有。卢涵情急之下只好躲进了车厢下面。不多久，便见一个大汉径直走到门前，围墙本来非常高，如今却只到那人的腰胯部位而已。大汉手持着长戟，朝庄里望去，之后用戟刺向庄里的一个小孩子，又将小孩子用戟挑起来，那小孩在戟尖上儿手脚不停地乱动，但却没有一点声音。过了一阵大汉便离开了。

卢涵等到大汉走远后，才敢出来上前敲门，有庄客前来为他开门，见到卢涵大半夜地过来，而且惊魂未定、浑身大汗，不禁大吃一惊。天亮后，卢涵忽然听到庄园里有庄客哭喊说："三岁的孩子，昨晚睡下后就再没醒过来。"卢涵听了气愤不已，于是领着家童和庄客一共十几个人，带上武器出门一探究竟。

他们来到昨晚卢涵喝酒的地方，发现那里只有逃走的人家留下的几间破房子而已，根本见不到人。之后又进到柏树林中搜查，在那里发现了一个二尺多高，用来给死人陪葬的雕成婢女模样的木偶人，旁边又有一条黑蛇，已经死掉了。在树林东面，又找到了一个送殡时用的纸人方相神的骨架，于是将它们都砸烂后一把火烧了。之后又去找卢涵夜里见到的那个雪白而且会说话的家伙，发现只是一具人骨，四肢关节连在一起，全身上下的骨头一块不缺，人们用斧头砍它，居然都砍不动，最后只好把它扔进了沟里。卢涵本来有风痹病，在喝了蛇酒之后，便痊愈了。

叶审言

宋时，有一个名叫叶审言的官员，还没当官时，和衢州士人马民彝关系很好。马民彝生活贫困，后来再婚娶了峡山徐氏为妻，徐氏带了很多财产嫁进来，由是马民彝才变得颇为富足，平时马民彝会称呼妻子为十八婆。

宋高宗绍兴三十二年，叶审言退休后回到寿昌县老宅。一个冬日，有两个村夫抬着一顶轿子，里面坐着一个老妇人，自称是马先生的妻子，前来求见。叶审言让他女儿把老妇人请到客厅，抬头一看，却发现原本马民彝妻子身材肥胖，而眼前人却非常瘦，和十八婆完全不像，问她为何会如此，回答说："年纪大了，要处理的事情却很多，所以日渐消瘦，不值得奇怪。"

但叶审言还是很怀疑，又问领她到家来的仆人，仆人回答："我只见她从旅店出来，让我带她过来，我不知她究竟打哪来。"有一个名叫徐钦邻的客人，见这老妇人面色干枯黢黑，疑心她根本不是人，又发现跟在她身边的小童手里抱着的一个梳妆盒竟是用纸糊的，而且已经破败不堪，根本就是送葬用的明器，于是连忙大喊着跑进来，说道："这是鬼呀。"便把她轰了出去。那老妇人还一脸怒气地说："说人是鬼，为何这样无礼?!"出门后，老妇人进到轿子里，那轿子却不沿着大路走，而是走进了山坳里，后来就不见了。几天后马民彝前来做客，说他妻子根本就没有出过门。

毡布包袱

　　科尔沁的达尔汗王有一个仆人，曾在路上捡到两个毡布包袱，其中一个包袱里面全都是人牙，另一个里面全都是人指甲，仆人见此非常诧异，便把这两个包袱都扔进了河里。

　　没多久，忽然有一个老太太慌里慌张地走来，左顾右盼像是在找什么，又问仆人可曾见到两个包袱，仆人回答说没有。但老太太却已经看出包袱就是被他给扔的，因此极为愤怒，折下一根树枝打向仆人。仆人徒手与之搏斗，发觉她的衣裳又柔又脆，就像通草芯儿一样，她的肌肉虚而松软，如同莲房里面的瓤，用手指一抠就破了，但一松手又会立刻愈合，就像抽刀断水一样不起作用。

　　二人打了很久，老太太打不过仆人，只好逃走，临走前大骂仆人说："少则三个月，多则三年，一定把你的魂魄扒走！"但后来早就过了三年，也没见那老太太再来作祟，可想而知当时她不过是在说大话而已。

　　记录下这故事的作者表示，这应该是一个正处在炼形期的鬼，她还没有吸取足够精气，所以不能化为实质的人，只能是一团气聚合起来幻作人的模样。她之所以收藏人的牙齿和指甲，是因为牙齿是骨头的一部分，指甲是筋的一部分，她应该是想把这些东西炼制成药，服用后来强固她的形质吧。

鼠
精

清代时有一个费秀才，客居在宜安，一次和朋友在王某的一处庄园中喝酒，后来又一起赌博。夜里，忽然有一个老太婆推门走进来，白头发，蓝裰子，身形容貌都枯瘦异常，两只眼睛直勾勾地发愣。她走到桌前，盯着赌具看起来。

费秀才以为她是王某的家人，刚要和她搭话，王某连忙摆手，看样子是在阻止费秀才搭理那老太婆。其他几个朋友见这老太婆一脸凄惨，也不免担忧害怕起来。有一个客人便开口问她是谁家的老太太，老太婆并不回答，从容地转身出门走了。

老太婆走后，王某才对众人说："她是鼠精，居住在这庄园里已经二百多年了，每当有赌局时都会来，人们已经习惯了，因此也不会害怕。我疏忽了这点，让妖怪惊吓到了各位，真是罪过，不过这妖怪虽然经常出现，但是从来不会祸害人，所以彼此间一直相安无事。"但第二天费秀才就告辞回家了。

白
骨
精

处州境内有很多山，丽水县在仙都峰南面，那里的人们耕田，常常会将田地开垦到半山腰上。山中有很多妖怪，村民们全都早出早归，不敢在入夜后活动。一年深秋，有一个姓李的地主来到村里收稻子，一个人住在农庄上，村里人担心他胆小，所以没敢把山里有妖怪的事情告诉他，只是告诫他天黑以后别出门而已。

一天夜里，月色非常好，李某在山前散步，忽然远远望见有一个白乎乎的东西歪歪扭扭地朝自己走来，不仅形状非常怪异，同时还发出了十分古怪的响动。李某连忙跑回了家，但那东西也一路追踪而来，幸好院门上有半截栅栏，人可以推门而入，但那东西却翻不进来。李某进门后胆子大了些，便借着月光，从栅栏缝里朝外看，见到那东西原来是一具骷髅，正在对着栅栏门又咬又撞，其散发出的气味腥臭无比。过了一会儿，鸡叫了，那东西便倒在地上，变成了一堆普普通通的白骨，太阳出来后，那堆白骨就忽然不见了。

后来李某问村里人，村里人说："幸好您只是遇到了白骨精，所以安然无事，如果是遇上了假装开店的白发老妇，她一定会请您抽烟，而凡是抽了她烟的人，必死无疑，她常常在月明风清的夜晚出来作祟，只有用笤帚才能打倒她，但终究也搞不清这是什么妖怪。"

摇铃老翁

有一位姓蒋的知府，在直隶州遇见一个老翁，老翁双手一直颤抖，像是在摇铃铛一样。蒋知府问为什么会这样，老翁说：

"我家住在某村，整个村子只有几十户人家，有一阵，山中出现了一只会飞的僵尸，到处抓小孩吃，每天太阳还没落，村子里的人就都关紧大门，并把自家小孩藏好，然而即使这样，也常常还是有孩子被僵尸抓走。村里人也曾追踪到这僵尸藏身的洞穴，但那里面深不可测，没有人敢进去一探究竟。

"后来听说城里某道士有法术，于是大家就凑钱，进城找到道士请他捉妖，道士答应了。之后挑选了一个日子，道士来到村中建起一座法坛，对众人说：'我的法术可以布下天罗地网，让僵尸不能飞走，但也需要你们持着武器助我一臂之力，尤其是需要一个胆子大的人进到它的洞穴里去。'众人都不敢站出来，而我应声而出，问：'你要我怎么做？'道士说：'僵尸最害怕铃铛声，入夜后，等僵尸从洞里飞出去，你就进到洞里，一手拿着一个大铃铛，不停地摇，只要稍微停下，僵尸就会回到洞里，你就有危险了。'

　　"天黑后，道士便开始登坛作法，我则握着铃铛，等僵尸飞走后，便跑进去，用尽力气摇动铃铛，双手晃得如同雨点，片刻不敢停下。后来僵尸飞到洞口，听到铃铛声，果然只敢龇牙咧嘴地发怒，而不敢进来，村里追赶它的人也堵在后面，僵尸无路可逃，只好上前与村民搏斗。到天快亮时，僵尸便倒在地上，不动了，村里人于是把它一把火烧了。

　　"而此时我还在洞里，不知道这回事，依然摇着铃铛不敢停下，一直到中午，听见众人在外面大声呼喊，我才从洞里出来，可是双手还是止不住地颤抖，一直到今天变成了病了。"

渡口小儿

　　宋高宗绍兴元年，三月的一天，镇江西津渡口有一条渡船就要开船，上面已经坐了四十人，其中大多是给某人祝寿回来的茅山道士。岸边有一个男子，带着一个十二三岁的小孩，本来也要坐船，但那小孩却不肯上，他父亲硬拽他走，他也死活不肯。他父亲忍不住打了他几下，小孩不得已，于是道："你听我说。"话音刚落，小孩就突然倒在地上，四肢都凉了。他父亲见状慌了神，抱着孩子哭喊起来，但是船上的人连等都不肯等，直接让船开走了。

　　但船还没到对岸，水面上就忽然刮起一阵大风，船被风浪打翻，连同撑船的人在内一共四十六人全都葬身水底。而在船沉没后，那小孩就忽然像睡醒了一样站了起来，他父亲惊喜不已，问他之前是怎么回事，小孩回答说："刚才我看见一船人都是鬼，形状非常吓人，所以不敢上船，我刚想告诉你时，就有一个鬼捂住我的嘴，之后我便昏昏然像是在梦里了。"

鬼救婿

一大群鬼聚集在墓室里，居然每天都在宴饮寻欢。

浚仪县有一个姓王的士人，他母亲下葬时，这个士人姊妹的丈夫裴某喝醉了，迷迷糊糊走进墓室中躺在了棺材后面，一家人都没有发现，于是就直接把墓合上了。

后来过了好几天裴某都没有出现，裴家人怀疑他是被王家人所杀，于是两家便打起官司。王家确实不曾杀人，他们冥思苦想，忽然想到下葬那天见到过裴某出现在墓室里，于是便重新打开墓室，把已经奄奄一息的裴某救了出来。裴某休养了几天后身体便恢复了，而后向众人说起自己在墓中的经历。

据他说，被关在墓里后，他醒来发现已经出不去了，抬头张望，却看见了数不清的人和文柏木修筑的房子，王家从前去世的那些老老少少都在这房子里。众鬼见到裴某，很是吃惊，其中一个鬼说："何不杀了他？"他丈母娘道："女儿年纪小还要依靠他，怎么能杀了呢？"苦苦争执了一番才救下裴某。

后来又见众鬼举办起宴会，几案上摆满了珍馐美味，围坐在一起的鬼们欢歌笑语不断。过了一会儿听到有人喊："裴郎也来吧。"裴某却因为恐惧不敢起身。之后又见到一群婢女手挽手在一起唱歌，并用脚打着拍子，歌词唱道："柏堂新成乐未央，回来回去绕裴郎。"其中有一个名叫秾华的婢女，用蘸油的纸捻点着后故意烧他的鼻头，他的鼻头烧伤了，疼得受不了，只好爬起来对着众鬼一一行礼，他们见裴某终于肯起来，于是接二连三地要求裴某为他们歌舞助兴。

裴某肚子饿了，要吃的，丈母娘却说："鬼的食物人消受不了。"于是让婢女取一个瓶子里的食物给他吃。如此过了好几天，直到王家人再打开墓室时，那些奴仆婢女才都变成了明器，不再是之前的模样了。

巨手

唐代宗永泰初年时，有一个王生，住在扬州孝感寺北边。一年夏天，他喝醉后睡在床上，一只手耷拉在床外。他妻子担心这样会着凉，刚想帮他把手放回去，床前的地上忽然伸出一只巨手握住王生的胳膊，将他从床上拽了下来，之后王生整个人更是一点点被拽进了地里面。他妻子和下人们一起往外拽，却根本拽不回来，地面就像裂开一样，将王生整个吞了进去，起初还有条衣带露在外面，但很快连衣带就都消失了。

这家人在王生消失的地方向下挖，挖了两丈多深，挖出了一具枯朽的骸骨，看样子已经好几百年了，到底不知道是什么东西在作怪。

重孝女子

  陇西人李僖伯说，元和初年时，他在京城等待调职，租住在兴道里。一天早起，出门去崇仁里拜访一个同样等待调职的朋友。等走到兴道里东门时，马前忽然跳出一个女子，身穿重孝，虽只有三尺来高，但说话声音十分粗犷，气势汹汹，只见她说道："千忍万忍，终究要做个了断，我绝对不放过你！"又打了几个响指，说："大奇大奇。"后来到了里门开启的时间，李僖伯就骑马走了，心里虽然感到奇怪，但也没敢去问。

  等到日暮李僖伯回来时，就看见这女子身边已经围起了不少人，但是没人知道她的来历，以及发生了什么事。过了两天，围观的人更多了，妇人只待在崇仁北街，不去别的地方。

  又过了几天，一次李僖伯从礼部衙门出来，走到景风门，看到大街上已经围起了一大群人，简直就像东西两市里的戏台一样热闹，人群中间坐着之前遇到的那个女子，周围是很多小孩子，女子用一块布盖着她的脑袋，说的话颠三倒四，混乱不堪，小孩子们都被逗得哈哈大笑。而如果有人想要接近女子，女子就突然起身要抓那人，于是来人就又吓得退回去。

等到中午时，围观的人越来越多，那女子又一次起身去抓人，而后返回来刚坐下，一个小孩就趁她不注意扑上去，一把扯掉了盖在她头上的那块布。而当布落下时，那女子就也消失了，女子坐的地方，只有一根立起来的三尺长的小青竹，顶上挂着一个骷髅头。后来负责京城治安的执金吾还将此事报告给了朝廷。

田
骚

南梁末年，有一个叫田骚的人，一天傍晚从老丈人家回自己家，独自走了十几里路，见天色越来越黑，不禁有些害怕。

忽然，他望见路前边有一个穿着红衣服的小孩，就急忙跑过去，问道："你是哪个村的孩子？"小孩回答："我家住在树梢头。"田骚觉得小孩是在故意骗他，就说："我是大人，跟你一个小孩子说话，你为什么不好好回答呢？"小孩于是接着往前走，不再理他。

田骚一直跟在后面，走了百余步，道边有棵极为高大的树，那小孩便跑过去一溜烟地往树上爬，动作敏捷得就像只猿猴一样。田骚感觉不对劲，于是就张开弓，绕着树寻找那小孩的踪迹，但只看到树上有一条布幡一样的东西，足有几丈长，而且越飞越高，很快就消失了。田骚回到家后便生了一场大病，差点死掉。

戴督

南城县令戴督，在馆娃坊有一座宅子。一天闲暇无事，他与弟弟坐在客厅里，忽然听到外面有很多女子的笑声，声音忽远忽近。不多时，笑声越来越近，之后便有几十个女子出现在客厅前，倏忽之间又不见了踪影。自此之后，连续好几天都会闹这么一次，戴督也毫无办法。

厅前的院子里有棵已经枯死的大梨树，戴督认为或许是它在作怪，于是就找来一帮人，将梨树砍掉了，之后在挖梨树根的时候，发现树根底下有一块石头，最初只露出了拳头那么大的一点，后来越挖越大，形状则像一个圆圆的饼铛。

戴督一定要把这石头挖出来，于是就先在石头上燃火，而后再用醋泼，接着用斧锤凿，这样一点一点地挖，又向下挖了五六尺，居然还没把石头挖透，而周围已经被挖成了一个大坑。

此时，站在坑边的戴督忽然见到有一个妇人，正绕着坑一圈圈地跑，一边跑一边拍着巴掌在笑，不多时，妇人便突然一把拽住戴督，一起跳进了坑里。众人正慌乱间，那妇人就又从坑里爬上来，哈哈大笑，而戴督很快也就随妇人爬了上来。

　　而戴罾才刚上来，众人就发现他弟弟居然不知何时不见了，一家人顿时哭作一团，唯独戴罾不哭，还说："他快活得很，哭他做什么？"戴罾直到死，都不肯说他究竟知道些什么。

锦
布
包
袱

如果故事里的两个人不是这样轻浮，结局会不会不一样呢？

唐代宗大历初年，王垂和他的好友卢收，两个人驾船周游于淮浙一带。一天，来到了石门驿，看见一个妇人坐在大树下，容貌艳丽，穿着也很华贵，还背着一个锦布包袱。王垂和卢收便商量道："这妇人独自一人，我们可以想办法搞到她的包袱。"

于是两人就一直停船等着，那妇人果然过来问："这船要去哪？可以载我一程吗？我的丈夫在嘉兴得了病，我要去探望他，可是脚痛走不了路。"二人回答："是空船，可以捎上你。"妇人于是就背着包袱上了船，坐到了船头。这俩人故意上前挑逗她，说不用这么拘谨，妇人则一脸严肃地表示："我只是暂时搭二位的船，哪里能不规规矩矩的呢？"说得二人都很不好意思。

王垂善于弹琴，于是就弹奏起来，想用琴声取悦妇人。妇人听了，果然态度逐渐温和，其容色仿佛都随之变得愈加美艳起来。王垂一见，心荡神怡，问妇人道："娘子也善于弹琴吗？"妇人回答："年少时曾学习过。"王垂于是把琴让给妇人，妇人也不推辞，上手便弹了一首《轸泛弄》，琴声清越激扬。

王垂听罢，说道："我还从未听过如此美妙的曲子，从中我似乎都见到卓文君的一颗真心了。"妇人笑着说："是深深托付于相如的真心呀。"于是和王垂更加亲近。妇人从言谈中表现出的机智聪慧简直难以用语言形容，王垂越聊越喜欢她，当天夜里，他二人就一直待在了船头。

而卢收被疏远在一边，只能羡慕。夜深以后，卢收忽然想起妇人的包袱，于是就把那包袱偷来，打开一看，里面竟是一大包人骨。卢收见状惊骇不已，知道这回是遇上了鬼，但却没办法通知王垂，因为就在他打开包袱时，耳边还一直飘荡着王垂和那妇人作乐的声音。

等到天亮后，妇人有事就暂时下了船，卢收便立即将实情告诉了王垂，王垂得知后也很害怕，卢收给他出主意："先躲在床下边再说。"过了一会儿妇人回来，一上船就问："王生去哪了？"卢收骗她："刚才上岸去了。"妇人脸色顿时大变，抛下卢收转身上岸去追王垂。卢收看着妇人已经走远了，便立即开船，一直走了几十里，不见妇人跟上来，才放松了警惕。夜里，又把船特意停在了人多的地方。

等到了半夜，却不料那妇人还是追来了，她直接冲到船上，卢收和王垂看到她的头颅四面都有眼睛，而且散发着一股浓重的腥气。妇人上前一把扭住王垂脑袋，上嘴就啃。王垂眼看就要没命，幸好二人的呼声招来了其他船上的人，而当大家赶过来时，那妇人也就不见了。

第二天，王垂在床席上发现了一把纸做的梳子，几个月后便去世了。

废
宅

一个人心比鬼更可怕的故事。

唐宪宗元和十二年，长安永平里有一座不大的宅院，大门上贴着一纸告示："这宅子只要有人敢住，那我情愿把房契奉送给他，而且还会再给一笔和当初买下这宅子所花费的一样多的钱。"之所以会有这么奇怪的告示，还要从几十年前的大历年间说起。

当时，自从安太清用二百贯钱买下了这宅子后，这宅子又陆陆续续转卖了十七手，而每个买下这宅子的户主都会莫名其妙地死去。后来这宅子就没人敢要，于是干脆将宅子施舍给了罗汉寺。寺庙将这宅子对外出租，但同样根本没人敢住。

后来，有一个算命的人，名叫寇鄽，经常往来于公卿之家，他找到寺庙，提出要用四十贯买下这宅子，住持一听喜出望外，立即便收下钱，把房契交给了他。这宅子有堂屋三间，但都很低矮，又有东西厢房五间，整座宅子占地约三亩，房前屋后种了几百棵树，一进门的地方有面影壁，高八尺，底座厚一尺，影壁表面用炭灰涂抹。

夜里，寇鄽搬进了宅子，打扫了一番堂屋后，就独自睡下了。当时月色明亮，没有发生什么异常，但到四更天时，忽然下起一阵小雨。睡梦中的寇鄘感觉身体有种被压迫的感觉，浑身的毛发都竖了起来，心中惊恐不安。紧接着又听到有人在哭，那声音就像从深深的地底下传出来的，而当寇鄘趴在地上听时，哭声就又像是从半空中传来的了。后来那哭声又一会儿出现在东边，一会儿出现在西边，没有固定的地方，等到天亮后才消失。

寇鄘一直给法明寺僧人普照当徒弟，于是他便找到普照，请他给宅子作法事，普照答应了，但是要等到七天以后才行。而在这七天里，寇鄘仍旧每晚都能听到那哭声。

到了约定之日，普照便带着一大帮和尚来到宅子，作法事驱鬼。作法结束后，和尚们正打算吃斋饭，普照却忽然站起来，像是看到庭院中有什么东西，于是离开座位大喊道："这贼杀了那么多人！"他绕着庭院跑了整整一圈，之后又回到座位上，说："出现了出现了。"于是让寇鄘找来七家粉水（七家粉水为何物不详）驱鬼。

寇鄘取来七家粉水后，普照便来到门前，向着影壁泼了一杯，而后用柳条扑打影壁。刹那间，只见影壁基座忽然开裂，地面上陷出一个大坑，坑中有一具女尸，身穿绯色衫子，青罗裙，红裤锦鞋，这女尸刚一露出来，身上的衣服就全都化成了灰，被风吹得满庭院都是，而风停后，就只剩下一具枯骨了。

普照让人织成一个大小合适的竹笼子，把女子的尸骨放到里面，又让寇鄘做了几身漂亮衣服也放了进去，之后便将竹笼葬到了渭河中的沙州上，并特意嘱咐埋葬的人千万不要回头看，回来后又给他们准备了酒食作为犒劳。自此以后，住在这宅中的不论大人小孩都不再感到恐惧了。

当初，郭子仪有一个堂妹，出家在永平里的宣化寺，郭子仪的妻子每次来看她的这个小姑子，都要带一大帮随从，一路很不方便，后来就买下了这座宅子，作为随从的歇脚之处。据说，有一个丫鬟做事不够谨慎，后来就不见了，那之后郭子仪的妻子便让人筑起了那道高大的影壁，而从那以后，这座宅子就开始闹鬼了。又有人说，是因为那丫鬟不够谨慎，泄露了郭子仪妻子出行的地点，于是就被活埋进影壁下面了。

树
精

醴泉县村民吴偃，家就在田间地头。他有一个十来岁的女儿，一天夜里，忽然独自离开家，不知道去哪了。

过了几天，吴偃梦到女孩的爷爷对他说："你女儿如今在东北方向，是木神在作祟。"吴偃惊醒过来，但幸好还记得梦中的话。

于是等天亮后，吴偃便到东北方向寻找，果然听到一阵微弱的呼喊，他顺着声音找去，发现女儿居然在地里一个洞穴中，洞口非常小，里面要稍微宽一些，旁边是一棵古槐树，盘绕纠缠在一起的树根极其粗壮。

吴偃没顾上那么多，将女儿救出来后，就带着她回家了，但是女儿回到家，却像喝醉了一样沉睡不醒。一个姓李的道士刚巧路过，吴偃就请来他用法术为女儿医治。

经过一番折腾，女儿忽然睁开眼睛，对众人说："在家东北面有棵槐树，树里有神灵，他迷惑我从树心的空洞进到了地下的洞里，所以我才会生病。"于是吴偃便将那棵槐树砍掉了，几天后，女儿的病便完全好了。

马
震

扶风人马震，家住在长安，一天中午，听到有人敲门，出去一看，是一个租驴的小孩，小孩对马震说："刚才有一位妇人，在东市租了我的驴，走进这座宅子里去了，但她还没给我租驴的钱呢。"但马震家里根本没有来过人。马震把驴钱给了这小孩，姑且把他打发走了。

过了几天，这小孩又来敲门，理由和上次一样，类似的事后来又接连发生了好几次。马震实在觉得奇怪，就让一个人站在门外，等着看到底有没有人来。一日，守门人果然看见有一个妇人，从东边骑着驴走过来，仔细一看，那妇人竟是马震的母亲。而她原本在十一年前就已经去世了，被葬在南山，可这会儿竟再次现身，而且身上穿的正是下葬时的衣服。

守门人急忙跑进家里去叫马震，马震听说后一路哭嚎着跑出来，正好看见他母亲从驴上下来，但随后当她觉察到自己被人发现后，立即扭头就跑，马震在后边追，兜了几个圈子，他母亲最后跑进马厩里，无路可逃，只能背对着墙站着。

马震站在母亲身后，连着叫了好几声，但对方都毫无反应。马震走上前牵她的衣角，她整个人就随之倒下来，原来支撑起衣服的只有一堆白骨罢了。她的衣服还如同下葬时那般崭新，里面的骨头也一块不少，仔细观察，每块骨头上还都有一道细细的红线，从一头到另一头贯穿整块骨头。

马震一边哭，一边将骨头重新收集起来，然后去往南山，想要重新将母亲下葬。他母亲的坟冢表面一点遭到破坏的痕迹都没有，但挖开一看，棺材里居然是空的。马震于是放弃了将母亲重葬在原地的想法，他请来风水师傅帮他另挑选了一块墓地，将母亲埋葬了，而至于为何会发生这样的事，终究没有搞明白。

髑髅神

宋理宗嘉熙年间，某村民有一个十岁的小孙子。一天小孙子忽然失踪了，一家人到处找，贴告示，甚至连求神占卜的方法都用过了，但依然无果。后来这村民在外面寻找途中，偶然遇上下雨，就站到一家的大门外避雨，却忽然听到小孙子在喊自己的名字，吓了一跳。

但是他确信那声音就是自己的孙儿，于是连忙报了官，官府随即派人前去搜查，果然发现小孩就藏在那家人的柜子里。当时他已经瘦弱得不成人形，奄奄一息。

人们把他带回官府时，这孩子还能说出事情的原委。据他说，他刚被偷时，这家人对他很照顾，每顿饭都让他吃得饱饱的，但没过多久饭就给得一天比一天少，后来又改给他吃粽子，同样一顿比一顿给得少，最后就什么都不给了，还每天用陈醋浇他的头顶，把他全身都浇透，他浑身的关节和经络也都被钉起来，极其残酷。说完这孩子就气绝身亡了。偷孩子的人也认了罪，最后一家老少全部被斩首。

如今（本文作者语，此书著于元朝）能够预测吉凶的人，都是偷来别人家的男童，用了这样的办法，等他死后收取他的枯骨，拘束他的魂魄，说是这样可以让他在自己耳边报知事情，这样的男童被称作"髑髅神"。吴雨岩在江东做官，也断过一个类似的案子，盘问作案人的动机，答：正是为了要制作髑髅神。

白发翁

　　光绪某年夏天，义乌乡间某人有一个儿子，才十来岁，夜里独自睡在楼上的房间。

　　他的父亲纳凉回来，上楼准备睡觉时，却发现儿子不见了，喊名字也没人答应。家人们听到喊声都赶过来，邻居们也来了，大家一起举着火把将附近搜了个遍，但却没有搜到一点男孩的踪迹。

　　正当众人又吃惊又担心时，忽然有人发现男孩就站在门前，不过表情有些呆滞，问他去哪了，也不回答。

　　过了很久，男孩才讲道："有一个白头发老头来到楼上，给了我一双草鞋让我穿上，之后招呼我说：'跟我一起走吧，我给你果子吃。'我回答：'我家枣子刚熟，吃都吃不完，谁稀罕你的果子？'老头急不可耐地催促我，我就哭起来坚持不肯去。老头就用手捂住我的嘴，之后把我背起来从窗户腾空而去。走了一里多远，我听到家人喊我的声音，便说：'快放我回去，我家人来了。'老头于是脱掉了我穿着的草鞋，原路返回来，从墙外像扔东西一样把我扔进来了。"

　　人们终究也没弄明白带走男孩的是什么妖怪。

新
娘

　　这是一则非常有六朝特色的故事，诡异得宛如梦境。

　　廷尉徐元礼嫁女儿，他的两个亲戚前往他家参加婚礼。路上经过一道土墙，二人见到墙边有一个小孩，赤裸着身体，浑身通红，手里拿着一把长五六寸的短刀，正坐在墙头上飞快地磨着刀刃，并且嘴里还在嘟囔着什么。

　　二人坐的牛车经过这道土墙时，小孩便跳到车栏杆里，坐了下来，翻来覆去地盯着那把刀看，不时还舔一舔。到了徐家大门前的桑树下面时，小孩便又跳下车，坐到了地上的一堆灰里，接着磨起刀来。

　　天快黑时，新娘子走出家门，刚登上迎亲的马车，人们便见之前那小孩拿着刀冲进马车里，径直刺向新娘子，新娘子随即倒下去。人们把她扶回家里，解开衣服，见她小腹上有酒盘那么大的一块地方都变成了紫色。没多久新娘子就去世了。

　　而那鬼孩子跳下马车，不停地手舞足蹈，他的刀上还沾着血。在走到桑树前时，他将血涂到了树上，桑树顿时燃起大火，顷刻间便化成了焦炭。

鬼
儿

　　孙吴时，有一个名叫胡熙的官员，他有一个女儿，已经和人定亲。就要出嫁了时，这女孩却忽然怀了孕，而她自己居然都不曾察觉。胡熙的父亲治家极严，听说孙女没嫁人就怀了孕，便让胡熙的妻子去把女孩杀掉。

　　但就在准备动手时，女孩肚子里突然有人说话，声音又轻又细，它说："为何要杀死我母亲？我某月某日就要出来了。"女孩身边人听见了，既吃惊又奇怪，连忙去通知胡熙的父亲。他不相信，亲自去听，果然听到那声音从孙女肚子里传出来，这才放过了她。

　　等到女孩生产后，却见不到孩子的踪迹，只能听到他的声音。后来这孩子长大了些，言语交谈也都和普通人一样，胡熙妻子便单独为这孩子准备了床褥、帷帐供其居住。

　　一次他自言自语说："我将现出身形，让姥姥见一见。"胡熙妻子沿着声音找过去，见这孩子坐在帷帐里，头上插着金钗，双手和臂膀长得非常漂亮，而且善于弹琴。这孩子时常会问姥姥和母亲想吃什么，之后根据回答弄些酒肉水果回来。

　　一次，女孩坐在床头，正在缝衣服，这孩子跑过来，一会儿抱着女孩腿，一会儿又趴到她背上玩耍，女孩有些不耐烦，暗想："我们是好人家，怎么能让一个鬼孩子缠在身边？"这孩子却已知晓他母亲的想法，于是也发怒道："我只是来找母亲玩而已，为何要骂我是鬼孩子？如今我要从母亲手指里进到母亲肚子里，让母亲知道我的本领！"

说罢，女孩的中指就突然伸直并剧烈地疼痛，痛感逐渐沿着手臂向上到了肩胛一带，感觉就像被人用刀刺穿了一样，又过了一会儿就疼得死去活来。胡熙母亲连忙摆好酒食，向这鬼孩子求情，女孩的疼痛这才停下来。

亭
驿
女
鬼

　　东汉时，汝南汝阳县的一座亭驿里传说有鬼魅藏身，住进里面的客人很多都会莫名死去，被鬼魅所缠的人，往往头发会掉光，骨髓被吸干。询问这座亭驿闹鬼的历史，有人说：

　　这亭驿很早就已经有鬼怪作祟，后来有一个官员的仆人名叫郑奇，在离亭驿六七里的地方遇见一个很漂亮的妇人请求搭车，郑奇起初还有点为难，但后来还是答应了。

　　等来到亭驿，郑奇走到亭子阁楼前，亭驿里的小吏阻止他说："这座楼不能上。"郑奇道："我不怕这个。"当时天已经黑了，无处可去，于是郑奇便上了楼，和妇人睡在一起。第二天天还没亮，郑奇就动身离开了。

　　郑奇走后，小吏进到楼上打扫，却发现昨夜那个妇人已经死在楼里。小吏大惊失色，连忙报知亭长。亭长击鼓招来亭驿里的所有人，让大家一起辨认死妇。有人指出这是亭驿西北边八里外一户吴姓人家的媳妇，才死没多久。夜里正在殡殓，但忽然火灭了，等再取来火时，妇人的尸体就不见了。亭长通知了吴家人，他们赶来后确认楼里的妇人就是他们刚刚死去而又消失的亲人，于是就把尸体带走了。

郑奇离开后走了几里路，便开始腹痛，走到南顿县的利阳亭时突然疼痛加剧，也死掉了。此后，汝阳那座亭驿的阁楼就再没人敢进去了。

僵
尸

　　一本志怪书的作者的父亲有次教导他说："你们经常漂泊在外，如果是在陌生的地方，一定要让奴仆跟你们睡在一间屋子里，而且切记不能把灯熄灭，以防不测。"又对作者讲了自己年轻时的一次经历。

　　当时父亲正值壮年，一次前往姑苏，借住在一座庙里。初秋时节，天气凉爽，夜里躺在床上，辗转反侧不能入睡。偶然微微睁开眼，见桌上的油灯暗淡得就像萤火一样，离床一尺多远的地方，有一个东西从地里冒出了半截身子，有一尺来长，那东西浑身都长着黄毛，形状像是猕猴。它扭头望向自己睡的床，发出急促的喘气声，两只碧绿色的眼睛宛若猫眼。它的下半身还在地里面，听见人翻身的声音，就又忽然不见了。

　　父亲吓了一跳，但以为是自己眼花了，于是爬起来把油灯挑亮了些，之后就又躺下了，可心中很烦躁，根本睡不着，只好睁着眼睛盯着地面。

　　不多时，便见油灯的光莫名又变暗了，之前那东西又从地里冒出来，听见人的动静，就像上次一样钻回去了。这样反复三次，灯光越来越暗，而那怪物从地里也冒得越来越高。父亲于是吓得不敢再睡，连忙跑出去找庙中的僧人，告诉了他房中发生的事情。僧人点点头，笑道："是有这种事。老衲觉得您是文星下凡，应当不会有妖怪敢害您，不想它居然后来过了几年，听当地人说，之前那个房间下面埋有一口棺材，时间久了便变成僵尸，如今已经挖走了。

也敢如此。"便给父亲另外安排了一间房，这才得以安眠。

后来过了几年，听当地人说，之前那个房间下面埋有一口棺材，时间久了便变成僵尸，如今已经挖走了。所以说幸亏父亲那天没有睡熟，而且也没灭灯，这才没有遭遇意料之外的灾祸。

好
媳
妇

本以为是白捡来的贤惠儿媳，最终却搭上了自己儿子的命。

唐德宗贞元年间，望苑驿西边有一个名叫王申的百姓，亲手在道边种下了许多榆树，后来成林成荫，又盖了几间茅草屋，到了夏天，常常会请过往的行人喝水歇脚，如果是官吏，还会请进屋里给他们泡茶。

王申有一个十三岁的儿子，平时经常让他去接待客人。忽然有一天，他对父亲道："路上有一个女子要水喝。"于是王申便叫儿子把女子叫进来，见那女子年纪不大，身着碧绿色的上衣，包着白色的头巾。女子称："我家在此地以南十余里处，丈夫死了，没有孩子，如今我的孝期已满，将到马嵬去投靠亲戚，路过此地，想求一份衣食。"一言一语都透着聪慧，举止也很惹人怜爱。

王申于是留她吃了顿饭，并对她说："今天晚上你可以就住在这，明天再走。"女子欣然答应。王申妻子于是把她领到后堂，管她叫妹妹，请她帮自己做衣服，从午时做到戌时，衣服就全都做好了，而且针脚都非常细密，简直不是一般人能达到的水平。

王申听说后很是惊异，他妻子尤其喜欢这女子，于是开玩笑说："妹妹既然没有至亲，可否为我家做媳妇？"女子笑着回答："妾身既然没有了依托，情愿在您家做些粗活，操持家务。"王申于是租来衣服，借来彩礼，当天，女子就和王申的儿子成婚了。

这天夜里很热，王申妻子叮嘱丈夫："近来很多强盗，不能开着门睡觉。"便用一根木头将门顶住，之后才睡下，到了半夜，王申妻子忽然梦见儿子披着头发对自己说："孩儿要被鬼吃光了。"一时被吓得惊醒过来，想要去看儿子，王申却怒道："你得了个这样好的儿媳妇，难道是高兴过头在说梦话吗？"妻子只好又躺下了。

但刚睡着，她就又做了一个和之前一模一样的梦。这时候王申也有了一种不祥的预感，便和妻子端着蜡烛走到儿子的房门外，喊儿子和儿媳妇，但是都不见答应。推门也推不开，像是被锁住了，只好强行把门砸坏。门一开，就见有一个东西，圆眼睛，大长牙，浑身暗蓝，从屋中冲出来，消失在了夜幕里。王申夫妻哆嗦着进了屋子，见儿子只剩下一片脑骨和头发了。

王
容

故事里的这个同伴也真算是尽职尽责了。

唐代宗永泰年间，太原人王容与表弟李咸因为一些事情前往荆襄一带，走到邓州，夜里住在馆驿的正堂里。当时正是盛夏，两个人一东一西各自躺在床上，仆人则睡在外面的房间，二人聊了一会儿，后来就都睡下了，但王容一直没有睡着。

三更以后，浓云遮月，地上只有些朦胧的光，王容望着院子里的树荫正发呆，忽然见到厨房和照壁之间站着一个妇人，偷偷地望向他所在的房间，去而又返多次。过了一会儿，那妇人从照壁后走出来，只见她穿着绿裙红衫，没有化妆但却美得让人移不开眼睛。此时李咸也忽然坐起来，那妇人见了，便抬手招呼他过去。王容以为一定是妇人和李咸从前有过约定，又觉得妇人说不定就是馆驿中官吏的妻子，于是便假装睡着，偷偷地观察他们要做什么。

很快，李咸便起身走向那妇人，二人在照壁间相会，深情地说着什么。过了很久，二人又走去了大门外面，王容躲在暗处，远远地望着，见二人一起坐下，有说有笑非常亲密。没过多久，李咸忽然独自回来，步伐非常匆忙，而妇人则站在照壁外等着他。李咸走进厨房取来烛火，之后打开书箱，神情凄惨地取出纸笔开始写信，又取出衣物，整理好后一一贴上封题。王容见了，以为这是想把衣服送给妇人，于是不打算惊动他，而想着等他们睡下后再去抓个正着。

李咸写好信后，就把衣服和信都放到了床上，之后见王容还在睡，便出门走到照壁后，又和妇人说起话来。过了很久，便抱起被子和妇人一起走去了厅堂旁边的院子里，院中也有房间，房间里床帐齐全，外面树木森然。

李咸已经进去了一顿饭的工夫，王容心想："我这会儿过去，他们一定正亲热呢。"于是抱着枕头赶过去，想要吓他们一跳。当他走进床帐中时，果见李咸躺在床上，而那妇人正用帛布勒着他的脖子，李咸拼命挣扎，几乎就要没命。那妇人面色惨白，一张脸足有三尺多长，但却不见五官，她一只手按住李咸的身子，一只手死命地勒着他的脖子。

王容骇得惊声大叫，抄起枕头扔过去，但没有扔中，妇人趁机逃走了。王容追上去，见她跑进了西北角的厨房里，离地飘起，脑袋直顶着房梁，过了很久才消失。仆人们听到声音都赶过来，见李咸已经晕死过去，七窍流血，只剩下心口还温热，便连忙为其招魂、救治，到天亮时李咸才苏醒过来。

王容打开李咸写的那封信，原来是寄给家人的，大意是与亲人诀别，留下那些衣服作为念想，他没提他要到哪去，但言辞悲切，读来让人心酸。等到李咸能说话后，王容问他都经历了什么，他已经什么都记不起来了，只说自己仿佛是梦见有一个美人引诱他一起出去，之后就不记得了。

馆驿里的老吏说，从前传说馆驿的厕所里有鬼神，唐玄宗时就已经杀过一个人了。这事王容后来逢人便讲，劝人夜里不要独自睡觉。

掖县老人

　　纪晓岚的从侄纪虞惇说，掖县人林禹门是他的老师。据林禹门讲，他的祖父已经八十多岁，头脑糊涂到认不得人，也不能走路，但胃口还很不错。每天老人只能孤零零地待在房间里，很是郁闷，他的子孙便经常用椅子将他抬到外面看风景解闷。

　　一天，老人让侍候他的下人进屋取东西，自己独自坐在外面等着，但等下人回来时，老人和他坐的椅子就都消失了。全家人惊慌失措，不知如何是好，派人四处去找，但都毫无结果。后来林禹门的一个朋友正好从崂山回来，路上遇见了他，就远远地喊道："你是在找你祖父吗？他如今在山上的某座庙里，平安无事。"林禹门得知后急忙赶到了那座庙里，果然找到了祖父。

　　这座庙距离掖县老人的家有数百里，僧人也不知他是怎么来的，老人自己则说只感到有两个人在扛着他一路飞行，也不知那两人是谁。纪晓岚说，这事极其诡异但又并不奇怪，大概是山魈、狐魅之类故意捉弄老人，搞的一场恶作剧罢了。

大小绿人

　　乾隆辛卯年，袁香亭和朋友邵一联前往京城。四月二十一日，二人来到栾城东关，各个旅店里都住满了人，只有一处新开的旅店没客人，于是二人便住在了这家店里，邵一联住在外间，袁香亭住在里间。

　　天黑后，二人回到各自的床上，点起灯隔着墙壁聊天，忽然袁香亭见到有一个一丈多高的巨人从门外走进来，绿脸绿胡子，袍子、鞋子也全是绿的，帽子摩擦着天花板上糊的纸，哗啦啦直响。巨人身后又跟着一个不到三尺高的小人儿，脑袋特别大，也是绿脸、绿衣服、绿帽子。二人走到袁香亭床前，挥舞起袖子像是在跳舞一样，袁香亭想要呼喊但嘴却张不开，只听见墙那边邵一联和自己说话，但自己却无法回话。

　　惊慌失措之时，袁香亭又看见床边的短几上倚着一人，麻子脸，长胡子，头戴着纱帽，腰间系着一条宽大的束带，那人指着巨人说："这个不是鬼。"又指着小人儿说："这个才是鬼。"之后又对二人打招呼，并说了几句话，只见二人点点头，然后一起向袁香亭拱手作揖，每作一揖就后退一步，作了三次揖后就退出房间去了，那个戴纱帽的人也朝他拱了拱手，随即也消失了。

袁香亭急忙起身，刚要出门，却见邵一联也大叫着冲进来，连声叫道："怪事，怪事！"袁香亭问："你也见到一大一小两个绿人了吗？"邵一联摆摆手说："不是不是，我刚躺下，忽然觉得床边阴风阵阵，吹得人头皮发麻，根本睡不着，所以和你说话，后来喊你你不答应。我看见屋里有几十个大大小小的人走来走去，飘忽不定，他们的脸像盆罐一样。起初我以为是眼花了，没当回事，却忽然见那些人脸一层层堆在门槛上，把门都塞满了。其中有一张如同磨盘的巨脸，压在所有脸上面，一齐看着我笑，我这才连忙起身，没见到什么绿人。"袁香亭也告诉了邵一联自己所见到的东西，于是天刚亮，二人连马都没喂就继续赶路了。

在路上，二人听见两个仆人窃窃私语说："昨天住的是鬼店，投宿在那里的客人很多都会死，即使活着也是或疯或傻，县官疲于应对，将那店关闭十几年了。昨夜一宿，我们竟安然无恙，难道是妖怪消失了吗？又或者是两个客人合当大富大贵？"

村正妻

隐士郑宾于说，他游历河北时，有一个村正①的妻子刚去世，还没有入殓。到了天快黑时，她的儿女们忽然听到外面传来一阵音乐声，而且越来越近，等到那音乐声近得像是在庭院里发出来的时，村正妻子的尸体就忽然活动起来。又过了一会儿，音乐声进到房内，就像是有人在房梁上演奏一样，而此时村正妻子的尸体居然爬起来，开始翩翩起舞。

过了一会儿，音乐声又飘去了外面，那尸体便也随之倒在地上，但不多时就又爬起来，跟随音乐声一起出了门。一家人又惊又怕，当时外面漆黑一片，不见月色，谁也不敢去追。一更天时，村正才赶回家里，听说此事后，便折下一条手臂那么长的桑树枝，借着酒劲一边大骂，一边跑去外面找妻子。

他来到一片被当作墓地的树林，又走了五六里，便听见音乐声在一棵柏树上响起来，他走近后，见树下有荧荧的火光，他的妻子正在那里不停地舞蹈。村正上前用桑树枝打了她一下，尸体便倒下去，音乐声也停了。村正于是背上妻子的尸体回家了。

---

① 村正是官名，大概相当于现在的村主任。

僵
尸

一个叫吕正阳的把总说，他在驻守上杭时，防区下面有一个建在山间的驿站，附近有几十户居民，住得很分散，地方也很荒僻。有阵子，那里忽然出现了妖怪，夜里露宿在外的人家常常会丢失小孩，即使小孩没被抓走，脑浆也被吸光了。村民们于是都提高警惕，即使是夏天最热的时候，也会把门窗锁紧，甚至有人把小孩藏进了箱子里。这样闹妖怪闹了将近一年了。

后来有一个新招的兵卒，带着火枪、弓箭和行李，从上杭前往那个驿站，在离驿站还有几里远时，天色已晚，而且雷雨交加，还刮起大风，兵卒没法继续赶路，只好躲进了一座神庙里。

庙的东面是一片坟地，旁边有棵高大的枯树，雷电绕着树顶劈打，一刻都不间断。兵卒发觉树上好像有东西，借着闪电的光细细察看，发现上面竟有一个妇人，身穿红衣，脸色惨白，光脚而披散着头发，两只眼睛闪着红光，大得像灯一样。她在树上半蹲着，手里握着一条长五六尺的白绢，每当闪电向下劈时，妇人就用白绢去挡，只见闪电便又重回空中，如此来来回回了好多次。

兵卒大吃一惊，心想：这是什么妇人，居然能够抵挡闪电？而且仔细看她的样子，哪里像人，一定是尸变而成，我何不略助雷公一臂之力呢？于是兵卒取出火枪，装好弹药，对着妇人就是一枪。妇人被击中后，应声从树上掉下来，而闪电也紧跟着劈下来。那之后风雨便渐渐平息，兵卒便也就睡在了神庙里。

第二天一早，兵卒去寻找那妇人，见她已经被闪电劈穿了脑袋，死掉了。她的脸上和手上都长有一寸多长的白毛。

兵卒来到驿站，跟人们说了此事，人们随他赶过去验看，发现果然是真的，无不大惊失色。人们堆起柴火将尸体烧掉，自那以后村子就又恢复了平静，再没有发生过小孩被吸脑浆的事情了。

僧
韬
光

　　青龙寺的僧人和众、韬光二人是好朋友，韬光是富平人，一次临回家之前，对和众说："我这三个多月都不会离开家，如果您路过我家，一定要来看我。"和众答应了。

　　过了两个多月，和众要到中都去，途中正好路过富平，于是便顺道去拜访韬光。当时天已经快黑了，而离韬光家还很远，和众却忽然遇见了他，韬光对和众说："烦劳您来看我一趟，所以特意前来迎接您。"于是二人便并肩而行。

　　走了一里多路，就快到韬光家了，韬光对和众说："再向北走就是我家了，您先到家里去等我吧，我有点事情，要到村东去，过一会儿就回来。"说完就向东而去，和众感到很奇怪，自言自语道："他来迎接我，是预知我会来吗？就快到家了却抛下我，又为何这样无情？"

　　和众一边想，一边已来到韬光家，叩了几下门，韬光的父亲打开门，哭着说："韬光命不好，已经死了十天了，就葬在村子东北，他常说您会来看他，可惜没有等到这一天。"和众听闻，连忙吊唁，之后随韬光父亲进到家中，韬光父亲把他安置在从前韬光常住的房间里。

　　和众对韬光父亲道："我刚才进村时，韬光亲自来迎接我，一道同行聊天走了一里多路，就快到家时，他指给我他家的方向，之后就向东走了，说是要到村东去办点事，很快就回来，我都不知道他是鬼，刚才见到您，我才知道。"韬光父母听了，吃惊地对和众说："他既然说还要来，再回来就把他抓住，我想见见他。"

到了半夜，韬光果然回来了，进到房间里对和众说："家中贫穷，客人来了也没有好招待的。"和众让他坐下，之后突然起身抓住他，并呼喊外面的人。韬光一家人全都赶过来，拿蜡烛一照，那人外形和声音都和韬光一模一样，但家里人不敢认，便把这个韬光塞进了一口瓮里，并用盆扣在上面。

瓮里传出哀求声："我不是真正的韬光，乃是一个守墓人，知道您和韬光关系好，所以假扮成了他。如果没有打扰到您，您就饶恕我的鲁莽，放我回去吧。"但这家人不肯放，瓮里的鬼便一直苦苦哀求。

天亮后，这家人拿开扣在瓮上的盆，见有一个东西从瓮里飞出去不见了，后来和众便也离开了。此后那个假韬光再也没有出现过。

针

怪

清代时有一个姓郝的人，曾经在湖广某地担任分管司法的官员。一天，他负责接待上面派来的官员，夜里住在馆驿里。回到自己房间后，他坐在灯下看书，看得累了就趴着桌子打起盹来。

半睡半醒之间，他忽然看见有一个白衣女子在拿针扎他的额头，他猛然惊醒，一睁眼，那个白衣女子也就消失了。这人以为是自己眼花，也没在意，之后索性上床睡觉去了。

躺下没多久，这人就又感觉有人在用针刺他的大腿，而且非常疼，他连忙喊来侍从点亮了蜡烛，一照，果然发现有一根针就扎在他左边的大腿上。这人以为是有刺客，于是便端着蜡烛在房间里找，可是什么也没有找到，等走到房间昏暗的一角时，发现那角落里盖着一张草席，透过草席的缝隙朝里看，里面有一只形状类似大鸟的东西，像人一样站着，浑身像水晶一样透明，五脏六腑可以看得一清二楚。

那东西见有人发现了自己，便猛地冲过来要抓对方。这人急忙用手中的木棍抵挡，对着它打了几下之后，那东西便靠着墙壁站不起来了。这人于是呼喊外面的侍从，很快许多人便涌进了房间里，刀枪棍棒一通乱打，那东西很快就被打死了，但人们始终不知道它是什么怪物。

亡
友

　　唐宪宗元和年间，鄂州武昌尉郭翥和一个叫刘执谦的人是好朋友，二人聊天时，经常会遗憾人世和冥界不能沟通，于是就约定先死的那个人要告诉另一个还没死的人死后的世界是什么样的。

　　后来刘执谦已经去世了几个月之久，但身在华阴的郭翥还没有得到消息。一天夜里，郭翥独自在家，忽然听到房门外一阵叹气声，过了一会儿，又说道："听说郭君过得还好。"郭翥认出那声音就是刘执谦，便道："请进来吧。"回答："请把烛火灭掉，这样我就可以和你一起聊天了。"郭翥于是吹灭蜡烛，之后牵着来人的衣袖把他带进房中，二人坐在床上聊起往事。刘执谦又对郭翥说："冥界把人的罪过和福分记录得非常分明，没办法欺瞒。"

　　到了半夜时，郭翥忽然闻到身边散发出一股臭味，很快就被熏得受不了了，他伸手去摸，发现对面那人的身躯庞大，根本不像是刘执谦。郭翥力气很大，心知是遇到了妖怪，于是便抓住对方的衣袖将其压在了自己身下，之后用一只手捂住鼻子，躺下了。

　　过了一会儿，那人向郭翥告辞，郭翥假装和他继续聊天，耗着时间。一直到天快亮了，那人愈加迫切地想要离开，并说："太阳就快出来了，你不让我走，就要大祸临头了。"郭翥不回答，不多时便听不到他再说话了。

很快天亮了，郭翥见床边躺着一个胡人，身长七尺，看样子像是已经死去了好几天，当时正值盛夏，尸体散发出的恶臭让人难以忍受。郭翥让人把尸体扔去郊外，刚抬到外面，巷子里就有几个人望见，跑过来一看，吃惊地说："果然是我兄长，死去好几天了，昨天夜里忽然不见了。"于是把尸体带走了。

厕
鬼

唐代时，楚丘县有一名主簿王无有新娶了一个妻子，妻子长得很美但嫉妒心强。有一次，王无有生病了，想要上厕所，但一个人去不了，想要侍奉他的一个婢女陪着他去，妻子不让，王无有只好强撑着一个人去了。王无有进到厕所，从墙洞里看到有一人背对自己坐着，身体强壮，皮肤黝黑。王无有以为对方是个苦役，便没有在意。

过了一会儿，那人忽然转过身，只见他长着深眼窝，大鼻子，有老虎一样的大嘴和鸟一样的爪子，对王无有说："把你的鞋给我。"王无有吓了一跳，还没来得及回答，那妖怪就把手从墙洞里伸过来，拿起他的一只鞋放进自己嘴里咀嚼起来，鞋里竟有血冒出来，就像是在吃肉一样，很快整只鞋就被吞下了肚。

王无有惊恐万分，光着一只脚逃走找到妻子，责怪她说："我有病要上厕所，只想让一个婢女把我送过去，你都坚决不肯，如今果然遇到了妖怪，这下如何是好？"妻子不相信，便和他一起去看，王无有走进厕所刚坐下，那妖怪就又立刻出现，夺过了王无有剩下的那一只鞋。妻子见状也吓坏了，连忙扶着王无有回去了。

过了几天，王无有走到后院，又遇见了那妖怪，它对王无有说："我过了一会儿，那人忽然转过身，只见他长着深眼窝，大鼻子，有老虎一样的大嘴和鸟一样的爪子，对王无有说：「把你的鞋给我。」

来还你的鞋。"说着把鞋扔到了他旁边，两只鞋全都完好无损。王无有找来巫师想要把妖怪赶走，妖怪又对巫师说："王主簿阳寿已尽，只剩下百天可活，不快点返乡，就只能死在这里了。"王无有于是回到了老家，真如那妖怪所说，一百天后就去世了。

352

大
鬼

南朝宋时，会稽郡曾经有一个大鬼，身高数丈，腰粗几十围①，穿着黑衣服，戴着高高的冠，郡中将要发生什么吉凶之事时，它就会先一步出现在雷门那里给出预兆。尤其对于会稽郡中的大族谢氏一家，更是忧喜必报。

谢道欣的母亲去世前几个月，这鬼每天早晚都会来到他家门外。后来在他将要担任礼部尚书时，这鬼再次出现，一边拍手一边跳舞，从大门跳到了中庭，没多久谢道欣高升的消息就到了。

后来，谢道欣的父亲去世时，他奔丧而归，走到离塘时路过一片墓地，当时天色已晚，他忽然望见离塘上飘着两团火，很快，那火又钻进了水中，之后舒展延长成了几十丈，起初颜色雪白如练，后来又变成赤红色，之后又分散成几百团，追着谢道欣乘坐的车飞。所有人都见到那火中有一个鬼，身形极为高大，光脑袋就有能装五石米的箩筐那么大，而模样像是喝醉了一样，身旁还有一群小鬼在扶着它。

这一年，孙恩起兵作乱，会稽郡的人无论身份高低，都拥戴他，当

---

① 围是指两只手的拇指和食指围在一起的长度。

时人认为谢道欣所看见的那一幕，正是天下将要大乱的征兆。又有人认为，当年大禹在会稽大会诸侯，杀死了巨人防风氏，这个大鬼应该就是防风氏的鬼魂。

彩衣妇人

晋代时，陈国^①人袁无忌，寄居在东平。永嘉初年，瘟疫流行，他家上百口人几乎都快死光了，袁无忌不得已，只好从大宅子搬出去，躲到了乡下。他和兄弟住在一个小屋里，睡在同一张床上，但到了第二天早上，床就莫名跑到院子里去了，后来经常发生这种事，兄弟俩又惊又怕，都不敢再睡。

有一次，兄弟俩见到有一个妇人，在夜里走到他们门前，见他俩还没睡着，就又退了出去，当时月色明亮，二人看见那妇人身穿彩衣，脸涂得很白，头上插着银钗和象牙梳子。袁无忌兄弟俩一起上前想要抓住她，那妇人绕着屋子跑，后来不小心跌倒了，头上的假发髻和银钗、梳子都掉到地上，全被袁无忌捡到了。妇人爬起来，跑出大门向南走，跳进道旁的一口深井里，不见了。袁无忌他们便也回去睡了。

第二天天亮后，袁无忌翻出昨晚捡到的那些头饰，发现全都是真的，于是把井挖开，在里面发现了一口已经朽坏的楸木棺。袁无忌为妇人换了一口新棺材，把妇人所穿的衣服也换成了新的，并将棺材迁葬去了地势较高之处，后来他家就再没有女鬼作怪了。

---

① 当时陈是诸侯王封地，所以叫陈国。

绝
句

　　有一个名叫曹唐的进士，以擅长作诗闻名于世，但参加了很多次进士考试都没考中。他寄住在江陵佛寺一座邻水的亭子里，那地方很是幽静，他常常独自一边欣赏美景一边赋诗。有一次，他想出了两句诗，"水底有天云漠漠，人间无路月茫茫。"吟诵了一会儿，自认为平常所作都比不上这两句。

　　一天他坐在亭子里，又在寻找灵感，忽然见到两个身穿白衣的妇人，姿容娴雅冶艳，一边散步一边也在吟咏，而二人所吟的诗，竟正是他之前所想出来的那两句。曹唐心想这诗作了还没几天，不应该有人知道，这两个妇人不知是从哪听来的，于是便走上前询问。但那二人没有理他，而是转身离开，走了没几步就忽然不见了。

　　曹唐感到非常惊诧，他和寺中一个名叫法舟的和尚关系不错，便把此事告诉给了他，不料法舟吃惊地说："两天前，有一个少年找到我，送给我一张碧色的笺纸，上面写的正是这两句诗，我刚想对你说来着。"于是掏出那张纸来给曹唐看，曹唐见了不禁一阵恍惚，大惑不解。过了几天，曹唐便在佛寺中去世了。

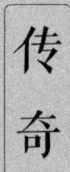

传奇

引
言

　　最初，妖怪故事来源于现实中的一些传闻，作者只是忠实地记录，不会刻意加工。但进入唐代后，文学的兴盛也逐渐影响到妖怪故事的创作，越来越多的文人将这种故事类型作为寄托理想和展示才华的舞台，用丰美的辞藻，精妙的想象，营造恢宏跌宕的气势，描绘出一方奇幻绚烂而又波诡云谲的妖怪世界，后世将这一类故事统称为唐传奇。本卷选取的，就是其中最具代表性也最为精彩的几篇。

柳归舜

书生偶入仙境，竟和一群鹦鹉讨论起了诗文。

隋文帝开皇二十年，吴兴人柳归舜从江南坐船前往巴陵，半路上船被风吹到了君山脚下，船夫把船停在岸边，柳归舜便上了岸，沿着小路闲逛起来。不觉间走了四五里路，柳归舜兴致愈加高涨，便离开了小路，跨过一条小溪向着山里走去。

忽然，柳归舜望见前面有一块通体晶莹剔透的巨石，形状圆而又平整，足有六七亩那么大。巨石四周长满绿竹，都有盘碟般粗细，百余尺长，翠叶拖曳着白云，森森竹林映衬着蓝天，清风徐徐，簌簌叶声宛如丝竹乐器般悦耳。在巨石中央又生长着一棵大树，同样有百余尺高，枝干五颜六色，翠绿的叶子有盘子那么大，花的直径有一尺宽，花朵深碧，花蕊深红，奇异的香气笼罩着四周，如烟似雾经久不散。

树上有上千只鹦鹉，红嘴壳绿羽毛，尾巴有二三尺长，它们在枝条间上下翻飞，并且不时喊着对方的名字，声音清亮悠扬。那些鹦鹉中有叫武游郎的，有叫阿苏儿的，有叫武仙郎的，有叫自在先生的，有叫踏莲露的，有叫凤花台的，有叫戴蝉儿的，还有叫多花子的。

有一只在唱歌的鹦鹉，先说道："我这曲子乃是汉武帝钩弋夫人经常唱的，其词云："戴蝉儿，分明传与君王语。建章殿里未得归，朱箔金缸双凤舞。'"另一只叫阿苏儿的鹦鹉说："我回想起阿娇在深宫里流泪时，曾经唱道：'昔请司马相如为作《长门赋》，徒使费百金，君王终不顾。'"又有一只在朗诵司马相如《大人赋》的鹦鹉说："我刚开始学赋时，被赵昭仪用头上的七宝钗痛抽了一顿，我埋怨自己的愚笨，如今总算背会了，成了受用终身的一件本领。"又有一只名叫武游郎的鹦鹉说："我从前见汉武帝乘着郁金船在积翠池中游玩，亲自吹着紫玉笛，笛声清脆悠扬，武帝志得意满，李夫人便在一旁随着笛声唱起歌来，歌云：'顾鄙贱，奉恩私。愿吾君，万岁期。'"

一只名叫武仙郎的鹦鹉问柳归舜道："请问您贵姓？在家中排行第几？"柳归舜回答："姓柳，排行十二。"鹦鹉又问："柳十二郎从哪里来？"又回答："我要到巴陵去，遇到大风，就把船停泊在了岸边，一时兴起来到了这里。"鹦鹉道："柳十二郎因为偶然遇风而得以至此异境，正可谓因祸得福。但在下只是一只鸟，不能帮上什么忙，不过我可以将足下的事情转达给桂家三十娘子。"于是朝着远方喊说："阿春，这里有客人。"

之后便见几片紫色的云彩从西南方飞来，在离地一丈多高时云气逐渐消散，现出一座华丽的楼阁，缓缓落在了大石头上。这时有一个十三四岁的小丫鬟从楼中走出来，穿着用珍珠翡翠装饰的衣服，容貌极为美艳，她对柳归舜说："三十娘子让阿春传话给郎君，我们居住在这偏僻荒远之地，劳烦您来一趟，不知早上可曾吃过东西？请稍稍坐一会儿，饭菜马上就好。"说完，便有仆人搬着水晶床走出来，柳归舜推让了好几次才坐下。

而后阿春又教训一只名叫凤花台的鸟说："为什么不招待客人？三十娘子因为黄郎不在不便出来见客，你们要是还偷懒，就要像上次那样挨打了。"说罢，便有一只鹦鹉飞到柳归舜跟前，说道："在下是凤花台，我近来写了一首诗，您能听听吗？"柳归舜道："诗是我的平生所好，这正合我的心愿。"鹦鹉于是道："我昨日飞过蓬莱玉楼，有感而发，写下一首诗：'露接朝阳生，海波翻水晶。玉楼瞰寥廓，天地相照明。此时下栖止，投迹依旧楹。顾余复何忝，日侍群仙行。'"

柳归舜听完，说道："倒是很华丽，不知阁下师父是何人？"鹦鹉道："在下事奉在王丹左右一千多年，杜兰香教我真箓，东方朔教我秘诀，汉武帝想找人当他的太中大夫，于是我得以在石渠署中读到扬雄、王褒等人的赋、颂，懂得了什么是箴论。王莽之乱时，我回到了吴地，后来被朱然要去，又转送给了陆逊，见到了陆机、陆云他们的作品，于是我也开始学习写文章。陆机、陆云被杀后，我就到这里来了，竟不知如今谁是文坛的宗师。"柳归舜道："是薛道衡和江总。"接着便读了他们的几篇诗。鹦鹉听了说道："近代的这些诗不能说不华丽，只是太缺少风骨了。"很快，阿春捧着赤玉盘从房中出来，里面摆满了珍馐美味，很多柳归舜连名字都不知道，气味甘香至极。

柳归舜吃完后，忽然有两个道士从天而降，对柳归舜说："真是难得呀，竟和一群鹦鹉待在一块。您莫非是柳十二郎吗？您的船因为风向变好已经可以出发了，大家这会儿正急急忙忙找您呢，还不快点回去。"于是扔给他一条一尺长的绸带说："用这个遮住眼，就能回去了。"柳归舜照做了，之后便感到身子像是在飞一样，再掉下来时已经回到了岸边。他走到船上，见船已经要开了，问过船夫，才知道自己已经失踪三天了。

后来柳归舜又坐船回到此地，重新上岸去寻访，却怎么也找不到上次见到的那地方了。

花
精

如此可爱的一群花精姑娘，任谁见了都会尽力出手相助的吧。

天宝年间，处士崔玄微在洛阳东边有一座宅子，他爱好学道，坚持服用白术和茯苓三十多年，有一次，因为药吃光了，他便带着几个仆人进到嵩山去采药，过了一年才回家，这一年中宅子无人打理，庭院里长满了荒草。

当时正是春天，一夜，月朗风清，崔玄微久久不能入睡，他独自住在一处小院子里，其他人无故不会到这里来。三更过后，有一个年轻女子说道："您在院子里吗？今晚我和一两个女伴路过这里，要到上东门表姨家去，想在您这儿歇歇脚可以吗？"崔玄微答应了。

那之后，便有十几个女孩在年轻女子的带领下进到院里，其中有一个穿绿衣裳的女孩走上前，对崔玄微道："我姓杨。"之后指着一人说："这是李氏。"又指着另一人道："这是陶氏。"又指着一个穿绯色衣服且年纪最小的女孩道："她姓石，名叫阿措。"她们每个人都有侍女陪着。崔玄微一一和她们见过礼，之后一起坐到月光下，问她们此行的原因。女孩回答说："想到封十八姨那儿去，几天前她就说想来看我们，但一直没来，今晚我们去看她。"

正说着话，门外就有人禀报说："封十八姨来了。"满座人都惊喜地起身去迎接。杨氏对封十八姨说："这家主人非常贤良，在这儿待一会儿也挺好，别的地方未必胜过此处。"说着，崔玄微也出门来见这位封十八姨，见她举止娴雅，有林下风气^①，便对她作了个揖，将她请了进来。

众人重新落座，一位位全都是绝色美人，满室芬芳馥郁，香气袭人。之后又让人端来酒，众人一边喝酒一边轮流唱歌助兴，崔玄微记下了其中的两首。有一个红衣姑娘给白衣姑娘祝酒，唱道："皎洁玉颜胜白雪，况乃当年对芳月。沉吟不敢怨春风，自叹容华暗消歇。"之后白衣姑娘为别人祝酒，唱道："绛衣披拂露盈盈，淡染胭脂一朵轻。自恨红颜留不住，莫怨春风道薄情。"

等到封十八姨斟酒时，她很轻佻地故意把酒泼到了阿措的衣服上，阿措动怒道："别人会讨好你，我不会讨好你。"说完拂衣而起。封十八姨道："小丫头喝醉了。"于是众人都站了起来，走到门外后各自分手而去，封十八姨朝南走，几个女孩则走进了西边的花园里。崔玄微当时还不曾察觉出有什么异常。

第二天夜里，几个女孩又路过崔玄微的院子，说："要到封十八姨那儿去。"阿措又发怒道："何必再去封老太婆那儿，有事只要去求崔玄微处士便好。"又对崔玄微道："我们姐妹几个都住在花园里，长年被恶风袭扰，不得安生，所以一直讨好着封十八姨求她庇护。昨夜我没能顺着她，恐怕她不会再帮我们了，崔处士如果愿意保护我们的话，我们会有所报答的。"崔玄微道："我有什么能力，能够帮助你们？"阿

---

① 林下风气一词出自《世说新语·贤媛》，原文云："王夫人（谢道韫）神情散朗，故有林下风气。"指人有名士般优雅的风度，此处是双关，故不译。

措道："只要崔处士每年元旦那天，做一面朱红色的布幡，在布幡上图绘上日月五星，立在花园东面，我们就能幸免于难了。今年元旦已经过了，就请您在这个月的二十一日那天清晨，微微有东风吹起时，把布幡立起来，应该也可以免除祸患。"崔玄微答应了。

几个女孩于是齐声谢道："不敢忘记您的恩德。"说完施了一礼，而后便离开了。崔玄微借着月光想出门送她们一程，只见几个人翻过了花园的围墙，进到了园里，然后忽然就都不见了。

后来，崔玄微依照她们的嘱托，在二十一日那天立起了一面布幡，这天东风呼啸而至，飞沙走石，但花园里盛开的繁花却一朵都不曾被吹落。崔玄微这才醒悟过来，那几个女孩称自己姓杨、姓李、姓陶，以及她们所穿的衣服颜色各异，乃是因为她们本就是众花化成的精怪，那个穿着绯色衣服名叫阿措的姑娘就是石榴精，而她们口中的封十八姨正是风神。

又过了几天，几个女孩找到崔玄微，向他道谢，并给他带来了好几斗的桃花、李花，劝崔玄微吃掉，说是可以延年益寿，希望他可以常住在这里好一直护佑着她们，而他自己也可以因此长生不老。到唐宪宗元和初年时，崔玄微还健在，模样看上去就如同三十几岁的人。

病
僧
奇
谭

　　唐宪宗元和年间，一个名叫薛淙的进士游历到河北卫州的一个村子去寻访一座古庙，天黑后准备在此处投宿，便和几个人一起去找寺中的住持，但住持恰好不在，只听见仓库西边一间没点灯的房间里传来阵阵痛苦的呻吟声。走近一看，发现里面有一个生着病的老和尚，头发花白、胡子全都乱糟糟的未经打理，身体相貌看上去很是吓人。薛淙于是喊同行的几个人说："这有个怪异的病和尚。"

　　那和尚听了，发怒道："哪里怪异了？你们这些年轻人想要听异闻吗？病僧就粗略跟你讲讲。"薛淙几人都连连说好。

　　和尚于是道："病僧二十几岁时，喜欢到四方游历，一次靠着服用丹药，不进饮食，一路向北走到了居延，离西海只有三五十里。这一日黎明时分，病僧已经走了十几里路，太阳就要升起来时，忽然发现一棵已经枯死的大树，有三百多丈高、几十围粗，但树心都已经空了。病僧从树下探头朝上望，发现这树直上通天，里面宽阔得可以容纳一个人。

　　"那之后，病僧又继续向北走了几里，远远望见一个女子，身穿绯红色的裙子，光脚露肩，披散着头发一路狂奔，快得像风一样。那女子跑到我跟前向我求救，我问她是怎么回事，她说：'有人在后面追我，您遇到那人就说没见到我，我就感激不尽了。'说完就钻进了枯树洞里。

"病僧又走了三五里，忽然见到一人身穿金甲，骑着披挂铠甲的战马，携带着弓箭和宝剑。战马如闪电般飞驰，每一步都能飞跃几十丈远，有时在半空中跑，有时在地上跑，脚步丝毫不乱。那人来到病僧跟前，问：'看见什么人没有？'病僧回答：'没见到。'那人又说：'不要隐瞒。她不是人，而是飞天夜叉，她有数千同党，流窜天界，中伤八十万人①，如今大多同党都已经被擒杀，只剩下她这个为祸最甚的还没有被捉获。昨夜奉天帝命令，从沙吒天追踪她到这里，已经跑了八万四千里路，像我这样的使者一共有八千人，都在追她，她是天界的罪人，师父千万不要庇护她。'病僧于是交代了女子的藏身之处，之后须臾之间，那使者便飞去了枯树跟前。

"病僧走回去看，见那使者下了马，进到树洞里面瞧了瞧，之后重新上马，绕着枯树腾空而上，上到树的一半高时，见树中有一红点飞了出来，使者骑马追上去，飞了七八丈高，便渐渐飞入了云霄之上，消失在天空之中了。

"过了很久，天上忽然落下几十点血雨，我猜想可能是那夜叉中箭了吧。这才可以说是怪异，你们这些年轻人认为老僧怪异，不是太没见识了吗？"

---

① 此处原文作"相继诸天伤人，已八十万矣"。诸天是佛经中的概念，此处可以理解为许多层不同的世界。

许
汉
阳

书生被龙女当成了贵客，本以为是一场艳遇，最后才发现没被吃掉已经是万幸了。

汝南人许汉阳，唐德宗贞元年间，乘船行进在洪、饶二州之间，傍晚时，江上波浪很急，只好将船划进了一条支流中躲避，又行了三四里后，船进到了一个湖里，湖面很广但是水深才二三尺。又向北行了一里多，见湖岸边绿竹森森，便想要把船停在那里，船快靠岸时，又望见岸上亭台楼阁高大宏丽，有两个婢女梳着乌黑的发髻，素面如玉，迎着小船微笑着。许汉阳很惊讶，说了些不规矩的话挑逗她俩，两个婢女听了大笑起来，之后就又走回了宅里。

许汉阳整整衣服，登上岸想要到那宅中拜谒，才走了几步，就有一个婢女出来将他请进了内厅入座，对他说："女郎正在换衣服。"没过多久，又有一个婢女过来，带着许汉阳进了中门，见那庭院中都是大水池，池中种满了荷花，四岸一片青翠，有如碧玉。又有两道虹桥连接着南北，北面有一座楼阁，走上台阶，见上面悬挂的匾额上写着"夜明宫"三个字，楼阁四周种满了奇异的花草果树，高耸入云。

许汉阳跟着婢女走进了楼阁中，一进去，就有六七个婢女列队揖拜，登上第二层，便见到六七个年轻女郎，容貌都是许汉阳从未见过的那样美，她们一边朝许汉阳行礼，一边问他打哪来。许汉阳如实表示自己是误打误撞到的这里。行礼坐定后，便有婢女端来饭菜，都是人间见所未见的美味，吃完饭后又开始喝酒。在院子里，有一棵奇特的大树，有几丈高，树干和枝杈像是梧桐，但树叶却类似芭蕉叶，树上结满了杯子那么大的红色蓓蕾，丰盈未吐，这棵树正对着许汉阳和女郎们喝酒的地方。

一个女郎端起酒来，让婢女捧着一只像鹦鹉似的鸟儿放到了栏杆上，这鸟叫了一声，树上的花便即时绽放，芳香袭人。每朵花中都有一个一尺来高的美人，婉丽的面容和披服的衣裳各自相称，每人手中都持着乐器，丝弦笙管样样俱全，她们见到女郎，都恭敬地施礼。女郎举起酒一饮而尽，那群美人也随之开始奏乐，乐曲声萧萧如风，泠泠如水，杳然如在仙境。刚刚酒过一巡，天就已经黑了，但明净的月色很快就又将楼阁照亮。女郎们跟许汉阳聊起天，但聊的都不是人间的事情，让许汉阳完全摸不着头脑，而当他想要以自己熟悉的事情加入她们的讨论时，众人就都不理他了。酒一直喝到二更，筵席才算结束，而那棵树上的花在这之后便片片凋落，落入池中，那些美人也是如此，一落水就很快消失不见了。

一个女郎取出了一卷文书交给许汉阳，许汉阳看了看，发现是《江海赋》，女郎请他读一遍，许汉阳便为她读了，之后女郎又自己读了一遍，然后就让婢女把文书收起来了。又有一个女郎说："我有一篇感怀诗，想要为各位诵读一下。"女郎们和许汉阳都说好。那女郎于是吟诵道："海门连洞庭，每去三千里。十载一归来，辛苦潇湘水。"吟完，女郎便让婢女取来纸墨笔砚，让许汉阳将这首诗写下来。许汉阳展开纸卷，见纸面上印着金花，写着银字，卷子厚度如同拱斗，已有半卷写上了文字。再去看拿来的笔砚，发现笔杆是用白玉制作而成的，砚台则是用碧玉雕琢，装在玻璃材质的匣子里，砚台中盛的墨则是银水。

许汉阳写完后，女郎又让许汉阳把自己名字也写上。许汉阳写完名字，将卷子向前展开了些，见到前人留下的几首诗，发现也都署了名字，有叫仲方的，有叫巫的，又有叫朝阳的，但是都没有姓。女郎见他已经写完，便把卷子要了回去，许汉阳道："我有一篇作为答和的诗，想要写在后面可以吗？"女郎拒绝道："不行，这一卷要经常带回去呈献给父母兄弟们看，不想掺杂在一起。"许汉阳问："那刚才为什么还叫我署名呢，这就可以吗？"女郎道："这是另一码事，不是您能懂的。"

四更时，有婢女对许汉阳道："郎君可以回船上了。"许汉阳临走前，几个女郎对他说："可惜这次是在旅途中与您偶遇，没能隆重地招待您。"分别时依依不舍。许汉阳回到船上，行船途中忽然刮起了大风，天色昏暗，伸手不见五指。天亮后，再望向昨夜和女郎聚会的地方时，发现只有一片空竹林而已。

许汉阳划船离开，又回到江面上，见岸边聚集着十几个人，似乎是发生了什么事情，便把船划过去，上岸询问。有人告诉他说："有四个人在江中溺水，到二更后才捞上来，三个人已经死了，还有一个剩一口气。有一个巫女把杨柳水洒在还活着的那人身上，又念咒施法，过了很久那人才能说话，他对众人说：'昨夜水龙王的几个女儿和她们的表姊妹从洞庭回来，夜里在此处宴会，取我们四个人当酒。因为客人少，所以喝得不多，我才得以活着回来。'"许汉阳听了大吃一惊，问说："那个客人是什么人？"回答说："是一个穷秀才，不记得他的姓名。"又说："我听婢女说，那几位小娘子非常喜欢人间的书法，但却苦于得到，经常想要请秀才为她们写一篇而没有机会。"许汉阳又问："那秀才如今在哪？"那人回答："已经开船走了。"

许汉阳想起昨晚的事，以及那个女郎所作的那首感怀诗，一切都能验证此人所说的话。他默默回到船上，感到腹中一阵难受，接着便吐出了一大摊的鲜血，这才知道那群龙女原来是以人血为酒。过了好几天，许汉阳的身体才恢复。

萧至忠

这则故事发生在努力寻求一线生机的动物和被贬下界的仙人之间。

唐代的中书令萧至忠,唐睿宗景云元年担任晋州刺史,他将在腊日那天外出打猎,一连多日都在忙着置备需要用到的陷阱、网罗等物。在狩猎开始的前一天,有一个樵夫在霍山中打柴,忽然疟疾发作不能下山,便暂时躲进了山洞里,夜里呻吟不止无法入睡。快半夜时,樵夫忽然听到似乎有人走动,起初以为是强盗,便急忙躲到了树下边。

当时月色很明亮,樵夫见到有一个一丈多高的巨人,鼻子上长着三只角,身上披着豹皮,双眼闪烁着闪电般的光芒。巨人冲着山谷长啸了一声,很快,便有虎兕鹿豕、狐兔雉雁等各种动物陆续赶来,围在了巨人身边。

巨人对动物们说:"我是玄冥使者,奉北帝的命令来宣告,明天腊日,萧使君将顺应时令来此狩猎,你们之中,若干合该被箭射死,若干合该被枪刺死,若干合该身陷罗网一命呜呼,若干合该被棍棒打死,若干合该被狗咬死,若干合该被猎鹰捉住而丧命。"说完,他周围的野兽就都趴下身,瑟瑟发抖,像是在祈求饶恕。

有一头老虎和一头麋鹿上前,前足跪倒,对巨人说:"我们性命轻贱,死也是应该的，然而萧公是位仁人，并非有意要伤害生灵，只是为了顺应时令而已，只要有点小变故就会停止打猎了，使者难道没有办法救我们吗？"使者道："不是我想杀你们，我只是依照北帝的命令宣布你们的死期，现在我的使命已经完成了，这之后任由你们自己想办法。不过我听说东面山谷中的严四兄善于谋略，你们可以过去求他。"动物们听了便都欢呼起来。于是使者便向东走去，动物们都跟在他身后，当时樵夫的病也好了些，便也跟了上去。

来到东面山谷后，见那里有几间茅草屋，屋中有一个道士，正躺在床上熟睡，旁边的架子上搭着一张虎皮。听到有动静，他惊醒过来，对使者道："你我阔别已久，我常常想念你，你今天到这里来，可是为了分配动物们腊日那天的生死？"使者道："正是这个原因。但它们都来向四兄求救，四兄帮它们出个主意吧。"老虎、麋鹿又都跪下来哀求道士。道士道："萧使君每次役使下人，都会体念他们的饥寒，如果能让滕六降雪，巽二起风，他就不会再出来打猎了。我昨天收到滕六的信，得知他丧偶不久，又听说他索要来泉家的五娘子做歌姬，最近此女也因为善妒而失宠了，如果你们能找来一位美人送给滕六，那雪就会立刻降下来了；而巽二喜欢喝酒，你们如果能找来美酒佳酿贿赂他，那风也会马上刮起来的。"

这时，有两只狐狸站出来说："我们善于媚人，能够把这两样取来。河东县尉崔知之的三妹子，貌美娇艳，绛州庐司户善于酿酒，他的妻子最近生了孩子，家中一定会有美酒。"说完就走了，动物们又是一阵欢呼。

道士又对使者说："回忆起当初我在仙都生活的日子，岂会想到日后千年间都会以野兽之身生活呢？这些年我一直悒悒不得志，写下了《述怀》一篇。"于是吟诵道："昔为仙子今为虎，流落阴涯足风雨。更将斑毳被余身，千载空山万般苦。"又说："但我现在受贬谪的时间已经满了，只剩下最后十一天，就可以回归仙都去了。在此地住了这么久，就要离开了，颇有些不舍，我想题几行诗在墙上，让后人知道我曾经住在这里。"于是在北边墙壁上写道："下玄八千亿甲子，丹飞先生严含质。谪下中天被班革，六十甲子血食涧。饮厕猿狄下浊界，景云元纪升太一。"在一旁偷看的樵夫粗通文字，因此便暗中将这诗记了下来。

没多一会儿，一只狐狸便驮着一个美女回来了，那女孩才十几岁，正用袖子擦着眼泪，脸上带着残妆，容色妩媚。又有一只狐狸背来了两瓶美酒，香气浓郁。道士于是把美女和美酒各自装进了一个口袋里，之后写了一道符，喷了一口水在上面，两个口袋便飞走了。樵夫害怕被他们发现，于是就偷偷溜走回家了。天还没亮时，一场暴风雪突然来袭，持续了一整天才停，而萧至忠也因此放弃了外出打猎的计划。

赤
水
神

有一点小聪明的书生哪里敌得过久经世故的老和尚呀。

唐德宗贞元初年，陈郡人袁生，曾经当过唐安县参军，卸任以后前往巴川一带游历。一天，他住进旅店中，忽然有一个白衣男子前来和他打招呼，落座后，男子对袁生说："我姓高，家住在本郡新明县，从前一直在军中任职，现在不干了，所以到这里来旅游。"袁生和他交谈，发觉其言语聪辩，机敏博学，远远超出常人，袁生大为惊奇。

白衣人又说："我善于算卦，能够算出您过去遭遇的所有事。"袁生于是试着问他，那人便说起袁生从前的事情，一五一十详细得如同早就记录在纸上一样，袁生更加吃惊。

到了夜里，已经很晚了，白衣人又神秘地对袁生说："我不是人类，希望可以和您说点事，可以吗？"袁生听了很恐惧，从床上坐起来道："您不是人，难道是鬼？是要加害我吗？"白衣人道："我不是鬼，也不是要害您，我之所以前来，是想拜托您一件事情。我是赤水神，有座神庙在新明县南面，去年一连下了几个月的雨，我居住的地方都被雨冲塌了，郡中没有人愿意为我重新修缮，我不得不忍受着风雨烈日的侵袭，每天还要被打柴放牧的人欺辱，附近村里的人只把我看成一堆土而已。

如今我把这些话对您讲了，您如果觉得能办就直说，如果办不了就走，我也不会恨您。"袁生痛快地回答："尊神既然有心愿，我又有什么办不了的呢！"

赤水神又道："您明年将要调任为新明县令，到时如果能为我重建神庙，并依照时节祭祀，那我就感激不尽了，希望您不要忘记。"袁生答应了。赤水神又道："您来到县中后，希望可以来见我一趟，但人神殊途，我担心您的仆从可能会亵渎到我，请您先支开他们，独自进到庙里，我还有些话对您讲。"袁生允诺。

这年冬天，袁生果然被调任为新明县令，上任以后，经过打听，得知确实有一座赤水神庙，就在县南几里远。过了十几天，袁生便动身到庙中去，在离神庙还有很长一段距离时，他便下马让仆从们留在原地，自己一个人走进了庙里。这座神庙已经坍塌得非常厉害，荒草丛生。袁生在庙中伫立许久，忽然有一个白衣男子从庙后走过来，正是赤水神，看上去很是欢喜。赤水神上前向袁生施了一礼，之后说道："您没有忘记从前的约定，今天能来看我，这是我的幸运呀。"之后便领着袁生在神庙中逛起来。

袁生忽然发现在台阶下面坐着一个老和尚，身上披枷带锁，又有几个人站在他旁边。袁生问说："这是什么人？"赤水神道："他是县东面寺庙中的道成和尚，有罪过，所以我把他扣押在这里已经一年了，每天早晚都要打上一顿。再过十几天就该放掉他了。"袁生又问："这和尚既然还活着，怎么会被扣押在这里？"赤水神回答："我扣押的是他的魂魄，这样他的身体自然就会生病，他又哪里知道是我干的呢。"赤水神又说："您既然答应为我建庙，麻烦快些想办法。"袁生应道："不敢忘记。"

回去以后，袁生便开始张罗修庙的事，但因为自己太穷，根本出不起钱，于是心想："赤水神说他把道成和尚的魂魄扣押在庙里，那和尚就会生病，又说再过十几天就要放掉他了，我如今假借别的原因，让那和尚帮忙把庙建起来，他又怎会怀疑呢？"

于是便来到县东的寺庙里打听，果然有个道成和尚，卧病在床已经一年了。袁生见到道成和尚，道成对他说："我生了病，就快死了，每天早晚就浑身都疼。"袁生道："您病成这样，离死非常近了呀，但我有办法能治好你。请问您能够出钱重建赤水神庙吗？"道成道："如果病能好，我又怎会把钱当回事！"袁生于是撒谎说："我擅长视鬼之术，近来拜谒赤水神庙，见到您的魂魄正披枷带锁地坐在墙边，于是召来赤水神询问，他答说：'这和尚有前世注定的灾祸，所以扣押在这里。'我可怜您在那里受苦，便对赤水神说：'怎么能扣押活人？快把他放了吧，我会让这和尚重修神庙，你就免去他的罪过吧。'所以我前来告诉您，您的病就要好了。您应该重修赤水神庙，不要因为病好了，就有所怠慢。"道成骗他说："谨遵您的教诲。"后来过了十几天，道成的病果然好了。

道成召集来他的徒弟们，说道："我自年少时就抛家舍业，修习佛法，如今已经五十岁了，不幸得了重病。之前袁君对我说：'您的病是赤水神干的，病好了应赶快修缮他的庙。'但建立神庙，本是为了保佑万民，祈祷福运，如今赤水神既然为害于我，又怎能不除掉他呢?！"于是便率领着他的徒弟，带上铁锹赶到赤水神庙，将庙中的神像连同庙一起全都夷为平地。

第二天，道成去拜谒袁生，袁生欢喜地问："您的病果然好了吗？我的话岂是瞎说的。"道成道："都好了。幸亏您救了我，哪里敢忘掉您的恩情。"袁生道："应当赶快筹划修赤水神庙的事，不然我担心庙神会降祸于您。"道成却表示："人之所以祭祀神灵，是因为他可以延长人的福运，消弭人的灾祸，逢大旱可以通过雩祭祈求甘霖，遇淫雨可以通过禜祭祈求晴朗，所以天子下诏，让天下的郡国，乃至一县一乡，都建立神灵的庙宇，这是为了让他为百姓造福。像赤水神这样，没有造福于人，反而危害他人，怎能不除去他呢？我已经将庙完全毁掉了。"袁生听了又惊又怕，于是慌忙向道成赔礼，道成见状愈加气焰高涨，而袁生吓得要死。

过了一个多月，县中一个小吏犯了错，袁生命人打了他一顿板子，后来没多久小吏就死了，他的家人上诉到郡中，袁生因此被贬去了端溪。袁生走到三峡时，忽然遇见一个站在路边的白衣男子，仔细一看，原来是赤水神。他对袁生道："之前托您修缮我的庙宇，为何让道成毁了我的房子，扔掉了我的塑像，使我顿时无家可归？这都是您的错呀。如今您被放逐到穷困荒远之处，也是我在报仇而已。"

袁生向他道了歉，之后问："毁掉您庙的是道成，为什么要怪罪我？"赤水神道："道成和尚福运正盛，我动不了他，而如今您的禄运和命数都衰败了，所以我得以报复。"说完就不见了。袁生非常厌恶这番话，过了几天就得病死了。

高

昱

唐宪宗元和年间，有一位名叫高昱的隐士，平时以钓鱼为生。一次，他将船停在昭潭边，快三更时，他还没睡。忽然，他见到潭中有三朵巨大的芙蓉花，鲜红的颜色和芳香的气味都异乎寻常，又有三个美女各自坐在芙蓉花之上，她们都身穿着一袭白衣，光洁如雪，容貌艳丽妩媚，恍若神仙。她们三人在一起聊道："今晚水面广阔，风清浪静，天高月明，怡悦人心，欣赏着这样的美景，正适合聊聊幽深玄妙之事。"

其中一人道："旁边有小船，不会有人听到我们说话吧？"另外一人道："纵使有人，也不是什么高尚的人，不必害怕。"又说："谚语说：'昭潭无底橘洲浮。'①确实不是句假话呀。"又道："请各自说下自己喜好哪种学说吧。"一人道："我的性格适合修习佛教。"又一人道："我修习道教。"最后一人道："我修习儒教。"之后三人便各自谈论起自己修习学说的宗旨所在，所说的道理都非常精到微妙。

---

① "昭潭无底橘洲浮。"意思是说湘江水涨时昭潭深不可测，浩荡江水中只有橘子洲浮出水面。《全唐诗·谚谜·昭潭谚》："昭潭山下有潜穴，通洞庭，水深不测。谚云：'昭潭无底橘洲浮。'"

又一人道："我昨夜做了一个不祥的梦。"另外二人问："什么梦？"回答："我梦见我们的子孙仓皇无措，流离失所，被人所驱逐，不得不举族奔亡，这是个不祥的梦呀。"二人道："梦不过是游荡的魂魄见到的假象，不必相信。"①

三个人又说："我们各自算算明天早上能吃到什么食物吧。"过了很久，又一起说道："都是从其所好，一个和尚、一个道士和一个儒生罢了，我们刚才讨论的梦居然就成了先兆，然而这未必不会带来祸患。"说完，就不慌不忙进到水里不见了。高昱听着她们的话，都牢牢记在心里。

等到天亮，果然有一个僧人想要渡过潭去，结果船行驶到潭中心时，就忽然沉进了水里，高昱大惊道："昨夜的话不是瞎说。"很快，又有一个道士走到船上，也要渡水，高昱连忙上前阻止他，道士却说："您别作怪了，僧人溺水只是偶然而已。我要去赴一个知己的约，虽死无悔，不能失信于人。"于是催促划船的人快开船，结果船到中途又沉了。

后来又有一个儒生，背着书包也要渡水，高昱恳求道："之前过去的和尚和道士都已经溺水而亡了呀！"儒生正义凛然地说："生死都是命中注定，今天是我们族人祥斋②的日子，不能少了吊唁的礼数。"说完便要船家开船，高昱见他不听，上前牵住他的袖子说："即使砍断我的胳膊，也不能让你渡水。"书生见状，在岸边大呼小叫，忽然有一个如同一匹白布的东西从潭中飞出来，缠住书生身体，把他往水里拽，高昱和划船的人连忙上前拉他的衣襟，但上面沾满了涎液非常滑，根本拉不住。高昱长叹道："真是命呀，短短一会儿没了三个人！"

过了一会儿，有一老一少两个人乘着一叶小舟翩然而至，高昱上前

---

① 原文作"游魂偶然，不足信也"。唐人认为梦是魂魄离开身体后经历的事情，所以会这样说。

② 祥斋，古代亲丧满周年的斋戒祭祀。

和老者搭话，问他的姓名，老者道："我是祁阳山的唐勾鳌，如今要到长沙去，拜访张法明威仪（威仪，道教官职名）。"高昱很早就听说过这个唐勾鳌是位道行高深的道士，精通法术，因此对他非常恭敬。

不多时，便听见岸边有很多人的哭声，原来是那三个溺死者的亲属来了。老者问是怎么回事，高昱原原本本地讲了事情经过。老者听罢，怒道："焉敢如此害人！"便打开箱子，取出朱砂和笔写了一张符咒，之后对船上的弟子说："带着我这张符进到潭里，勒令那水怪尽快到别的地方去。"弟子于是接过符来走进水面，竟如同走在平地上一样，沿着山脚走了几百丈远，便发现水底有一处发着光的洞穴，构造如同人间的屋室一般，有三头白猪躺在石床上睡觉，又有几十头小猪正在它们旁边嬉戏。

等弟子持着符咒走上前时，三头白猪忽然惊醒，都化作白衣美女，而几十头小猪则化了一群童女。三个人捧着符咒哭泣说："不祥的梦果然应验了。"又说："请替我们禀告先师，我们住在这里已经很久，岂会没有些留恋呢？请宽限三天，之后我们就会搬回到东海去。"说罢，各自献出明珠作为对这弟子的答谢。弟子却道："我要明珠没用。"没有收下而返了回来，把三人的话告诉了老者。老者大怒道："你再替我去跟这几个畜生说，明天早上速速离开这里，不然就要让六丁神前往洞穴中斩杀它们。"弟子便又去传话。三个美女听完，号哭着说："敬依处分，我们这就回去。"

第二天一早，便见有一股黑气从水面上冒出来，之后须臾间狂风大作，电闪雷鸣，翻涌的巨浪如同层层山峦一般。有三条几丈长的大鱼，还有无数条围绕在它们身边的小鱼，一起顺着水流游走了。老者对高昱说："我这一趟很有收获，要不是因为您，又怎能除去昭潭中的祸害呢？"于是便和高昱一道乘着船四处云游去了。

李

靖

李靖本是唐初的大将，因为战功卓著，声威远播，民间流传着许多关于他的传说，本文要讲的，正是在他年少还未发迹时，夜宿龙宫，代替龙王行雨的一段故事。

唐代的卫国公李靖，在还是平民百姓时，经常在灵山中打猎，也经常吃住在山间的一个村子里。村中有一个老翁惊奇于他的为人，常常会送给他很多东西，时间长了，不仅没有冷淡疏远反而对他愈加优厚。

后来有一次，李靖遇见了一群鹿，追逐中，眼看天就快黑了，李靖想要就此放弃却又很不舍，结果没过多久，便因为天色太暗而迷路，茫然不知该怎么回去。李靖满心惆怅地在陌生的路上行走，愁闷不已，偶然极目远望，发现远处有灯火的光亮，便连忙赶过去。

走上前，见是一座朱红大门的大宅子，围墙和房屋都非常高峻。李靖敲了很久的门，才有一人出来，问他为何敲门。李靖回答说自己迷路了，希望可以在此借宿一晚。那人道："郎君已经出去了，只有太夫人在，借宿估计不行。"李靖道："请帮我去说一声吧。"于是那人便回去通禀，过了一会儿又出来道："夫人起初不肯，但见天已经黑了，客人又说是迷路至此，不能不收留。"于是把他请到了正堂当中。

不多时，有一个婢女出来通报："夫人来了。"便见有一个妇人走在后面，年纪五十几岁，青裙白褂，神色清高典雅，宛如士大夫家的女主人一样。李靖上前施了一礼，妇人答礼道："儿子都不在，本不应该留您，但现在天色已晚，您又迷了路，我如果不留您，又能让您到哪去呢？只是我们是山野人家，儿子可能会在半夜里回来，届时会很吵闹，希望您不要害怕。"

妇人让人端来饭菜给李靖吃，饭菜味道颇为鲜美，只是大多都是鱼。不多时妇人便回去了。吃完饭，两个婢女送来了床席被褥等等，干干净净还带有香气，而且都非常华美，婢女将东西放好后，便关上门也走了。李靖心想这山野之中，大半夜回来而且很闹腾，会是什么人？他越想越害怕，不敢入睡，于是端坐在床上听着外面的动静。

快到半夜时，忽然听到外面传来非常急促的敲门声，之后又听到有人前去应门。来人说："天符到了，报知给大郎君他要去行雨了，周遍此山七百里，五更时要将雨下满，不能拖延，也不得放肆。"应门的人接过天符，回去交给夫人，又听到夫人道："两个儿子还没回来，行雨符到了，固然不能推辞，错过了时间要受责罚，但即使现在去通知他们，也已经晚了，更没有让奴仆担此重任的道理，该怎么办好？"一个婢女道："之前我观察堂中的那个客人，不是普通人，为何不请他帮忙呢？"

夫人面露喜色，于是亲自过来敲门说："郎君醒了吗？请暂时出来一趟。"李靖答应一声，之后便起身与之相见。夫人对他说："此处并非人类的宅院，而是龙宫。妾身的大儿子去东海参加婚礼，小儿子去送他妹子，刚才接到天符，是要我们行雨。算来两个儿子去的这两个地方，合起来足有万里之遥，来不及通知他们，想要找替代的人也很难，我想以此事烦劳您一小会儿，可以吗？"李靖道："我是俗人，不是乘云驾雾的神仙，怎么能够行雨呢？如果您能教给我方法，在下唯命是从。"

384

妇人道："只要按我说的做，没有什么不可以的。"

于是便让一个仆人牵来了一匹青骢马，又让人取来了雨具——一个小瓶子——系在了马鞍前边，又嘱咐李靖道："郎君骑着马，不要勒缰绳，就让马任意跑。如果马忽然停下，用蹄子踏向地面，并且昂首嘶鸣，你就取出瓶子里的一滴水滴到马鬃上，当心不要滴多了。"李靖听完嘱咐，便骑上马走了。只见马倏然间越跑越高，李靖只惊讶于这马的速度之快，完全没注意到自己已经是在云层之上，四周的风迅疾得如同飞箭一般，轰隆隆的雷声发自他的脚下。每次马停下来踏地嘶鸣时，李靖就遵照嘱咐滴上一滴水，后来周围的云被闪电劈出一道裂缝，李靖朝下望，发现下面正好就是自己平时住的村子，心想："我打扰村民们那么多次，一直感念他们的恩德，不知如何报答，如今旱了这么久，村里的庄稼都快枯了，而雨就在我手上，我难道还要吝惜吗？"想着一滴根本救不了旱，便一连滴了二十滴。又过了一会儿，雨下完了，李靖便骑着马回去了。

进到正堂中，却见夫人哭泣着对他说："您为何连累我到如此地步？本来约定好只能下一滴，为什么私自下了二十尺的雨？这瓶中的一滴，乃是地上的一尺雨呀！这村子半夜里，平地起了二丈深的积水，哪里还会有人活下来？妾身已经受到惩罚，被打了八十杖，您看看我的背，上面全是血痕，我的儿子也被连坐了，如何是好！"李靖听了既惭愧又惊恐，不知该如何回答。夫人又说："郎君是世间凡人，不懂得云雨的变化，确实不该怨恨您。只怕龙师来找您算账，会让您受到惊吓，您应当尽快离开这里。但劳烦您这一趟，还没有报答，这山里没有什么像样的礼物，只有两个奴仆可以送给您，一块领走也可以，只要其中一个也可以，任您选择。"于是让两个奴仆出来。一个奴仆从东边走出来，仪态容貌和蔼可亲，神情怡然；另一个奴仆从西边出来，表现得气势汹汹，一脸怒相地站在那里。

　　李靖道："我是猎人，与猛兽打斗是常有的事，如今只想要一个奴仆，但如果是要那个和蔼可亲的，人们就都以为我是胆怯了。"于是又说："我不敢两个都要，夫人如果要送，我就领走那个怒气冲冲的吧。"夫人微笑着说："郎君的企望原来是这样。"李靖于是作了个揖，便动身离开了，他要的那个奴仆也跟着他一起出了门。出门后才走了几步，回头看时，那座宅子就不见了，正想要问那个奴仆时，却发现那奴仆居然也消失了。李靖只好独自找路下山去了。等到天亮后，李靖望向之前自己住的那村子，已是汪洋一片，许多大树也只能露出最顶上的一点树梢，根本没有活着的人了。

　　后来李靖从军并当上了大将军，率领军队平定了内乱外患，功劳盖世，但是始终没能当上宰相，只怕是没有要那个和蔼可亲的奴仆的缘故吧？世人都说"关东出相，关西出将"，那两个奴仆难道是这两句话的隐喻吗？之所以是奴仆，奴仆也是臣下的象征，如果李清当初两个奴仆都要的话，就能够既当将军又当宰相了吧。

齐
推
女

唐宪宗元和年间，饶州刺史齐推的女儿嫁给了陇西人李某。后来李某前往京城参加进士考试，当时妻子齐氏正怀着孕，无人照料，便回到了娘家居住。到了临产的那个月，又搬到了宅后东边的一座阁楼里。搬进去的当天夜里，齐氏忽然梦见一个壮汉，穿着十分高贵，他举着宝剑怒目而视，呵斥齐氏说："这屋子岂是让你分娩的地方？你胆敢将这里弄得污秽不堪？赶快搬走，不然就要大祸临头了。"

第二天，齐氏将这个梦告诉给父亲，她父亲素来性情刚烈，表示："我好歹是一州之主，那人是何妖孽，岂能侵犯我处？"过了几天，齐氏将孩子生了下来，之后忽然见到之前梦见的那个壮汉冲到自己床前，对着她一顿乱打，过了一会儿，她便七窍流血而死。齐氏父母痛惜女儿含冤横死，追悔莫及，一边连忙派人去通知李某，准备等李某回来了好将女儿葬进李家的祖坟去，一边暂且将女儿的棺椁先埋在了饶州西北十几里外的官道边。

李某身在京城，落榜后正要回家，忽然得到了妻子的凶信，便急匆匆赶去奔丧，等抵达饶州时，离妻子去世已经半年之久了。李某粗略得知了妻子并非善终，因此既哀痛又含着恨意，一直在思考该如何为妻子平冤昭雪。走到饶州城外时，天色已晚，李某忽然望见旷野中有一个女子，模样穿戴都不像是普通的村妇，李某心微微动了一下，便停下马来仔细端详，但那女子却在走进一片树林后就不见了。

李某下马追上前，发现那女子竟是自己的妻子，夫妻二人久别重逢，抱头痛哭一场。妻子道："先别哭，我还可以复活，我等您回来已经等很久了。我父亲刚正不阿，不信鬼神，不能帮我申冤，我是一个弱女子，也没办法自己去告状，今天我们才相见，已经过了告状的时机了。"李某问："那该怎么办？"妻子回答："此处正西五里外有一个鄱亭村，村中有一位姓田的老人，是个教书先生，但他真实的身份则是九华洞中的仙官，只不过人们都还不知道。您如果能诚心诚意地求他帮忙，或许还有希望。"

李某于是立即前往鄱亭村，打听到了那位田先生的住所，与之相见后，便跪在地上膝行而前，又磕了好几个头，说道："下界的凡夫俗子，斗胆拜见大仙。"当时田先生正在教一群小孩子读书，见到李某如此举动，立刻惊慌失措地起身道："我这把衰朽的老骨头，说不定哪天就会大限将至，郎君为何要这样称呼我？"李某不回答，只是不停地叩头，田先生见状愈加为难。从日暮一直到深夜，李某始终拱手站在田先生身前，连坐下都不敢。

田先生低着头沉默许久，说道："足下如此诚恳，我又有什么可隐瞒的呢？"李某于是一边叩头一边哭，详细地讲了自己妻子含冤而死的情形。田先生道："我早就知道此事，但你们不早些申诉，如今你妻子的身体都已经朽坏，再想复原可就难了。我之前拒绝您，也是因为没有好主意，但现在还是试着为您想想办法吧。"说罢起身朝北走了一百多步，在一片桑树林中停了下来，而后仰天长啸。转瞬间，面前忽然出现了一座宏伟的官署，殿宇环绕，守卫森严，如同王者的宫殿一般。

田先生身披紫帔，安坐于大殿上的桌案之后，各色官吏侍从在左右。很快，便有接到召令的各方土地之神前来。不多时，就有十几伙人，各自率领着上百人马，陆续飞奔而至。其中的首领都身高丈余，眉目魁伟，他们依次排列在门外，神色慌张，一边整理衣冠，一边互相询问今天是为何事而来。过了一会儿，负责传话的官员通禀说此处土地之神，如庐山神、江渎神、彭蠡神等等都已经到了，那些神灵于是连忙进到了殿中。

田先生问他们："前阵子，此州刺史的女儿因为分娩而被恶鬼所杀，极其冤枉无辜，你们知道这件事吗？"众神全都俯身回答说："知道。"又问："那何故不为她申冤？"众神又一齐回答："打官司要有原告，此事不见有人告状，所以我们也没办法。"又问："你们知道凶手是谁吗？"其中一神回答："是西汉鄱县王吴芮。如今刺史的宅子，就是从前吴芮的居所，至今他都依仗着自己势力强大，侵占着这块土地，经常肆意妄为，行凶害人，人们都拿他没办法。"田先生道："现在就把他抓来。"很快，众神便把吴芮绑了来，田先生质问他，他却不肯服罪，于是又让人去找齐氏。齐氏赶到后，便在大殿上和吴芮争辩起来，过了一顿饭的工夫，吴芮自觉理亏，但仍狡辩说："应该是她产后虚弱，乍一见到我，受到惊吓自己吓死了，不是我故意杀的。"田先生道："你亲自动手杀死和被你生生吓死，有什么区别吗？"于是便让人押着他前往天庭治罪。

之后，田先生又让人去查看一下齐氏还有多少寿命，过了阵子，小吏回禀说："她的寿命还有三十二年，其间会生下四男三女。"田先生对众人说："齐氏寿命还很长，如果不能让她复活，这审判结果就不足以服众，你们有什么好办法吗？"有一个年老的官吏上前答道："东晋时邺城曾有一人无故暴亡，正与今天这件事情况相近，当时是让葛真君处理此事，最终他用具魂之法使那人回到了阳间，那以后此人的饮食言语都和普通人无异，只不过在寿终正寝后不会留存下尸体而已。"田先生问："什么叫具魂？"官吏回答："活人有三魂七魄，死后就都会分离散逸开来，而失去了依托，如今我们可以将这些魂魄收拢在一起，用续弦胶涂在上面，大王便可在街边放她还阳，这样虽然回去的是魂魄，但和真身没有差别。"

田先生觉得这办法很好，便问齐氏道："这样处理可以吗？"齐氏道："能得到您这样相助，是妾身的幸运。"很快，便见一个小吏又领着七八个女子前来，最后选择了其中一名与齐氏相貌最相似的女子，将她推进齐氏体内，和齐氏合在了一起。之后又有一个小吏，端来一罐像是稀糖汁的药膏，涂抹在了齐氏的身上。齐氏忽然感到像是从空中掉到了地上一样，神智昏沉不清。等到天亮后，夜里见到的宫殿、官吏等等就都消失了，只剩下了田先生、齐氏和李某三人在桑树林里。

田先生对李某说："我尽力而为，庆幸总算办成了这件事，现在你可以领着妻子回家去了，见到她的亲人，只说她复活了就好，千万别多嘴。我也要从此离开了。"李某于是带着妻子进了城，妻子娘家人见到夫妻二人，都不敢相信，过了很久才确信她是活生生的人。那以后齐氏陆续生下了好几个孩子，她的亲戚里有一些人知道真实的情况，他们说："齐氏还阳后和过去没有什么不同，只是举止轻便灵活，这一点异于常人而已。"

陈
鸾
凤

　　这是一个和雷公杠上的男人。

　　唐宪宗元和年间，海康人陈鸾凤，仗着一身侠勇之气，不怕鬼神，乡里之间都称呼他为"后来周处"①。海康有一座雷公庙，当地人每年都会虔诚地进行祭祀，但后来随着对它的祭祀越来越频繁，各种妖妄之事也越来越多。县中每年都会记下当年第一次打雷的那天的干支，之后每当又轮到那个干支日时，所有行当的人都不敢动工，私自开工的人没两天就会被雷劈死，应验得就如同回声一样准。

　　有一年海康遭遇了大旱，当地人对着雷神苦苦祈祷而无果，陈鸾凤大怒道："我家乡是雷公老家，他作为神灵却不知为人们造福，况且他受着人们这样虔诚的祭奠和供奉，如今庄稼焦枯，池塘干涸，能够用来祭祀的牲畜也都供奉光了，他依然无动于衷，那要这庙还有什么用?!"于是点燃火把将雷公庙烧了。海康当地又有一种风俗，说是不能把黄鱼和猪肉一起吃，否则就会被雷劈死。陈鸾凤烧掉庙的当天，便拿上一把

---

　　① 周处，西晋人，少好驰骋田猎，不修细行，纵情肆欲，州曲患之。后改过自新，成为将军，最终战死沙场。"后来周处"，是说此人如同后出世的周处一般。

刀走到田野里，故意把黄鱼和猪肉和在一起吃，就等着雷公过来。

他这样做后没多久，果然便黑云四起，狂风大作，雷雨交加，一道道闪电劈向陈鸾凤。陈鸾凤挥舞手中的刀来回招架，后来竟砍断了雷公的左大腿，雷公于是坠落在地，只见他外形像一头熊，头上有一对像角似的羽毛，背后长着光秃秃的青色肉翅，手上握着一把短柄石斧，伤口处涌着鲜血，雷雨顿时都消散不见了。

陈鸾凤见雷公已经没了神力，便连忙跑回家里，对亲人们说："我把雷公大腿砍断了，请你们去看看吧。"亲人们一听大吃一惊，都随陈鸾凤赶过去，见到雷公趴在那里，一条大腿已经折了。陈鸾凤又打算上前直接砍下雷公脑袋，吃他的肉，但却被众人拦住道："雷公是天上的神灵，你是地上的凡夫，你害了雷公，一定会让我们全乡人遭殃的！"众人拉扯着陈鸾凤的衣服，死活不让他砍雷公。

过了一会儿，又有一阵雷雨飘过来，包裹住了受伤的雷公和他断掉的腿，一起飘走了。那之后，天便下起了大雨，一连下了几个时辰，原本干枯的禾苗都得以复苏。但是陈鸾凤却因为得罪了雷公而被乡里的男女老少轰走，不许他回家。

陈鸾凤只好持着刀走了二十里，投奔在了他表哥家，结果到了夜里，他所住的房子就被雷击中，紧接着燃起大火把房子烧成了灰烬。陈鸾凤只好拿着刀站在院子里，但雷始终也不能伤害他。很快就有人来告诉他表哥陈鸾凤之前做的事，于是表哥也把他给轰走了。他又躲进一间僧人的房子里，但那房子也是先被雷劈，又被火烧了个干净。陈鸾凤知道普通的房舍根本无法容身，于是便大半夜地举着火炬，躲进了钟乳洞里，那之后雷才没法再劈他。他一共在洞中住了三天，而后便回家去了。

自那以后，海康每当遇上旱灾，当地人就会凑钱给陈鸾凤，让他像从前那样持着刀，同时把黄鱼和着猪肉吃一顿，那之后很快便会大雨滂沱，而雷也不敢把他怎么样。如此过了二十几年，当地人都尊称陈鸾凤为雨师。

到了唐文宗大和年间，刺史林绪听说了陈鸾凤的事迹，便把他召到官府里，询问此事的前因后果，陈鸾凤道："我年轻力壮时，心如铁石般坚不可摧，那些鬼神雷电之类，在我眼中都不是敌手。更何况我甘愿牺牲掉自己，拯救万民。即使是天帝，又怎能纵任小小的雷公肆意妄为呢！"于是便把当初自己用的那把刀献给了林绪，林绪给了他很多钱作为报酬。

金
刚
仙

这是一个道行精深但行事野蛮的和尚。倒是那只蜘蛛知恩图报，比他更有几分人情味。

唐文宗开成年间，有一个法号金刚仙的西域僧人，居住在清远的峡山寺。他精通诵经，当他鼓动舌头，摇动锡杖对着一件物体念起法咒时，那物体就必定有所反应。他擅长捉拿妖精鬼魅，束缚蛟螭水怪，只要摇动锡杖，就能立即招来雷电霹雳。

峡山寺有一个名叫李朴的人，是造船的工匠，一日他进到山里，忽然望见一块巨石，石头上有一个洞穴，有一只腿长一尺多的大蜘蛛，来回奔走，叼来了很多植物遮挡在洞口，之后便躲进了洞里。没多久，又听见树林中传来动静，并有野兽吼叫的声音，李朴吓了一跳，连忙爬到了树上。

很快，便见一条身长几十丈的双头毒蛇，从树林中钻出来，一路爬到洞穴前，两个脑袋不停地东张西望。毒蛇忽然用西边的那个头猛吸起遮挡在洞口的植物，把它们全都清理到了一边，之后又扭过东边的那个头，瞪着眼睛，张着大嘴，奋力吸取藏在洞中的那只蜘蛛。①

蜘蛛于是从洞中飞奔出来，用爪子抓住洞口，露出丹红如火的毒牙，先咬了毒蛇脖子一口，接着咬瞎了它的眼睛，毒蛇痛到晕厥，旋即清醒过来，又抬起脑袋试图把蜘蛛吸进嘴里，但因为看不到蜘蛛，所以反而又被蜘蛛连咬了几口，最后倒在石头上死掉了。蜘蛛于是跳下来，咬断了毒蛇的两个脑袋，并用蛛丝包裹起来，之后便跑回洞中去了。

目睹了全过程的李朴非常惊讶，回到寺后对金刚仙讲了此事，金刚仙便请李朴带着他到那洞穴去一趟。到了地方，金刚仙摇晃着锡杖，念起法咒，那只蜘蛛随即爬到了金刚仙面前，仿佛在入神聆听一般。金刚仙举起锡杖打了蜘蛛一下，蜘蛛便死去了。

当天夜里，金刚仙梦见一个老人，捧着一匹帛布走到他身前说："我就是那只蜘蛛，现在依然能纺织呢。"于是献上手中的布匹说："这些是我的布施，就给您做件衣服吧。"说完就不见了。金刚仙醒过来，那匹布就放在自己身边，其精妙奇巧的程度，远非用俗世蚕丝能制作出来的。金刚仙于是将这匹布做成了衣服，穿在身上，灰尘根本落不在上面。

过了几年，金刚仙前往番禺，将要坐船从海路回天竺去。他来到峡山金锁潭边，对着水面摇动锡杖，大呼诵咒，不多时，潭水便忽然见了底。他举起一个瓶子，之后便见有一条三寸来长的泥鳅，主动跳进了瓶子里。金刚仙对看热闹的僧人说："这是条龙，我把它带到海门，用药煮成膏，涂在脚上，那时再渡海就会如履平地一般安稳了。"

到了夜里，有一个白衣老翁端着一个带机关的酒壶，找到寺中一个叫傅经的仆人，对他说："我知道金刚师喜欢喝酒，这个酒壶半边是美

---

① 古人认为大蛇捕猎可以用嘴直接吸，《搜神记》里提到一条大蛇甚至可以吸走一匹马。

酒，半边是毒酒，当年司马懿鸩杀牛将军用的就是这个。如今我愿意送给您黄金百两，只请您用这壶酒去将金刚仙毒死。这和尚无缘无故抓走了我儿子，还想要把它做成药膏，我恨他恨得深入骨髓，然而却拿他没办法。"

傅经见状大喜，收下了黄金和酒，老人教给了他分别倒出美酒、毒酒的方法，随后他便带上这壶酒去见金刚仙。金刚仙端起酒刚要喝，忽然有一个几岁大的小孩儿跑上前，直接从金刚仙手中夺下酒杯将酒泼掉，说："这酒是老龙带来要毒死师父的。"金刚仙大骇，质问傅经事情原委，傅经不敢隐瞒，只得说出了实情。

金刚仙又问那小孩儿说："你是何人，又为何要救我？"小孩儿道："我就是当年的那只蜘蛛，如今已经脱离恶业，而托生为人，已经七岁了。我的魂魄比常人要灵，知道师父有难，所以飞魂来救。"说完就消失了。寺中僧众得知此事，很是怜悯那条小龙，便一起请求金刚仙放过它，金刚仙不得已，只好将小龙放走了。后来便坐着船回天竺去了。

刘贯词

唐代的龙很彪悍，动辄就要吃人，幸好还有一个机灵的龙小妹。

唐德宗大历年间，洛阳人刘贯词来到苏州，想要凭自己的才华得到贵人赏识，其间遇见一个名叫蔡霞的秀才，其人神采奕奕，俊朗豪爽。二人一见面，蔡霞就对刘贯词表现得颇为热情，上来就称刘贯词为兄长。

蔡霞置办了一桌酒席，请刘贯词喝了一顿，酒酣之后，蔡霞问他："兄长如今漂泊江湖间，是要做什么？"回答说："想要赚一笔钱。"又问："是已经有了要投奔的人？还是周游各地碰运气呢？"回答说："到处游历罢了。"又问："那么兄长计划要赚到多少？"回答："一百贯。"蔡霞道："到处游历而想要得到一百贯，这就像没有翅膀却想飞一样，就算成功了，也要耗费几年的时间。我居住在洛阳，不算贫穷，因为一些原因避到此地，和家里已经很久没有通过音信了。我有个想法，想请兄长替我捎封信回去，途中花费的盘缠，和兄长一直想得到的一百贯，不需要再久耗年岁，都包在我身上，怎么样？"刘贯词很爽快地答应了。

蔡霞于是许诺一定会让他得到一百贯，又交给他一封信，对他道："漂泊在外突然得到了您的帮助，既然已经不拘形迹，那我就向您说明实情吧。我家是鳞虫之长，居住在渭桥下面，兄长闭起眼睛叩击桥柱，自会有人应答，而后必然会邀请您进到家中，我母亲接见兄长时，您一定要请我小妹也出来相见，我们是兄弟了，不应当疏远。书信中也提到要让她出来拜见兄长，她虽年幼，但是很聪明，让她代为做主，一百贯的酬谢，她一定会答应的。"刘贯词于是便启程返回了洛阳。

到洛阳后，刘贯词来到渭桥下面，看着清澈的河水，心想这该怎么去蔡霞家呢？过了很久，又觉得龙神肯定不会骗他，于是就试着闭上眼敲了敲桥柱。过了一会儿忽然有人应答，他睁眼看去，发现已经不见桥和河水，而出现了一座十分气派的宅子。有一个紫衣人拱手站在他面前，问他来做什么，回答说："我从吴郡来，你家郎君让我捎封信。"紫衣人接过信走进宅中。过了一会儿，又出来道："太夫人请您进去。"

刘贯词跟着这人来到中堂，见太夫人年纪四十多岁，同样身穿紫衣，容貌很是和蔼可亲。刘贯词向她施了一礼，太夫人也赶忙答礼，又感谢道："儿子远游在外，很久没有消息，劳烦您走一趟，不远千里送来书信。他因违背了上司的意旨，至今仍受追查，自从逃走后，三年时间里杳无音信，如果不是您特意前来，我的忧虑还郁积在胸中。"说完就请刘贯词先坐下。

刘贯词道："小郎君既然和在下结为兄弟，小妹就是在下的妹子，也应当出来相见。"太夫人道："儿子信中也提到了，让她稍微打扮下，这就出来。"不多时，便有一个丫鬟道："小娘子来了。"之后便见一个十五六岁，容貌绝世的女孩走上堂来，对刘贯词行过礼后，便坐到了母亲旁边。

之后太夫人让人摆上一桌宴席，饭菜都很精美，吃饭过程中，太夫人的眼睛忽然变红了，直勾勾地盯着刘贯词。小妹见了忙道："他给哥哥送信来，应该以礼相待，况且还要靠他消灾，不能伤害他。"又对刘贯词说："哥哥在信中交代，说要用一百贯酬谢您，那么多钱不好携带，给您一件价值相当于一百贯的宝物，可以吗？"刘贯词道："我和他已经是兄弟，就寄一封信，哪里需要酬谢？"太夫人道："郎君四海漂泊，贫困潦倒，儿子已经交代过了，如今要兑现他的承诺，您不可推辞。"刘贯词连连道谢。于是太夫人叫人取来所谓的镇国碗，之后继续吃饭。

没多一会儿，太夫人又开始双眼赤红地瞪着刘贯词，嘴边还开始流口水，小妹连忙遮住她嘴说："哥哥诚心诚意托人来，不好这样。"又对刘贯词道："母亲年纪大，犯了疯病，不能招待您了，兄长还是先出去吧。"小妹神情好像有些害怕，她让丫鬟拿着碗，自己跟着刘贯词走到外面，将碗交给他道："这是罽宾国的国宝，该国用它来镇伏凶灾，唐朝人得到它则没有用处。有人出一百贯就可以卖，少于这个价不要卖。我因为母亲病了，还要侍奉她，不能陪您了。"又朝着刘贯词拜了几拜，之后便转身回去了。刘贯词拿着碗，走了几步，再回头时，身后就又出现了渭桥和河面，一如他刚来时所见到的场景。

刘贯词来到市场上卖碗，有些商人见了，只肯出很低的价格，刘贯词想着龙神很讲信誉，不会骗他，于是不肯就这样卖掉，便天天都在市场上晃悠。过了一年多，忽然有一个胡商，见到这碗后大喜过望，问刘贯词要卖多少钱，回答说："二百贯。"胡商道："此物有它应有的价值，何止二百贯，但这不是大唐的宝贝，您拥有它也没用，一百贯可以吗？"刘贯词心想最初小妹交代他的价格就是一百贯，于是也就不再多要，把碗卖给了胡商。

胡商又对刘贯词道："此乃罽宾国镇国之碗。在罽宾国，此碗可以禳除人的祸患和灾厄。自从此碗丢失后，罽宾国就遇上了灾荒，兵戈四起。我听说这碗被龙子偷走，如今已经快四年了。该国国君正以国中半年的赋税悬赏此碗，您是怎么得来的？"刘贯词一五一十将得到碗的经过都说了。

胡商道："罽宾国守卫此碗的龙神将此事告到了天上，天神肯定会追查，所以蔡霞才会躲避在苏州，冥间官吏执法严厉，他不敢去自首，所以借由您把碗送回来。他让您一定要见小妹，不是因为要攀亲，而是担心老龙馋嘴，想要加害您，所以让他妹子在一旁保护您。这碗既然出现了，那他也该回来了，他这也是消除自身的灾祸。五十天后，洛水之中波浪翻腾，阴云蔽日，就是蔡霞回家的征兆。"

刘贯词问："为何要五十天后才能回？"胡商道："等我带着碗离开大唐，他才敢回来。"刘贯词记着日子，到了那天赶到河边，所见果然一如胡商所说。

张遵言

本来只是收留了一只无家可归的小白狗，岂知这竟会是日后自己的救命恩人呢？

南阳人张遵言，科考落第后，只能返回老家去，途中住在商山县山间的一处旅店里。半夜时睡不着，就起来到外面闲逛，忽然发现在东墙下面，有一个浑身雪白的东西，派仆人过去仔细一瞧，原来是一只像猫那么大的小白狗，它的毛发以及爪牙都像玉一样润泽光亮，可爱至极。

张遵言一见就特别喜欢，于是将它收为了自己的宠物，取名捷飞，寓意希望它奔跑如飞。这以后张遵言到哪都要带上这小狗，不舍得让它在地上跑，就让仆人把它装在袖子里带着走，每回喂小狗吃东西，都要亲眼看着它吃，如果小狗吃得很慢，也一定要等到它先吃饱了，张遵言自己才吃，如果好吃的东西不够多，张遵言宁可自己不吃，也要让小狗先吃饱。

过了一年多，仆人厌烦了把狗装在袖子里到处跑，于是张遵言就把狗装在自己袖子里带着，而且喂养得更加精心。夜里和狗同睡，白天不管去哪也要带上，如此一晃四年时间过去了。

后来有一次，张遵言经过梁山附近的一条路，天已经快黑了，而且阴云密布，还没等走到前边的客店，一场暴风雨就猝然而至。张遵言和仆人们只好临时躲在大树下避雨，当时情况很混乱，加上天色昏暗，等风雨停歇以后，张遵言才发现自己的小白狗不见了。于是连忙让仆人四处去找。

仆人正在找狗，忽然出现了一个身穿白衣，身高八尺的少年，模样颇为可亲。张遵言看见了，就主动打招呼问："你从哪来，又姓什么？"少年回答："我姓苏，行四。"而后又对张遵言道："我知道您的来历，可您知道捷飞去哪了吗？不瞒您说，我就是呀。您如今有一场危及性命的劫难，但我感念您的恩情，这四年里您都尽己所能地养活我，而且不曾生出一点嫌弃，所以我发誓要帮您化解这场大难，只不过可能要搭上十几条人命。"说罢，就骑上张遵言的马在前面开路，张遵言则跟随在后。

走了十里多地，只见前面一座坟冢上站着三四个人，穿着白衣服，头戴着冠，都有一丈多高，手中持着弓箭。但他们一见到这位苏四郎，就全都点头哈腰连忙跑过来，伏在地上叩拜。拜完后，也不敢把头抬起来。苏四郎问他们有何事，白衣人回答："奉大王的命令，捉拿张遵言秀才。"说罢，偷偷抬头瞄了一眼张遵言。张遵言心中惶恐，两腿打颤，眼看就要摔倒。苏四郎连忙斥责白衣人："不许无礼！张遵言与我交情深厚，你们都给我从哪儿来回哪儿去。"四个人没办法，只好哭泣着闪开了路。苏四郎又回头安慰张遵言："别害怕，他们不敢把我怎样。"

就这样又走了十里，前面又出现了六七个夜叉拦路，它们全都铜头铁额，手持兵刃，样貌一个比一个难看，站在路中间上蹿下跳，专等着张遵言。但远远地望见走来的是苏四郎，就都瞬间收起凶恶的模样，转而哆哆嗦嗦地跪在了苏四郎马前。苏四郎又问："你们这是要做什么？"夜叉们勉强露出一副谄媚之容，膝行而前道："奉大王的命令，专门捉拿张遵言秀才。"说完又像之前那几个白衣人一样偷看张遵言。苏四郎的回答同样如前："张遵言是我的好友，你们想带走他不可能。"

夜叉们一听这话，吓得一齐在地上叩头道："之前那四个白衣人，因为没能把张遵言带回去，大王让人用铁杖打了他们五百杖，如今是死是活还不知道，如果四郎您不同意让他跟我们走，那我们也就死定了，求您可怜可怜我们，暂时放他跟我们去一趟吧。"苏四郎见他们胡搅蛮缠，顿时大怒，一声大喝，便把几个夜叉全都吓退了几十步，但很快它们就又凑近来央求，苏四郎无可奈何道："你们这帮小鬼竟敢如此！既然不把我的话当回事，那不如现在就死。"夜叉们无可奈何，只得哭哭啼啼地走了。苏四郎又对张遵言道："这些东西极难跟它们讲道理，如今既然已经被赶走了，那我保护您的事也就算完成了。"

又走了七八里路，见前边出现了五十多个全副武装的军士，不过身形相貌都和普通人一样，见苏四郎来了，就也齐齐跪在了他的马前。苏四郎道："所为何事？"回答和夜叉们说的话一样，又说道："之前夜叉它们因为带不回张遵言，都被法办了，不知四郎有没有办法，请给我们指一条生路。"苏四郎道："你们随我来吧，或许会有希望。"军士们听后商量了一下，一半人跟在了苏四郎后面。

又走了几里地，就望见前方现出一座高峻威严的城池，有一个顶盔掼甲的使者，骑着马来到苏四郎前，传达大王的口谕道："四郎远道而来，我因为受法令的约束，不能亲自来迎接，你可以暂且在南馆歇息，很快我就会邀请你到王宫来为你接风。"

苏四郎和张遵言进入馆驿没多久，传令的使者就络绎而来，请苏四郎进宫，并且请张遵言也一同前往。苏四郎于是便带上张遵言赶往王宫，一进王宫大门，就见到那位大王身穿衮龙袍，头戴九旒冕，已经等在那里了。他见苏四郎来了，便连忙躬身下拜，而苏四郎只是拱拱手，嘴上随便应承几句而已，并且还回头对张遵言说："这是他应尽的地主之谊，必须如此。"

大王道："前殿很简陋，不是宴请四郎的地方。"于是带着苏四郎他们穿过三重大殿，到第四座大殿时才请他们落座，而宴会上所摆列的食物和器皿都是人间根本没有的。吃罢饭，大王又请苏四郎来到夜明楼上。楼中四角的柱子上都装饰着夜明珠，放出的光芒将房间照得如同白昼。

大王命人摆好酒宴，招待着苏四郎与张遵言饮酒作乐，喝了一会儿，大王对苏四郎说："我有几个劝酒助兴的人，希望可以叫她们过来。"苏四郎道："这有何不可？"于是便有七八个歌舞伎，以及十余个劝酒的美人来到宴席间，个个都是神仙之姿，衣着华美。大王和苏四郎换上了便服，与美人们嬉闹谈笑，如同人间的普通少年。

过了一阵儿，四郎对其中一个美人很感兴趣，但是几次挑逗她都不回应，最后她更是发怒道："我乃刘根的妻子，若不是受了上元夫人的吩咐，怎么会来这里？你这样的君子，为何如此轻浮？！"苏四郎一听也发起怒来，将手中的酒杯狠狠扔到了盘子上，柱子上装饰的夜明珠一时全都噼里啪啦地落在地上，房间内顿时漆黑一片。张遵言吓了一跳，而后便只觉天昏地暗，过了许久才清醒过来，发现自己还是在原来的树下，旁边站着苏四郎，还有他的那匹马。

苏四郎对他说："您的劫难已经过去了，我该和您告别了。"张遵言道："我受您的救命之恩，无以为报，可是我都不清楚四郎你的来历，连应该感谢谁都不知道，我这一生又有谁可以依靠呢？"苏四郎道："我不能说出来。你可以去商州龙兴寺，找东廊下那个缝补衣裳的老僧人问一问，他会告诉你的。"说完就一下子腾空而去。

当时天已经快亮了，张遵言于是骑上马一路来到商州，果然打听到有一座龙兴寺，并且找到了那位老僧人。张遵言恭敬地向老僧人行礼，向他打听苏四郎的情况。起初他不肯说，后来张遵言不停地问，一直到夜深了，老僧人才对他说："您苦苦哀求，我哪里能不有所回应呢？苏四郎，他乃是太白星精，而那个大王，则是仙府中一位受贬谪的官员，如今居住在此地。"张遵言又打听起其他的事，老僧人就绝口不再回答了，最后对张遵言说："我如今也要离开啦。"之后便让张遵言回去了。第二天，张遵言再去找他时，老僧人已经不见了。

喧嚣，亦喻个体生命的绚烂与匆迫、微末和丰饶。鸦片战争期间有一本薄薄的《软尘私议》，据说乃流放伊犁的林则徐辑成，记述英军侵华时的京师百态，笙歌依旧哦，与《金瓶梅》卷末宋朝沦亡前夕的情形相仿佛。那是一种极纤细的俗世尘埃，迷蒙亦复通透，具有着又超越了某时代之特性，纷纷扬扬地飘飞过许多王朝，宋耶？明耶？清耶？似乎至今也未曾落定。

作家阿来有一本大名鼎鼎的《尘埃落定》，写得很不错，书名则有些扯（也是扯选的一个成语），尘埃怎么会落定呢！

是为跋。

卜　键

2020 年 2 月 10 日于京北小院

附记：

疫情依然猖獗中，由鸿谷微信得知，周刊的几名记者仍坚持在武汉，祈祷所有人平安。

著名文史学者郑培凯先生允为题写书名，谨致谢忱。